# A natureza das bruxas

# A natureza das bruxas

RACHEL GRIFFIN

TRADUÇÃO DE
PEDRO PEDALINI

Rocco

Título Original
THE NATURE OF WITCHES

*Copyright* © 2021 *by* Rachel Griffin

Design de miolo e ilustrações *by* Michelle Mayhall/Sourcebooks

Todos os direitos reservados.

Nenhuma parte desta obra pode ser reproduzida ou transmitida por meio eletrônico, mecânico, fotocópia, ou sob qualquer outra forma sem a prévia autorização do editor.

Direitos para a língua portuguesa reservados
com exclusividade para o Brasil à
EDITORA ROCCO LTDA.
Rua Evaristo da Veiga, 65 – 11º andar
Passeio Corporate – Torre 1
20031-040 – Rio de Janeiro – RJ
Tel.: (21) 3525-2000 – Fax: (21) 3525-2001
rocco@rocco.com.br
www.rocco.com.br

*Printed in Brazil*/Impresso no Brasil

CIP-Brasil. Catalogação na publicação.
Sindicato Nacional dos Editores de Livros, RJ.

G868n

Griffin, Rachel
   A natureza das bruxas / Rachel Griffin ; tradução Pedro Pedalini. – 1. ed. – Rio de Janeiro : Rocco, 2022.

   Tradução de: The nature of witches
   ISBN 978-65-5532-259-0
   ISBN 978-65-5595-128-8 (e-book)

   1. Ficção americana. I. Pedalini, Pedro. II. Título.

22-77647

CDD: 813
CDU: 82-3(73)

Gabriela Faray Ferreira Lopes – Bibliotecária – CRB-7/6643

O texto deste livro obedece às normas do
Acordo Ortográfico da Língua Portuguesa.

*Para Tyler.*
*Você é meu sol.*

verão

CAPÍTULO

# um

*"Ser uma bruxa atemporal significa duas coisas: você é poderosa e você é perigosa."*

— *Uma estação para todas as coisas*

Tudo está queimando. São tantas chamas que parece que incendiamos o céu. O sol desapareceu há tempos, escondido atrás de uma névoa de fumaça e cinzas, mas a mágica dele ainda corre dentro de mim.

O fogo vem se espalhando já faz seis dias. Começou com uma fagulha mínima e se tornou onipresente no intervalo entre um inspirar e expirar, as labaredas se espalhando rápidas e caóticas, como se estivessem sendo perseguidas.

Foi fácil começar o incêndio. Apagá-lo é algo totalmente diferente.

É o nosso último treinamento contra incêndios da estação, e está sendo mais intenso do que todos os outros somados. O fogo é mais extenso. As chamas estão mais altas. A terra está mais seca.

Mas os incêndios florestais são uma ameaça que agora precisamos enfrentar, então é preciso aprender. São mais de cem bruxas do mundo inteiro aqui no campus para esse treinamento.

As outras ajudam. As bruxas da primavera providenciam combustível, fazendo crescer metros e metros de pinheiros para manter o fogo vivo. As invernais extraem umidade das árvores, e as do outono se mantêm ao longo do perímetro do campo de treinamento, garantindo que o fogo não se espalhe além dos limites.

Precisamos aprender, mas isso não significa que vamos incendiar o nosso campus inteiro enquanto isso.

O restante cabe às bruxas do verão, e temos uma única função: fazer chover.

Não é fácil. As invernais tiraram tanta água do solo que mais parece serragem do que terra.

Meus olhos ardem e uma camada de cinzas se gruda ao suor no meu rosto. Minha cabeça está inclinada para trás, as mãos estão estendidas, a energia fluindo pelas minhas veias. A magia do verão é um ímpeto constante, forte e poderoso, e eu a empurro na direção da floresta, onde a água encharca o solo e um riachinho preguiçoso se move em meio às árvores. O poder das bruxas ao meu redor segue minha magia, e eu a faço penetrar cada vez mais profundamente na floresta.

Ela se entrelaça às árvores e voa rente ao chão da floresta até encontrar um trecho de terra bastante úmido. Arrepios eriçam minha pele quando o calor da minha magia encontra a umidade fria. Tem água suficiente ali para persuadi-la a ir do chão às nuvens, o bastante para vencer o fogo e limpar a fumaça do ar.

É a primeira vez que participo de uma sessão de treinamento em grupo desde o ano passado, quando estive neste mesmo campo praticando com a minha melhor amiga. Desde o dia em que a magia dentro de mim investiu contra ela em um lampejo de luz, claro como o fogo diante dos meus olhos. Desde a vez em que ela gritou tão alto que o som ainda ecoa em meus ouvidos.

Eu tento afastar a lembrança, mas ela faz meu corpo inteiro tremer.

— Mantenha a concentração, Clara. — A voz do sr. Hart é firme e segura atrás de mim. — Você consegue.

Respiro profundamente e retomo o foco. Meus olhos estão fechados, mas ainda não é o bastante para esconder o vermelho e laranja do fogo, um brilho opaco que continuarei a enxergar bem depois de as chamas se apagarem.

— Agora — diz o sr. Hart.

As demais estivais soltam sua magia para mim, entrelaçando-a à minha própria. Eu fico tensa diante daquele peso. O nosso poder combinado é muito mais forte do que lampejos individuais correndo pela floresta, da mesma forma que uma tapeçaria é mais resistente do que os fios que a compõem.

Mas é muito pesado.

A maioria não aguentaria esse peso. Somente uma bruxa ligada às quatro estações do ano pode controlar tanta magia. A questão é que atemporais são raras, e nossos professores não conheceram nenhuma na geração deles — sou a primeira em mais de cem anos —, então esse é um processo de aprendizado para todos nós. Mas não parece certo suportar a magia de tantas bruxas.

Nunca parece.

— Respire fundo, Clara — diz o sr. Hart. — Você consegue.

Minhas mãos tremem. Está tão quente, o calor do fogo se mistura ao do sol. A magia ao redor pesa sobre a minha, e eu concentro toda a energia em retirar a umidade do solo.

Finalmente, uma pequena nuvem se forma acima das árvores.

— Assim mesmo. Sem pressa — o sr. Hart diz.

A nuvem fica maior e mais escura. A magia rodopia dentro de mim, pronta para se libertar, e seu poder absoluto me deixa tonta. É uma sensação terrível, como se eu estivesse à beira de perder o controle.

Eu já perdi o controle duas vezes antes. O terror que assombra os meus sonhos é suficiente para garantir que não acontecerá de novo.

Gotas de suor brotam na minha pele, e eu preciso forçar cada respiração curta, como se estivesse no Monte Everest e não em um campo na Pensilvânia.

Eu modero o fluxo e me permito três respirações profundas. Apenas três.

Então começo de novo.

No lugar de chuva, cinzas caem do céu, as labaredas saltando como se estivessem me provocando.

Localizo a corrente de magia pairando sobre o chão da floresta. Deixo correr dos meus dedos energia o bastante para mantê-la fluindo, mas não mais do que isso.

— Chuva — sussurro.

Água deixa o solo e esfria. Pequenas gotas se formam, e tudo o que preciso fazer é combiná-las até que fiquem pesadas demais para se manterem no ar.

É só isso. Eu consigo.

Afasto a nuvem das árvores, aproximando-a mais e mais das chamas, até pairar sobre o coração do incêndio.

Poder se movimenta ao meu redor como um ciclone, e eu o lanço pelo ar em direção às gotículas que estão prestes a virarem chuva.

Mais magia explode dentro de mim, desesperada para sair, roubando meu fôlego. A minha vem de um poço profundo, mas tenho medo de libertá-la, aterrorizada com o que pode acontecer se eu perder o controle. Lanço uma pequena corrente de magia, que não consegue aliviar a pressão crescente por dentro, e forço o restante a recuar.

Não é o bastante.

A nuvem carregada estremece, ameaçando desfazer todo o meu progresso. Ela precisa de mais energia.

— Pare de lutar — o sr. Hart diz atrás de mim. — Deixe acontecer. Você está no controle.

Mas ele está errado. Libertar a magia seria como estourar uma barragem e esperar que a água saiba para onde deve ir. Sei que as coisas não são assim. Conheço a destruição que o meu poder pode provocar.

São tantos olhos em mim, na nuvem agitando-se acima do fogo. Divido o foco entre controlar o fluxo da minha própria magia e comandar a magia dos demais, mas não parece ser o certo a fazer.

Não consigo mais.

Não posso mais.

A corrente de magia se quebra, energia explodindo em todos os sentidos como uma mangueira de incêndio solta.

Um gemido coletivo atravessa todos à minha volta. Meus braços pendem nas laterais do corpo e minhas pernas se dobram, pois a pressão não me mantém mais de pé. Afundo no chão, e uma exaustão pesada toma o lugar de todo o resto. Eu poderia dormir aqui, na terra ressecada, cercada por bruxas, bruxos e fogo.

Fecho os olhos quando a voz firme do sr. Hart começa a orientar os demais.

— Certo, todos no canto nordeste estão com Emily. Noroeste, Josh. Sudeste, Lee, e sudoeste, Grace. Vamos apagar esse incêndio. — O sr. Hart mantém o tom de voz estável, mas depois de trabalhar com ele por mais de um ano, eu sei que está decepcionado.

Alguns minutos mais tarde, algumas correntes de magia são restauradas e a nuvem sobre o fogo fica maior e mais escura. Emily, Josh, Lee e Grace fazem movimentos verticais com os braços, e toda a água que extraíram do chão se eleva para a atmosfera, subindo, subindo e subindo.

Todos batem palma em uníssono, e as gotículas se unem, pesadas demais para permanecerem no ar.

Eu olho para cima. Quando a primeira gota de chuva bate no meu rosto, um enjoo perpassa meu corpo. Foram necessários quatro dos mais fortes de nós para fazerem o que deveria ser natural para mim. Fácil, até.

Mais uma gota cai.

E outra.

E então o temporal.

Comemorações ao meu redor, o som misturando-se ao da chuva. As pessoas se cumprimentam e se abraçam. Josh me levanta do chão e me segura pela cintura, me girando pelo ar como se eu não tivesse acabado de fracassar na frente da escola inteira.

Meu cabelo está ensopado e minhas roupas, grudadas na pele. Josh me abaixa e cumprimenta as outras pessoas ao redor.

— Conseguimos — diz, passando o braço sobre o meu ombro e me dando um beijo na testa.

Só que um treinamento simulado não é nada comparado à devastação dos incêndios florestais que tomam a Califórnia. Nós vamos nos formar este ano e então caberá a nós enfrentar os incêndios de verdade. E eles estão ficando piores.

Bruxas e bruxos comandaram a atmosfera por centenas de anos, mantendo tudo controlado e tranquilo. Sempre fomos bem-sucedidos. Sempre fomos fortes o bastante.

Mas os sombreados — aqueles sem magia — foram seduzidos pelas possibilidades de um mundo protegido, um mundo em que cada centímetro de terra poderia ser usado para o lucro. Eles começaram a pressionar os limites do nosso poder e do nosso clima. No início, nós acompanhamos, convencidos pela animação deles. E então essa animação se transformou em ganância, e eles se negaram a desacelerar, ignorando nossos avisos e acelerando como se magia fosse infinita. Como se este planeta fosse infinito. E agora eles foram longe demais.

Nós tentamos nos adaptar e controlar a oscilante atmosfera sozinhos, mas não conseguimos acompanhar; é como se estivéssemos apagando velas no sopro enquanto a casa inteira está pegando fogo. Quando entendemos que o mundo precisava de descanso, imploramos para os sombreados, imploramos pelo nosso lar. Mas éramos minoria. Os sombreados não conseguiam enxergar além do seu desejo por mais, utilizando terras que os humanos nunca deveriam ter tocado, exigindo controle de áreas destinadas a permanecerem selvagens.

Não há magia o bastante para suportar tudo isso.

E agora o clima está entrando em colapso ao nosso redor.

Três anos atrás, nós não fazíamos tantos treinamentos para incêndios. Eles se espalhavam e causavam estragos, mas bruxas e bruxos sempre foram capazes de apagá-los antes que se tornassem devastadores. Agora a Terra está revidando de tantas maneiras que não existem bruxas suficientes para controlar. Eu penso nos hectares de terra que queimaram esse ano na Califórnia e no Canadá, na Austrália e na África do Sul, e é tão evidente. É tão dolorosamente claro.

Não somos mais fortes como já fomos, e a diretoria conta comigo para fazer uma diferença, para fazer *a* diferença.

Mas não deveria.

Quando chegar a formatura, eu não serei capaz de fazer diferença alguma.

CAPÍTULO

# dois

*"Apenas lembre-se: as escolhas que fizer hoje serão sentidas por quem um dia você virá a ser."*
— *Uma estação para todas as coisas*

Fico por um longo tempo no campo coberto de cinzas, com brasas espalhadas, colunas de fumaça subindo em direção às nuvens. É difícil acreditar que há apenas três noites aconteceu o nosso Baile de Verão, uma tenda fina montada neste mesmo campo para honrar o fim da estação.

O sol mergulhou no horizonte e tudo está calmo.

São os últimos instantes do verão. O equinócio é esta noite, e bruxas e bruxos vão encher os jardins para dar boas-vindas ao outono. Os estivais vão lamentar o fim da sua estação, e os outonais vão celebrar.

Ouço passos atrás de mim e me viro, vendo o sr. Hart atravessando o que sobrou do campo chamuscado. As bruxas e os bruxos vernais estarão todos aqui amanhã e, com o poder da primavera, farão a grama voltar a crescer em poucos dias. Em uma semana, não haverá mais traço algum do incêndio.

O sr. Hart estende uma coberta e se senta, observando as colunas de fumaça comigo. Depois de vários minutos, ele diz:

— O que aconteceu hoje?

— Eu não sou forte o bastante.

Não olho na sua direção.

— Não é questão de força, Clara. Durante todo o período em que fui responsável pela sua educação, você se conteve. — Eu abro a boca para protestar, mas ele levanta a mão, me impedindo de falar. — Faço isso há muito tempo. A maioria dos meus alunos precisa lutar para *liberar* sua magia. Sei como é isso. Mas você está constantemente lutando *contra* ela, tentando mantê-la presa. Por quê?

Eu encaro o campo estéril à minha frente.

— Você sabe por quê — sussurro.

Ele não estava aqui quando a minha melhor amiga morreu, quando minha magia procurou por ela e a matou num instante, em uma única respiração. Mas ele ouviu as histórias. Mesmo assim, nunca se esquivou de mim. Quando foi colocado no controle da minha educação, o sr. Hart nunca se preocupou com a possibilidade de vir a ter o mesmo destino de Nikki.

Ele se aproximou de mim quando todos os demais se afastaram.

— É demais — digo. — Não estou no controle.

— E você nunca estará se não me deixar ensiná-la. Você quer mesmo continuar com medo de ser quem é pelo resto da sua vida? Não se alcança o controle evitando o poder que se tem, Clara; o controle surge ao dominar esse poder. Imagine o bem que você poderia fazer caso se dedicasse a isso.

— Como eu posso me dedicar a uma coisa que tirou tanto de mim? — pergunto.

O sr. Hart mantém os olhos fixos adiante. Empurra os óculos de armação metálica para cima e o luar reflete em seus cabelos brancos eriçados.

— Em algum momento você precisa parar de se punir pelas coisas que não pode mudar. Aprender a usar a sua magia não significa que você aceita a perda que ela provocou. Você precisa parar de pensar que as duas coisas são iguais.

— Você fala como se fosse fácil.

— Não é. Provavelmente é a coisa mais difícil que você fará na vida.

Lágrimas ardem nos meus olhos, e baixo a cabeça. Nunca chorei na frente do sr. Hart e não quero começar agora.

— Então para que fazer?

— Porque você merece ter alguma paz.

Mas ele se engana. Eu não mereço paz.

Sei que o sr. Hart está sendo pressionado pela diretoria, mas ele nunca me força a ir além do que me deixa confortável. Ele segue o meu ritmo. Mas a essa altura eu já deveria ser a bruxa viva mais poderosa, e a escola começou a perder a paciência comigo e com ele.

— Além do mais, você não está cansada?

— Cansada? — pergunto.

— É preciso muita energia para combater a sua magia, bem mais do que seria necessário para usá-la.

— Você não pode simplesmente dizer para as pessoas que a minha magia não funciona?

— Ninguém acreditaria nisso. Está dentro de você, Clara, quer você queira ou não. Nós precisamos de você.

Fico em silêncio. A escola me pressiona como se eu fosse a resposta, como se, sozinha, eu pudesse restaurar a estabilidade da atmosfera. Mas, se isso fosse verdade, se eu devesse usar todo o poder dentro de mim, ele nunca atingiria as pessoas que amo. Não seria uma sentença de morte.

Minha magia já me tirou tanto, *demais*, e eu a odeio por isso.

— Olhe para mim. — O sr. Hart fica de frente para mim e encontro seus olhos. — O que eu te disse quando começamos a trabalhar juntos?

— Que você nunca mentiria para mim. Que diria a verdade, não importa o quê.

Ele assente.

— Eu não estou mentindo.

Ficamos calados por um longo tempo. A escuridão tomou tudo, envolveu o campo, e estrelas brilham no céu. Uma brisa acelera ao longe, soprando o que resta de fumaça para as árvores.

— Sim, estou cansada — digo finalmente, minha voz nada além de um sussurro. — Estou muito cansada.

Pela primeira vez, o sr. Hart me vê chorar.

---

Já é tarde quando chego ao meu pequeno chalé na floresta. As telhas são velhas e marcadas pelo tempo, mas as duas janelinhas estão límpidas como cristal. São a única passagem de luz naquele espaço minúsculo, e eu as limpo de maneira quase obsessiva. O chalé foi construído para o zelador cinquenta anos atrás, mas ele se casou e deixou o campus, abandonando-o por anos.

Até eu me mudar. Espanei as teias de aranha do teto branco rachado, lavei as paredes até o pó sair e esfreguei até as tábuas claras de madeira estarem brilhantes. Mas não importa o quanto eu limpo, nunca consegui eliminar o cheiro de mofo. Já me acostumei a essa altura.

Às vezes fico pensando se um dia deixarei de sofrer ao passar pelos dormitórios dos alunos. Eu morava na Casa do Verão quando Nikki morreu, e a diretoria me obrigou a mudar para o chalezinho além dos jardins.

No início, fiquei arrasada. Deixar o dormitório onde Nikki tinha morado foi como perdê-la novamente, mas compreendi por que não podia mais continuar ali.

Quando uma pessoa morre porque você a ama demais, a parte de você que sabe amar se desliga. Aí você se muda para um chalé, longe de todo mundo, e garante que aquilo jamais acontecerá de novo.

Abro a porta com um empurrão e o chão range quando entro. Josh está me esperando, sentado na cadeira atrás da mesa. Equinócio está ao lado dele, empurrando a cabeça de pelos pretos na lateral do corpo de Josh e ronronando.

— O que você está fazendo aqui?

— É a minha última noite. Quero ficar com você. — Ele coça a cabeça do gato. — E com você, Nonó — completa. Seu sotaque fica mais pesado quando ele está cansado. Amanhã Josh voa de volta para o campus dele, no interior da Inglaterra, e não nos veremos mais.

Ele chegou três semanas atrás, para o treinamento de incêndio. Não prestou atenção nos alertas sobre mim porque é arrogante, e eu não o impedi porque não havia risco de me apaixonar por ele.

Talvez houvesse, muitos anos antes, mas não mais.

Além disso, hoje é o equinócio. Quando o verão se transformar em outono, qualquer afeto que eu tenha por Josh vai desaparecer. É uma consequência de ser uma bruxa atemporal: estar ligada às quatro estações quer dizer que eu mudo com elas.

Amanhã de manhã, os meus sentimentos por Josh vão sumir, bem a tempo de ele entrar em um avião e voltar para casa em Londres.

Mas, neste instante, ainda é verão, e o que eu mais quero é o falso conforto do seu corpo quente ao lado do meu.

— Então fique — digo.

Pego a mão de Josh, que me acompanha nos três passos até a cama. Ele me puxa para perto, roça os lábios no meu pescoço.

Até agora eu não sabia o quanto precisava disso, o quanto precisava dele. Fecho os olhos e deixo para trás o peso do dia. Estará à minha espera pela manhã, mas, por enquanto, só quero desligar o cérebro, esquecer as preocupações e ignorar a culpa esmagadora que controla meus pensamentos.

Puxo Josh para a cama, e o peso dele sobre mim substitui tudo. Por mais uma noite, posso fingir que não sou tão solitária a ponto de praticamente ser oca.

Por mais uma noite, posso fingir que me lembro de como é a sensação de amar alguém. E de ser amada também.

Então é o que faço. Eu finjo.

Enchemos a escuridão com respirações ofegantes, membros emaranhados e lábios inchados. E, quando a lua chega ao ponto mais alto do céu, Josh está dormindo ao meu lado.

Sete minutos para o equinócio do outono.

Em sete minutos e um segundo, a realidade da minha vida vai despencar na minha cabeça. Minha magia vai se metamorfosear para se alinhar ao outono, e serei uma versão mais distante de mim mesma.

De repente, estou furiosa, um ódio cáusticante fluindo pelas minhas veias. Não basta que eu seja perigosa, que minha magia procure os mais próximos a mim. Também sou forçada a mudar com as estações e a observar versões de mim mesma se distanciarem como folhas presas na correnteza.

Minha pele fica quente, minha respiração, curta e acelerada. Faço de tudo para me acalmar, mas algo dentro de mim está se partindo. Estou tão farta de perder coisas.

De me perder.

O sol vai me carregar para o outono da mesma forma que a lua carrega as marés.

Meu peito está apertado. Há uma dor tão profunda, tão forte ali dentro, que estou certa que irradia pelas minhas costas até a barriga de Josh.

Mais quatro minutos.

O meu corpo dói por tentar ficar imóvel, totalmente imóvel, para que Josh não perceba como estou arrasada. Ele se mexe ao meu lado, me puxando para mais perto do peito.

A não ser pela respiração lenta e estável dele, que tento acompanhar, o quarto está em silêncio.

Trinta segundos.

Eu chego para trás, o mais perto possível de Josh, até não haver espaço entre nós.

Dessa vez, vou lutar. Vou me segurar a Josh e me recusar a deixá-lo. O equinócio vai passar e estarei bem aqui. Eu *vou querer* estar bem aqui.

Seguro o braço de Josh, e ele, sonolento, murmura o meu nome, aconchega o rosto nos meus cabelos.

Um arrepio percorre minha espinha, e eu me seguro nele com os braços, me recusando a deixar que isso acabe.

*Três.*

Não vou soltar.

*Dois.*

Não vou.

*Um.*

# outono

CAPÍTULO

# três

*"O primeiro dia do outono é memorável porque o ar ganha lâminas, imperceptíveis pontas afiadas que eliminam qualquer vestígio do verão. As estações são invejosas assim, relutantes em dividir a atenção."*
*— Uma estação para todas as coisas*

Eu solto o braço de Josh. As palmas das minhas mãos estão quentes e suadas de apertá-lo com tanta força. Minha respiração volta ao ritmo normal, e a raiva dentro de mim se transforma em derrota.

Eu perdi. De novo.

Não sei por que tento, por que continuo fazendo isso comigo mesma. É sempre igual.

Mesmo assim, fico imaginando como seria ir dormir tendo a absoluta certeza de que me sentiria da mesma forma em relação à pessoa deitada ao meu lado pela manhã. Mas reprimo esse pensamento tão logo ele surge.

Eu nunca vou acordar tendo certeza absoluta de coisa alguma, menos ainda em relação aos meus sentimentos.

Eu e Josh estamos próximos de mais. Rolo para fora da cama e abro a janela o máximo possível. O ar do outono é cortante, e uma noite sem nuvens se estende além da vidraça.

Josh começa a se mexer, então visto meu moletom e ligo a chaleira. Observo Josh dormindo, imóvel e tranquilo. Quanto a chaleira apita, ele acorda.

A presença dele não está mais tão forte. Conforme a posição do sol muda e nos afastamos do verão, a magia de Josh vai enfraquecer. E, quando o verão chegar novamente, seu poder vai atingir a potência máxima por três extraordinários meses.

Mas hoje Josh está se esvaindo, e posso ver isso no rosto dele.

No entanto, não parecerei mais fraca, porque não estou. Minha magia nunca fraqueja. Nunca esmorece. Ela apenas muda.

— Feliz equinócio. — Um tom de tristeza suaviza a voz dele.

— Feliz equinócio. Chá?

Ele concorda com a cabeça, e eu pego duas canecas do canto do balcão. Josh fica de pé e se veste antes de se sentar de volta na beirada da cama.

Posso ouvir todas as bruxas e bruxos lá fora, dando boas-vindas ao outono apesar de ainda estar de madrugada. Josh me observa, os olhos azuis acompanhando meus movimentos enquanto preparo o chá.

Entrego uma xícara a ele e me sento na cadeira ao lado da cama. O vapor sobe e rodopia pelo ar entre nós dois.

— Ei, hoje é o seu aniversário, não é?

— É, sim — respondo. — Como você sabe?

— O sr. Hart comentou. — Ele levanta a caneca na minha direção. — Feliz aniversário, Clara.

— Obrigada.

Abro um sorrisinho para ele, mas não consigo encará-lo.

Bruxas e bruxos sempre nascem nos solstícios ou nos equinócios, mas ninguém sabe o que liga uma atemporal às quatro estações do ano. Eu nasci no equinócio de outono, e deveria ser uma bruxa outonal comum. Em vez disso, algo aconteceu quando eu nasci que me transformou nisto aqui: alguém que mal consegue olhar para a pessoa que está ao seu lado porque seus sentimentos por ela sumiram de um instante para o outro.

— Você não estava exagerando quando disse que ficaria diferente — Josh comenta. O tom dele não é agressivo nem perverso, mas parece um insulto mesmo assim. — Seu comportamento, a maneira como se mexe... Você parece tão fechada.

Fico em silêncio.

— Como é a sensação? — pergunta ele.

A pergunta me pega de surpresa.

— Como é sensação do quê?

— Da mudança. De mudar do verão para o outono. Todo o processo.

Ninguém jamais me perguntou isso. Não dessa maneira. A partir do momento que fica evidente que não estou mais interessada, as pessoas não querem mais ficar por perto, e eu não as culpo por isso. Mas Josh parece genuinamente curioso.

— É chocante a princípio, como se eu tivesse sido jogada de uma banheira cheia de água quente para o oceano. Ainda que eu saiba que a mudança se aproxima, é difícil me preparar. Minha magia muda imediatamente; a magia do outono não é tão intensa quanto a do verão, então tudo fica um pouco mais lento. E acho que fico um pouco mais lenta também. Qualquer paixão que tive no verão desaparece também. — Eu tomo um gole de chá e me ajeito na cadeira.

— Tipo eu? — pergunta ele.

— Exatamente.

Ele se encolhe e baixa os olhos para o chá.

— Sinto muito, Josh. — O meu tom de voz é gentil, embora por dentro eu esteja gritando. Eu odeio me desculpar por quem eu sou.

Ou talvez eu simplesmente odeie quem eu sou.

Não tenho certeza.

— Não se preocupe com isso. Imagina — diz ele. — Afinal, você me avisou.

Sua voz é firme e despreocupada, mas ele parece triste quando sorri.

O som de risadas e cantorias entra pela janela aberta.

— Acredite em mim, é melhor do que a alternativa. — Assim que pronuncio as palavras, gostaria de não ter dito nada. Ele vai embora amanhã, não precisa conhecer as partes de mim que quero manter escondidas.

— Como assim?

— Você não quer que eu me importe com você. — Olho pela janela, mas não é o céu noturno que vejo. É Nikki. Meus pais. Fecho bem os olhos e me forço a esquecer aquelas imagens.

Josh sopra o chá, embora já esteja frio a essa altura.

— Sua amiga, né? — Acho que todos sabem dos rumores, mesmo ele, que chegou três semanas atrás.

Concordo com a cabeça sem dizer nada. Nonó sobe no meu colo e me olha, como se para garantir que meu amor por ele não mudou. Eu lhe dou um beijo na cabeça, e ele ronrona.

— De todo modo, você vai embora amanhã, então não precisa se preocupar com isso — digo com um tom mais alegre, tentando amenizar a tensão que tomou o ambiente.

— Não sei se faz diferença, mas eu me diverti muito nessas últimas semanas. Compensou as cinquenta libras.

— Como é?

— Eu apostei com uns caras daqui que você ainda estaria na minha depois do equinócio. — Josh ri, mas parece constrangido. — Não dá para ganhar sempre.

Um enjoo começa a revirar o meu estômago, e bebo um pouco de chá para amenizar.

— Você fez uma aposta sobre mim?

Josh encontra meu olhar e sua expressão fica mais suave, como se só então entendesse como aquilo soava mal.

— Não era isso — diz. — Eu só quis dizer que passei ótimos momentos com você. De verdade.

Ele procura a minha mão, mas eu me afasto.

— Tanto que você inventou uma aposta com seus amigos.

— Foi uma idiotice nossa, só isso. Eu sinto muito, de verdade, principalmente porque o que eu disse é verdade. — Josh olha para o chão, e eu não tenho a energia necessária para me irritar.

Já estou constrangida o bastante. Porém, mais constrangedor do que a aposta é ele ter me magoado. E não quero que ele saiba disso.

— Passei bons momentos com você também — digo, finalmente. — Valeram, no mínimo, cinquenta libras.

As palavras saem como ferroadas, mas Josh sorri.

— No mínimo — ele concorda.

E, como eu faço ao fim de cada verão, prometo nunca mais ter outro casinho. O verão é a estação em que fico sedenta pelo toque, sedenta pela proximidade com outra pessoa, e eu me entreguei a isso nos últimos três porque não importa. Os meus sentimentos não duram, então quem quer que esteja comigo está seguro.

Mas, com o tempo, essas mudanças começaram a parecer uma maldição, e não quero mais isso. Não quero ver minhas próprias inseguranças refletidas nos olhos de quem estiver comigo.

E, sentada aqui agora, no outono, vendo a decepção no rosto de Josh e me forçando a dar alguma desculpa, sei que não valeu a pena.

Pego a caneca vazia de Josh e me levanto bem a tempo de ver um lampejo verde brilhante se deslocar pelo céu escuro.

Fico olhando pela janela, e Josh se aproxima e para ao meu lado.

O lampejo pisca mais uma vez.

— Você viu aquilo? — pergunto a ele.

— Vi. — Sua voz assume um tom estranho que não existia antes.

Aí uma luz vermelha intensa desliza pelo céu como a fita de cetim de um ensaio de ginástica rítmica, impossível não ver.

Eu largo as canecas. Elas caem no chão e se quebram.

Saio correndo do chalé, com Josh vindo logo atrás de mim.

A instabilidade do clima atinge minha pele assim que estamos do lado de fora, milhares de minichoques queimando meus braços e fazendo os pelinhos se eriçarem. O show de luzes continua lá em cima enquanto corremos em direção aos jardins. Cores dançam pelo céu noturno em ondas de verde e azul, espirais de violeta e amarelo, como se o próprio Sol estivesse pintando a dedo na alta atmosfera.

A aurora boreal ilumina o nosso campus, nos banhando de cores incríveis. Mas não estamos no Alasca, na Noruega ou na Islândia. Estamos no norte da Pensilvânia, junto às montanhas Poconos.

A aurora boreal é a última coisa que queremos ver.

Os alunos já estavam nos jardins para comemorar o equinócio, mas sussurros ansiosos e um silêncio nervoso substituíram as risadas e celebrações anteriores. Copos de sidra e de chá de canela foram abandonados nos caminhos de paralelepípedos, e todos estão com a cabeça inclinada em direção ao céu. Josh fica parado ao meu lado, a postura geralmente relaxada substituída pela coluna ereta e punhos cerrados.

— Você já viu isso antes? — Os olhos de Josh estão arregalados e há espanto em seu tom de voz. Espanto e medo.

— Não.

Um conjunto de arcos verde-neon pulsam pelo céu em tons de vermelho e rosa. Alguém arfa atrás de mim, e um arrepio sobe pela minha espinha.

Nos últimos vinte anos, bruxas e bruxos foram posicionados nos polos do planeta para ajudar a mudar a direção das partículas da coroa solar. Nós somos imunes à radiação delas, mas se atravessassem a atmosfera o nível de radiação envenenando os sombreados iria crescer.

Os sombreados insistem que magia é especialidade nossa e que por isso não querem se envolver, não querem atrapalhar. E é isso que eles não entendem: eles *atrapalham*, uma barreira tão extensa que não conseguimos contorná-los, sua indiferença tão tóxica que está destruindo o único lar que temos. A magia é um recurso temporário, um estabilizador. Não uma solução. Precisamos da ajuda dos sombreados, mas ninguém quer ouvir que eles são parte do problema — que agora eles *são* o problema.

Estamos fazendo tudo o que podemos, só que o restante depende deles.

— Mas que merda é essa? — Josh mantém os olhos fixos nas luzes sobre nós, e não tenho certeza de que ele quer mesmo uma resposta.

— Não existem tantos de nós para equilibrar todos os lugares que sombreados criaram. A magia não deveria ser usada com tanta abrangência assim. A Terra precisa de territórios indomados, livres de humanos e livres de controle. — Continuo com a cabeça inclinada em direção ao céu. — Agora o planeta está dando o troco, e nós não conseguimos lidar com tudo isso.

Outra explosão de vento solar atinge a atmosfera, e uma luz violeta passa planando pelo céu, iluminando momentaneamente o jardim em que estamos parados.

— A gente deveria ter força suficiente para estabilizar as coisas — diz Paige ao meu lado. Eu não vi quando ela se aproximou, mas não estou surpresa que esteja aqui.

— Como assim? — Josh pergunta a ela.

Paige analisa Josh de cima a baixo. Ela enruga a testa antes de voltar o olhar para mim.

— Você não soube? Nossa geração foi abençoada com uma bruxa atemporal.

— Não faz isso, Paige.

Sinto uma onda de calor subindo pelo meu pescoço. Olho de cara feia para ela, que, no entanto, não se abala.

— Fazer o quê? Você não acha que ele tem o direito de saber que você está colocando todos nós em risco de propósito por não querer usar o poder que tem? Não é coincidência que a primeira atemporal em mais de um século tenha nascido agora, quando precisamos tanto dela. Só que ganhamos uma bruxa que não quer saber de magia — retruca Paige, praticamente cuspindo as palavras.

Esse é o problema ao deixar alguém te conhecer profundamente: a pessoa continua sabendo seus segredos, mesmo muito depois do fim da relação. Ainda sabe exatamente o que dizer para te machucar.

— Clara tem os motivos dela. — É fofo Josh me defender, mas não vai ajudar.

— Eu conheço os motivos dela bem melhor do que você. — O tom de Paige é tão mordaz que Josh se cala e engole as palavras que estava prestes a dizer. Ela me encara. — O jogo mudou, e se algumas pessoas tiverem de morrer para que você ajude, vale a pena. — Ela fala como uma autêntica bruxa invernal, mas uma pontinha de tristeza suaviza suas palavras.

— Não sei bem se Nikki concordaria com você. — Minha voz sai tão baixa que somente Paige consegue ouvir, e observo quando as palavras lhe atingem. Ela recua de leve e engole em seco.

Eu quero voltar atrás assim que abro a boca. A morte de Nikki foi tão difícil para Paige quanto para mim. Nós três éramos inseparáveis, a paixão e espontaneidade de Nikki contrastando perfeitamente com a honestidade e determinação de Paige; a firmeza das duas era um equilíbrio perfeito para mim.

Quando eu e Paige começamos a namorar, Nikki nunca agiu de forma esquisita. Passamos horas pensando em como contaríamos a ela, agonizando sobre cada palavra. Quando finalmente contamos, ela caiu na gargalhada e gritou:

— Vocês duas parecem apavoradas!

Ela ria tanto que começou a engasgar, as lágrimas escorrendo pelo rosto, e logo eu estava rindo com ela. Foi o tipo de risada tão desenfreada e ridícula que nem mesmo Paige conseguiu ficar séria. E assim foi. Nunca mais tocamos no assunto, e Nikki nunca se permitiu sentir como se estivesse sobrando, porque nunca foi o caso.

Eu pisco para afastar a lembrança e olho para Paige.

— Não vou deixar você nem ninguém me dizer o que devo fazer com a minha vida.

O olhar de Paige vai de furioso para triste. Ela balança a cabeça.

— Que desperdício — diz.

O vento solar atinge os átomos de nitrogênio cem quilômetros acima, banhando as costas de Paige num azul vibrante enquanto ela se afasta.

*Que desperdício.*

Eu tento não me importar, mas as palavras dela ecoam na minha mente como pingos d'água numa caverna.

— Você está bem? — Josh me pergunta.

— Estou ótima — digo, embora não esteja.

— Certo, todos de volta para os seus quartos. — A voz do sr. Donovan atravessa os jardins, e eu consigo distinguir sua figura alta na multidão.

Os alunos voltam para o alojamento, mas me sinto presa ali, as cores no céu destacando minha culpa e meu medo, julgando as minhas escolhas assim como a Paige.

— Durma um pouco, Clara — diz o sr. Donovan. Ele passa uma das mãos pelo cabelo castanho espesso e se encolhe quando outro clarão rouba o negrume. É jovem, provavelmente tem uns trinta e cinco anos, mas a preocupação enruga a pele ao redor de seus olhos.

— Podemos fazer alguma coisa para ajudar? — pergunto.

O sr. Donovan nega com a cabeça.

— Estamos muito ao sul. Isso cabe às bruxas alocadas no polo. Não há nada que possamos fazer daqui.

Tento ignorar a apreensão na voz dele, mas ela permanece comigo enquanto eu e Josh voltamos para o chalé. Josh arruma as coisas dele e deixa seu número de telefone e endereço para que eu possa contatá-lo, se quiser.

— Vai que... — diz ele, embora nós dois saibamos que isso não vai acontecer.

Depois que Josh vai embora, eu fico parada olhando pela janela. Pego Nonó e coço sua cabeça, abraçando-o com força.

Se eu dedicasse a minha vida a isso, da maneira que Paige, o sr. Hart e a diretoria querem, eu estaria me entregando. Estaria dizendo que é normal pessoas morrerem, como já morreram, por causa da minha magia.

Mas para mim nada disso é normal.

E é por isso que, em onze meses, enquanto as outras bruxas vão fugir do eclipse total que se aproxima, vou ficar ao ar livre, exposta à sombra da lua. Perderei a minha conexão com o sol e terei minha magia arrancada. E ninguém nunca mais vai morrer por causa do meu poder.

Eu venho planejando isso desde que soube que o eclipse estava próximo. Eclipses totais do sol são raros e um ocorrer durante a minha vida no lugar em que moro é uma oportunidade que me recuso a desperdiçar.

Existem apenas duas maneiras para uma bruxa perder seus poderes: ficar diante de um eclipse total do sol ou ser esgotada. Mas a maior parte das bruxas morre por esgotamento, e as pessoas geralmente intervêm quando percebem o que está acontecendo, o que atrapalha um pouco este plano.

Ouvi dizer que é agonizante ter sua magia arrancada, uma dor como nenhuma outra. Mas não vai ser tão doloroso quanto foi enterrar meus pais. Ou a minha melhor amiga.

Eu vou sobreviver, e então começarei de novo.

Talvez comece a estudar em uma escola de sombreados e faça amigos de verdade. Aprenda sobre coisas em que estou interessada, não mais obrigada a praticar uma magia que só me fez perder tudo que amo.

Não sei o que vou escolher, mas esta é a questão: terei uma escolha.

CAPÍTULO

# quatro

*"A calma antes da tempestade é um mito. É apenas o momento em que você tem a mais absoluta certeza de que nada vai acontecer."*
— *Uma estação para todas as coisas*

Ainda vejo as cores da aurora boreal, embora isso tenha acontecido semanas atrás. Lampejos verdes, azuis e violeta atravessam minhas pálpebras, como raios pelas nuvens. Estava em todas as redes sociais, os sombreados postando foto após foto. Eles acharam bonito, uma maravilha da natureza, em vez de um indicativo de que o clima está se tornando instável. Os sombreados confiam em nós, mas uma consequência dessa confiança é a sua complacência. Não passou pela cabeça deles que algo podia estar errado.

E, por mais difícil que seja admitir, nós precisamos da confiança deles.

Nós contamos a eles que as coisas estavam ficando mais difíceis para nós, mas todas as vezes eles respondem da mesma maneira: "Sabemos que vocês vão conseguir dar um jeito, sempre conseguem." E sempre conseguimos mesmo. Quando eles queriam expandir, construir indústrias até nos lugares mais implacáveis da Terra, nós avisamos que era melhor não, explicamos que não havia magia suficiente para lidar com isso tudo. Mas eles não nos ouviram, certos de que estávamos sendo excessivamente cautelosos. Aí, quando o terreno que alertamos ser inóspito se mostrou exatamente assim, nós intercedemos para que ninguém morresse. Nós demos um jeito.

Mas esses eventos, os incêndios e a aurora, são como gotas num balde d'água. Nós vemos o balde enchendo, observamos com atenção e tentamos controlar a água que sobe da melhor maneira possível. Só que, em algum momento, a água vai entornar, e não seremos capazes de contê-la.

Vivemos em paz com os sombreados por tanto tempo, os protegemos por tanto tempo, que eles pensaram que estávamos lhes dando um espetáculo de luzes com a aurora. Mas não podemos seguir protegendo-os quando o preço é o nosso lar. Não vamos fazer isso. E, se eles quiserem sobreviver, terão que fazer essa mesma escolha.

Fomos liberados da assembleia dez minutos atrás; uma hora tensa e exaustiva de avisos que foi dura de enfrentar. A aurora cobriu o nosso campus com uma névoa de ansiedade que deixa difícil enxergar o que está além. Todos, até mesmo os professores, estão estressados.

Estou suando sob minhas vestes, o cetim pesando nos ombros. O azul-marinho faz com que meu cabelo vermelho se destaque ainda mais do que de costume, e puxo vários fios soltos no tecido. Listras de seda em laranja, carmim, esmeralda e azul-céu compõem o xale ao redor do meu pescoço e pesam como um fardo repleto de expectativa.

O meu xale é o único listrado que a Escola de Magia Solar Oriental já forneceu.

Não me apresso ao caminhar até a fazenda. Raios de sol atravessam as copas das árvores, refletindo nos prédios antigos de tijolinhos e nos caminhos de pedra, encharcando as trilhas com um amarelo-claro brilhante da cor de narcisos.

Um grupo de outonais está no pomar colhendo maçãs. Elas conversam entre si, largando as maçãs em sacos de juta que pendem de seus ombros. Em parte, quero me juntar a elas, me entregar ao chamado e colher ao lados delas. Mas é arriscado demais.

A magia é uma coisa profundamente pessoal e se entrelaça a todas as emoções que a pessoa está sentido. E como a minha magia é muito feroz e poderosa, o treinamento que faço não é o bastante para escoá-la. Ela cresce, cresce, cresce e, quando a pressão fica grande demais, procura outras formas de escapar, sendo atraída pelas pessoas das quais sou próxima por reconhecer a conexão emocional que tenho com elas. É a mesma conexão que minha magia tem comigo.

Mas nenhuma dessas pessoas consegue lidar com a força da magia. Ou elas não têm magia, como os meus pais, ou a que têm não é nem de perto suficiente para competir com a minha, como Nikki.

De um jeito ou de outro, minha magia as mata.

É por isso que nunca posso me aproximar demais de ninguém, nunca posso desenvolver emoções fortes a ponto de minha magia senti-las.

Perceber seu amor por alguém é como uma queimadura de sol: você não sabe exatamente quando aconteceu, apenas que se expôs por tempo demais.

Então reduzo o meu tempo de exposição.

A toda e qualquer pessoa.

Quando a fazenda entra no meu campo de visão, diminuo o passo. A sra. Suntile aguarda ao lado do sr. Hart e de um homem que nunca vi. Preciso de toda a minha energia para não dar meia-volta e retornar. A sra. Suntile é a diretora da escola desde que cheguei aqui, aos cinco anos. A última coisa que quero é tê-la observando meu treinamento como se fosse capaz de me obrigar a melhorar só pela força do medo.

Hastes verdes se espalham à minha frente até a mata que circunda a fazenda. A terra é macia e fofa, e o sol embebe o campo de trigo à direita, deixando-o dourado. Montanhas despontam à distância e, por um momento, deixo a paz me invadir.

Ando pelo campo e largo minha bolsa no chão entre fileiras de aipo. Tiro as vestes e o xale de cetim, e os coloco sobre a bolsa. Minha pele clara está corada, manchas vermelhas sobem pelos meus braços. Minha camiseta está ensopada de suor.

— A sra. Suntile quer assistir à nossa aula hoje — o sr. Hart diz. Pelo seu tom de voz, sei que ele também não está contente com isso. — O sr. Burrows é da Escola de Magia Solar Ocidental e vai assistir à aula também.

O sr. Burrows assente para mim, mas não estende a mão ou faz qualquer outro gesto para me cumprimentar.

— Nós ficamos decepcionados com o seu desempenho durante o treinamento de incêndio.

A sra. Suntile me olha como se eu fosse um problema a ser resolvido e não uma pessoa. O coque dela é tão apertado que repuxa sua pele marrom-escura.

Mechas de fios brancos atravessam seu cabelo preto. Seus olhos são cansados, marcados por rugas, mas brilham mais do que no verão. Assim como as demais bruxas do outono, ela está grata por estar de volta à sua estação.

— Fiz o meu melhor.

— Ambas sabemos que isso não é verdade, srta. Densmore. Se você tivesse feito o seu melhor, teria sido capaz de controlar a magia das bruxas do verão e apagar o incêndio sozinha.

— Não parecia ser a coisa certa — começo a explicar, mas o sr. Hart se intromete.

— Por que não começamos o treino de hoje? — Ele me lança um olhar tolerante e faz um gesto para que eu me aproxime. — Vamos trabalhar para liberar mais do seu poder em um ambiente controlado para que você se sinta mais confortável...

— Não — diz a sra. Suntile, levantando a mão. — Eu quero que você faça a plantação de aipo amadurecer, usando a minha magia, a do sr. Hart e sua própria.

Olho do sr. Hart para a sra. Suntile. Ambos são outonais, mas não sei se eu posso fazer o que ela quer.

— Nunca treinei com ninguém tão experiente quanto vocês. Só tentei isso com outros alunos.

— Você precisa de um ensino mais exigente, srta. Densmore. É a única forma de aprender.

O sr. Burrows concorda com a cabeça ao ouvir as palavras dela, e isso me deixa inexplicavelmente furiosa.

O sr. Hart trinca os dentes e afasta o olhar, como se estivesse decidindo se quer discutir com a diretora na minha frente. Ele opta por não fazê-lo.

— Certo, Clara, você ouviu a sra. Suntile. Vamos avisar antes de combinar os nossos poderes com o seu. Você tem alguma pergunta?

— Não.

Dou as costas para eles e começo. Os pés de aipo se enfileiram na terra diante de mim e, se assim ficassem, estariam prontos para a colheita em um mês.

Estou aliviada por estar de volta à calma que vem com o outono. A magia do verão é grandiosa e atrevida, se beneficiando da imensa quantidade de luz solar. É como uma enchente, na qual estou constantemente preocupada em não me afogar.

Mas no outono a magia é mais lenta. Deixo escapar um pequeno pulsar de energia, um teste para ter certeza de que sei do que a safra precisa. É como funciona no outono: eu faço uma pergunta e o mundo me responde.

A magia rodopia dentro de mim, e eu a lanço no solo. Ela atravessa a terra e captura água pelo caminho, para depois se enroscar no aipo em círculos firmes. Faço isso várias vezes até o fio estar tomado pelo peso frio e calmante da água.

Estou prestes a liberar a magia para a plantação quando um pulso forte de energia se choca com a minha.

— Ainda não estou pronta — digo, tentando manter o foco.

— Nem sempre você estará pronta. Precisa aprender a trabalhar com o ambiente ao seu redor. — A voz da sra. Suntile é cortante. — A magia do outono é transitória, use-a ao seu favor.

— Você consegue, Clara.

Eu me acalmo com a voz do sr. Hart e concentro novamente minha energia.

Com um movimento ligeiro, eu dou as costas para a água e mudo o foco para a luz do sol, uma mudança rápida na magia que só é possível no outono. Vou perfurando a névoa e puxo a luminosidade do céu, que chega em veios controlados que iluminam e fazem brilhar o fluxo de água. Dessa vez, estou pronta quando a sra. Suntile lança sua magia para mim, mas algo está errado. Em vez de tentar entrelaçar sua magia à minha, é como se ela estivesse tentando envolvê-la para destruí-la.

É pesada demais.

— Combine-a com a água — diz a sra. Suntile. Dou uma olhada para ela e a vejo apertar a mão estendida em um punho. Seu poder se fecha ao redor do meu, ameaçando desfazer minha magia.

A luz do sol lateja com o fluxo de magia, respondendo à força da sra. Suntile.

Ela não está liberando sua magia para mim, está *lutando* comigo. E é aí que percebo o que ela está fazendo. A sra. Suntile sabe que não estou usando todo o meu poder e está tentando me forçar a libertar o restante.

— Nós estamos com você — diz o sr. Hart. — Você está segura. Não vamos deixar que nada aconteça.

Eu me prendo à minha magia, desesperada. A sra. Suntile aperta mais uma vez e solto um gemido com a pressão. Dói, uma dor física que segue a corrente de luz solar até o meu corpo; é como se estivesse apertando cada um dos meus órgãos com mãos incandescentes.

Tento localizar a água em que envolvi a colheita, mas não consigo capturá-la de novo.

A sra. Suntile cerra o punho, e solto um grito de dor. A luz do sol explode dentro de mim e queima por baixo da pele. Eu perco o fio e caio no chão.

— Chega! — grita o sr. Hart.

— Por que você está fazendo isso? — Levanto a cabeça para olhar a sra. Suntile, pairando sobre mim.

— Porque as coisas estão piores do que você imagina. Sabe quantas bruxas morreram por esgotamento tentando controlar a aurora?

Balanço a cabeça.

— Quatro. Quatro bruxas numa noite. Antes disso, o maior número de bruxas que perdemos por esgotamento foi treze. Em um *ano* inteiro. — Ela nivela seu olhar com o meu. — Você é mais poderosa do que se dá conta, mas se não consegue aprender, é inútil. Tentaremos novamente amanhã.

A sra. Suntile se afasta da fazenda sem olhar para trás, mas suas palavras permanecem comigo, um eco cruel do que Paige disse durante a aurora.

Eu gostaria que não doesse.

Eu gostaria de não me perguntar se ela está certa.

O sr. Burrows segue imóvel, me observando, sem dizer nada. Ele segura o queixo enquanto me analisa. Em seguida, balança a cabeça e vai atrás da sra. Suntile.

O sr. Hart se ajoelha no chão ao meu lado.

— Não foi justo ela dizer aquilo. Lamento que você tenha ouvido essa informação. Você está bem?

Eu não respondo a pergunta dele.

— Ela está dizendo a verdade? Eu posso mesmo fazer tanta diferença?

O sr. Hart fica em silêncio por alguns instantes.

— Sim — responde, finalmente. — Ela está dizendo a verdade.

— As coisas estão tão ruins assim?

— Estão — diz o sr. Hart. — Estamos perdendo bruxos e bruxas por esgotamento num nível alarmante. Se continuar assim, não haverá o suficiente de nós para supervisionar com o básico, que dirá as anomalias que estamos enfrentando. — Ele para de falar e ajeita os óculos. — Por enquanto, tente esquecer isso e me ouça. Eu sei que você gostaria de ser como nós, sem ter que lidar com todas as expectativas criadas pelo fato de ser uma atemporal, mas a mudança é o que faz de você poderosa. Não tenha medo de assumir esse poder.

O sr. Hart me ajuda a ficar de pé e caminha até sua pasta. De lá, tira um objeto envolto em papel pardo.

— Tenho uma coisa para te dar — diz, me entregando o pacote. Parece ser um livro.

— O que é? — Assim que faço a pergunta, sinto uma alteração no ar acima de mim. Arrepios percorrem minha pele e me fazem estremecer.

— É uma coisa que passei anos tentando conseguir pra você — responde ele, seus olhos brilham de animação, mas eu mal escuto as palavras. Ele não sentiu.

Quero abrir o presente, mas algo não está certo. Minha mão paira sobre o papel pardo. Fecho os olhos e ouço. Sinto os gradientes e as alterações. O ar quente. O ar frio.

Agora tenho certeza. Todos precisam entrar.

— Clara? O que foi?

— Tem alguma coisa acontecendo — digo.

— Como assim?

Eu olho para o céu.

— Precisamos entrar.

O sr. Hart inclina a cabeça para cima.

Eu sinto antes de ver: uma alteração na atmosfera. Pressão. A névoa se espalha, revelando nuvens tão escuras que drenam a luz do dia. À distância, o vento ganha velocidade, rajadas violentas que nenhum de nós conjurou.

— Você tem razão — diz ele.

E então ouvimos: cinco sinais curtos e altos vindos dos alto-falantes.

Um sinal longo: a aula está encerrada.

Dois sinais curtos: a aula está prestes a começar.

Cinco sinais curtos: emergência.

— Vá para o auditório. — O céu fica cada vez mais escuro a cada segundo. Se agita sobre nós, as nuvens como ondas em um oceano turbulento.

Coloco o pacote fechado na bolsa antes de pendurá-la no ombro.

— E o senhor?

— Estou logo atrás de você. Agora vá! — A voz do sr. Hart está carregada de urgência.

Uma tempestade está vindo.

Uma tempestade que se formou sem a nossa participação, para a qual estamos totalmente despreparados.

E é das grandes.

CAPÍTULO

# cinco

*"Você é uma bruxa, pelo amor do Sol. Tem que ter um gato."*
— *Uma estação para todas as coisas.*

O salão está barulhento, as pessoas gritando os nomes umas das outras, conversas agitadas e caos.

Estou na Escola Oriental há doze anos, e é a primeira vez que ouço o sinal de emergência tocar sem ser por causa de simulações programadas de um terremoto ou incêndio. O salão está escuro, os janelões de vidro mostrando o céu ameaçador.

— Todos para o porão agora! — grita o sr. Donovan do fundo do salão.

Estudantes descem as escadas aos borbotões enquanto a sirene grita. O vento está aumentando lá fora. A sra. Suntile e Temperly, nossa conselheira, sussurram baixinho, mas consigo distinguir em parte o que estão dizendo.

Elas estão se perguntando o mesmo que todos nós: o que as bruxas e bruxos encarregados desta região estão fazendo?

A tempestade é tão inesperada que a equipe não tem tempo de coordenar ações com os demais da região. Seria perigoso demais tentar ajudar; muita energia conflitante direcionada para uma célula de tempestade pode piorar as coisas. Se algum professor tentar se intrometer, pode perder seu emprego.

Mas não importa. Nenhum deles é forte o bastante para parar uma tempestade dessa magnitude sozinho.

Temos que confiar nas bruxas e bruxos desta região. Mas, ao olhar pela janela para o céu cada vez mais escuro, fica difícil acreditar.

Desço as escadas correndo em direção ao porão, mas congelo de repente. O medo atravessa meu corpo como a lava de um vulcão, quente, devagar, denso. Nonó está do lado de fora, explorando o campus.

Largo a bolsa e dou meia-volta, subindo as escadas, empurrando e indo contra o fluxo de corpos. Alguém atrás de mim chama meu nome, mas não paro.

Saio do auditório em direção ao bosque.

— Nonó! — grito, com o olhar percorrendo o chão. — Nonó! — grito mais uma vez, me afastando cada vez mais do salão.

Um estalo alto ecoa no céu e a chuva começa a cair. Gotas grossas e pesadas me ensopam em segundos. Tiro a água do rosto e corro para as árvores.

— Nonó! — Estou dentro da floresta agora, procurando por qualquer sinal do meu gatinho. *Continue correndo, continue procurando*. Meu tornozelo desliza em uma imensa raiz e eu caio no chão, uma fisgada subindo pela perna. Ignoro a dor e me forço a ficar de pé novamente.

Um segundo raio cai logo depois do primeiro, deixando difícil enxergar. Está tão escuro.

Preciso encontrar Nonó. Meu tornozelo lateja e, quando me apoio nele, quase caio para trás.

O céu inteiro se ilumina com os raios que caem das nuvens.

Um.

Dois.

*Bum!*

O trovão é tão alto que reverbera em meu peito. O tremor se assenta no meu estômago.

E aí o vejo, finalmente o vejo, nos braços de alguém que não reconheço.

Corro na direção deles e pego Nonó. Ele está tremendo e seu pelo está ensopado, mas está aqui. Está em segurança.

— Ele estava se escondendo ao lado do galpão quando fui trancar tudo — diz o rapaz. — É seu?

Eu balanço a cabeça em concordância. O salvador de Nonó tem traços asiáticos, é alto e magro, com a pele bronzeada, o cabelo denso e preto agora encharcado de chuva. A blusa térmica de manga comprida está grudada na pele e as mãos estão cobertas de terra.

— Obrigada. — Meu rosto está aninhado no pelo de Nonó e as palavras saem abafadas. — Meu nome é Clara, e esse é Equinócio — digo acima do barulho da chuva. — Nonó é o apelido.

— Sang — ele responde.

A chuva cai, pesada, sobre nós. Outro raio ilumina as nuvens escuras.

Um estampido alto divide o céu. Olho para trás a tempo de ver um raio acertar uma árvore próxima. O chão treme.

— A gente tem que sair daqui — grita Sang.

Corremos em direção ao auditório. Seguro Nonó com força junto ao peito e corro contra o vento, a chuva e a dor lancinante no meu tornozelo. Mas quando eu e Sang saímos do bosque, algo ao longe chama a minha atenção. Forço a vista para enxergar na chuva e percebo que tem três meninos parados no campo. Suas mãos estão tensas, as palmas estendidas para cima. Uma sensação horrível se instala no meu peito.

— O que foi? — grita Sang acima do vento.

Eu aponto para os alunos que estão no campo.

— Não podemos deixar esses meninos lá.

Sang olha de novo para o auditório, depois para o céu. Outro raio rasga as nuvens e um trovão ressoa no instante seguinte. O céu se agita. Não vai demorar para as duas tempestades se unirem e um tornado atingir o campus.

— Merda — Sang diz, mas começa a correr em direção ao campo.

— O que vocês estão fazendo? — grito quando chegamos nos meninos. Os três são calouros em controle climático, mas não são fortes o bastante para interromper isso.

Nenhum dos três me responde. Os braços rígidos, as expressões tensas. Estão todos à beira do esgotamento.

Dá para sentir. Quando há energia em excesso em um sistema meteorológico, cria-se um circuito de retorno interminável com o sol, que usa mais e mais magia para interromper uma tempestade que só se fortalece. É impossível ganhar dela. Se você passa tempo demais nesse circuito, sua magia se extingue, quase como um curto-circuito.

Eu entrego Nonó para Sang e pulo na frente dos meninos.

— Vocês estão definhando! — grito. — Se não pararem, serão consumidos!

Mas eles estão envolvidos demais no que estão fazendo e nem me ouvem. Pego um dos meninos pelo ombro e chacoalho. Ele parece atordoado, mas para de lançar energia na direção da tempestade.

— Faça seus amigos pararem antes que sejam esgotados — grito.

Ele segura os outros meninos pelos braços e puxa. Os dois tropeçam para a frente, e é o bastante para interromper a concentração deles e dissipar a energia.

— Kevin, não é? — pergunto, olhando para o primeiro deles.

Ele concorda com a cabeça.

— Nós só... achamos que poderíamos ajudar — diz, parecendo à beira das lágrimas.

Estamos todos encharcados e o vento chicoteia ao nosso redor, implacável.

— É forte demais — digo. — Não há nada que vocês possam fazer, principalmente não sendo outonais.

É aí que entendo: são vernais, e é por isso que querem ajudar. São os melhores para lidar com tornados, porque a maior parte deles acontece na primavera. Mas agora estão fracos demais, distantes demais da própria estação para fazer diferença.

Cabe às bruxas e aos bruxos do outono, mas tornados são difíceis para eles.

— Temos que ir. *Agora* — Sang diz. Nonó tenta fugir do colo dele.

Mas alguma coisa está me mantendo presa aqui. Não quero me mexer.

— Clara — chama Sang.

Não sei mais se devo fugir. A tempestade está me chamando, me convocando, como se quisesse ser contida. Os meninos teriam se esgotado — energia de mais e magia de menos. Só que eu sou mais forte do que eles e, se a tempestade chama e eu respondo, se eu trabalhar *com* ela, talvez possa parar tudo isso.

A sra. Suntile, Paige e o sr. Hart acreditam que sou poderosa, acreditam que eu possa fazer diferença. Nunca me deixo pensar dessa maneira, porque não é essa a vida que quero para mim. Mas neste instante, enquanto o céu escuro se revolve acima da minha cabeça, fico pensando se eles têm razão.

Sang me vê encarando o céu, a cabeça inclinada, pensando.

— Clara, a tempestade é muito forte. Ainda que seja a sua estação, é demais para qualquer um de nós.

— Ela é uma atemporal — diz um dos meninos. Espero algum tipo de reação de Sang; olhos arregalados, palavras apressadas ou infinitas perguntas. Mas a única reação dele é um leve erguer do lábio, como se quisesse sorrir.

É irresponsabilidade minha tentar intervir sem antes falar com as bruxas encarregadas desta área, mas não há tempo para isso. Eu espero Sang dizer algo assim, mas ele só me olha.

— A decisão é sua — diz. — O que você quer fazer?

Eu sei que é perigoso. Sei que posso me meter em confusão. Mas a tempestade me chama.

— Eu quero tentar.

Pego Nonó do colo de Sang e o entrego a Kevin.

— Por favor, mantenha-o em segurança. Vá para o auditório, e farei o que estiver ao meu alcance por aqui. E não diga a ninguém que nos viu.

Kevin segura Nonó com firmeza contra o peito, e os meninos saem correndo do campo.

Outro raio ilumina o céu. Minhas roupas estão ensopadas e meu tornozelo lateja, fazendo ondas de dor subirem pela minha perna.

— Você deveria sair daqui — grito para Sang.

— É perigoso demais — ele diz. — Você precisa de alguém aqui caso as coisas saiam de controle. Vou ficar de olho e garantir que você não esteja correndo o risco de esgotamento.

Se eu ficar presa no circuito de retorno como os meninos, alimentando com magia uma tempestade que não tenho como impedir, posso ficar esgotada e perder meu poder. E não estou pronta para isso. Não agora.

Concordo com a cabeça, depois ergo o rosto para as nuvens. Um raio divide o céu em dois, seguido por um trovão ensurdecedor quando o ar colide mais uma vez.

— Onde vocês estão, afinal? — grito para as bruxas que deveriam estar cuidando disso. Mas em resposta recebo apenas mais um relâmpago.

CAPÍTULO

# seis

*"O tornado não se importa com o ponto em que vai tocar a terra, apenas que o fará."*

— *Uma estação para todas as coisas*

Duas tempestades pairam sobre mim, absorvendo a luz do dia e deixando o campus na escuridão. A chuva cai com vigor, e enxugo os olhos. Levanto as mãos e o meu corpo responde, energia me atravessando como um rio indo de encontro ao oceano.

A primeira nuvem cúmulo-nimbo se desloca e para exatamente acima de mim. A tempestade ao longe continua gritando, cada vez mais próxima.

Fecho os olhos e me concentro na tempestade que está sobre mim. O vento agita meu cabelo, mechas vermelhas molhadas açoitando meu rosto. Sinto o sangue pulsando nos ouvidos, misturado ao som do vento. Sinto cada parte da tempestade. As correntes de ar ascendentes e descendentes. O granizo que se forma lá no alto. A chuva e a eletricidade.

O que me interessa são as correntes descendentes.

Eu as identifico e as empurro com toda a força. Meus músculos queimam e meus braços tremem, mas a nuvem reage. Mantenho a mão esquerda estendida, guiando o ar que desce para o chão, e movo a mão direita em círculos, cada vez mais rápido.

De repente, o ar entende o que estou pedindo e mergulha em direção à terra.

— Está funcionando! — grita Sang atrás de mim.

Como todo o poder que tenho, afasto minha magia da corrente de ar descendente, jogando-a para a corrente ascendente. Mantenho as mãos firmes, fazendo um movimento lento e constante que impede o ar de subir.

E, quando o ar não pode mais subir, a nuvem se dissipa.

A segunda tempestade surge acima de mim, tentando se agarrar à nuvem com a qual estou trabalhando, mas é tarde demais.

A chuva enfraquece, vira uma garoa, e, bem devagar, a tempestade desaparece de baixo para cima.

A segunda tempestade não consegue encontrar a primeira nem dançar com ela, não consegue formar um tornado.

Dou um suspiro longo e profundo. Estou exausta, cada pedacinho do meu corpo implorando para dormir, para descansar meus músculos exauridos. O meu tornozelo está tão inchado que o cano do sapato corta a minha pele.

Mas a primeira tempestade se foi.

A que ficou se enfurece. Está mais pesada, mais escura e nos ataca com pedras de granizo.

— Clara?

Eu me viro para Sang, mas ele não está olhando para mim. Está olhando ao longe, para além do que restou da primeira tempestade. Ele aponta, e meu olhar segue seu dedo.

No mesmo instante, vejo o que a tempestade sente. Ela se afasta de nós para alcançar uma tempestade nova que surge logo atrás.

Uma que eu não havia notado.

Estendo os braços para a frente e tento puxar a tempestade de volta, afastá-la da outra. Mas não consigo. É grande demais. Fortíssima. E não quer nada comigo.

Continuo tentando.

Eu puxo, balanço, e puxo um pouco mais. O temporal cede um pouco, flutua de volta na minha direção, e eu relaxo por um segundo.

É demais, e a tempestade segue adiante com força renovada. Eu não consigo puxá-la de volta.

Talvez, se eu deixasse a escola me treinar da maneira como a sra. Suntile deseja, se deixasse que levem o meu poder ao limite, eu teria forças para combater essa tempestade. Mas não sei como usar toda a magia dentro de mim, e estou apavorada com a possibilidade de deixá-la escapar e ela causar mais estragos.

E agora estou pagando por isso. O campus inteiro está.

Eu não sou forte o bastante.

Sang prende a respiração enquanto assistimos ao encontro dos dois temporais.

A colisão causa instabilidade na atmosfera. Sinto isso como uma pressão no peito, um nó no estômago. Minha mágica implora para se soltar, mas a tempestade é forte demais.

E então, algo muda. Os ventos começam a soprar em outra direção.

Aceleram.

Um rodopiante movimento horizontal se instala e a corrente ascendente bate com força no ar que gira.

E se inclina.

Mais.

Mais.

Até ficar na vertical.

Um funil se forma e se estica em direção à terra. Eu deveria estar com medo, deveria correr e procurar abrigo, mas estou presa ao chão.

Maravilhada.

O tornado toca o solo, um túnel de vento comprido, escuro e violento que ronca ao longe.

Estendo minha magia para a nuvem acima dele, tento uma conexão, tento quebrá-lo. Fico impressionada quando a nuvem responde, um peso tangível em minhas mãos, me convidando a entrar.

— A gente tem que sair daqui! — grita Sang.

O tornado avança na nossa direção, mas a nuvem está me deixando controlá-la, e eu preciso tentar.

Estou ensopada. Meus músculos estão tão tensos que tenho certeza de que vão se soltar dos ossos. Mas a nuvem vacila, seus contornos desaparecendo no céu como o dia sendo tomado pela noite. Está tão perto de se dissipar, tão perto de desaparecer junto com o tornado.

Mas a corrente ascendente se amplia de repente, e é demais para mim. Não consigo mais segurar.

A nuvem se fortalece, seus contornos se afiam, e o tornado vem diretamente para a nossa direção.

Tento tocá-lo de novo, implorando para que pare, mas ele segue em frente. Com um empurrão final, jogo o máximo de magia que consigo para ele, tentando afastá-lo de nós. O tornado vacila para trás, indo na direção da fazenda, nos dando apenas o tempo de encontrar abrigo.

Mesmo assim ficamos imóveis, hipnotizados pelo girar da coluna de ar. O tornado paira por um, dois, três segundos. Então se lança contra nós.

— Corre! — grita Sang.

Mas eu não quero correr. Estou pasma com a força, o poder absoluto do vento vindo até mim. Quero tocá-lo.

Não estou mais com medo. Estou exausta e não tenho mais nada a oferecer, mais nenhuma ideia de como parar o que está bem à minha frente. E, por um breve instante, eu compreendo o tornado.

Tudo o que ele quer é tocar a terra.

— Clara, agora! — Sang me agarra pelo braço e interrompe o momento.

Um pinheiro alto cambaleia para o lado e cai no chão.

Nós vamos morrer se não corrermos.

Eu me viro para o auditório, mas o tornado está no caminho. A Casa da Primavera está adiante, o prédio mais próximo, então corremos para lá. Meu tornozelo lateja de dor. Preciso de toda a minha energia para seguir correndo, para continuar de pé.

O tornado nos persegue enquanto entramos apressados pelas portas principais da Casa da Primavera. O térreo é uma estufa, as janelas altas que circundam o cômodo são nossa única proteção contra a tempestade. Ficamos o mais distante que conseguimos delas e nos jogamos no chão.

Nosso tempo acabou.

O tornado atinge o prédio com tudo.

As janelas tremem e depois explodem, lançando cacos de vidro na nossa direção. Cubro a cabeça, mal percebendo que estou sangrando. Plantas voam pela sala, flores de todas as cores girando no ar como se tivessem asas. Eu olho para cima, para a claraboia quebrada.

Quero ver a tempestade.

Sangue quente escorre pela minha testa. Sang pressiona o corte.

— Você está bem — diz ele, seu tom calmo e estável, como se estivéssemos em uma caminhada na praia, não perseguidos por um ciclone violento.

Sangue pinga por entre os dedos de Sang, escorrendo pelo meu rosto até pingar no peito. Vasos de cerâmica quebram no chão à nossa volta, montes de terra caem no chão de cimento e escombros voam pelo lugar.

O tornado soa como um trem de carga. Estamos no pior momento. Consigo ver a base estreita pelo canto do olho, percebendo sua rotação que ergue as coisas no ar e depois as arremessa longe.

— Cuidado! — grito quando uma treliça é arrancada da base e se espatifa no chão.

Sang mantém a pressão firme na minha testa e protege minha cabeça no peito.

A quina da treliça bate nele, mas Sang continua firme.

Mais cacos de vidro se espalham pelo chão, e uma pedra voa por cima de nós antes de acertar a parede dos fundos. Galhos atingem as paredes. O prédio inteiro estremece quando uma árvore imensa despenca ao chão.

Plantas suspensas balançam freneticamente para a frente e para trás. Uma mesa comprida cheia de mudas cai quando um tronco de árvore atravessa uma janela quebrada e a derruba.

Em seguida, mais nada cai.

Nada se quebra.

O vento uivante enfraquece, e o silêncio inunda o cômodo. A escuridão recua no céu e um raio de sol tenta atravessar as nuvens.

Acabou.

## CAPÍTULO

# sete

*"O outono é a Terra logo antes de ela adormecer."*
— *Uma estação para todas as coisas*

Eu me esforço para ficar de pé. Eu e Sang estamos calados. O chão está coberto de terra e cerâmica quebrada. O sol entra pelas janelas rachadas e reflete nos estilhaços de vidro. Limpo a testa, e as costas da minha mão ficam vermelhas. Da mesma cor das palmas das mãos de Sang.

— Temos que limpar isso — diz ele, observando o corte.

Sang encontra um milefólio e arranca um punhado de folhas enquanto saímos. Um hematoma azul escuro se forma ao redor do olho direito dele.

Meu tornozelo pulsa e, me forçando a andar, mordo o lábio. O campus está uma bagunça. Há árvores tombadas e cimento rachado, calhas dependuradas e arbustos arrancados. Um imenso pinheiro está caído no Avery Hall, o telhado desmoronado.

Mas o campus resistiu. Ainda está aqui.

Precisa de bastante limpeza e reparos, mas vai ficar tudo bem.

Aos poucos, os alunos saem dos auditórios do outro lado do campus. Quero encontrar Nonó, me certificar de que ele está seguro, mas mal consigo andar. Cambaleio até meu chalé em transe, observando o contraste entre as calçadas cobertas de escombros e o sol agradável esquentando a minha pele.

Sang para e limpa a minha testa com a bainha da camisa.

— Nunca chegaremos na Casa do Outono nesse ritmo.

— Estou indo o mais rápido que consigo — respondo secamente. — E eu não moro nos dormitórios. Moro num chalezinho atrás da Casa do Outono, logo na entrada do bosque.

— Bom, não vamos chegar lá também. — Sang se agacha na minha frente, põe a mão nos ombros e dá tapinhas nas próprias costas. — Suba.

— De jeito nenhum. — Sang olha para trás para me olhar, e eu espero que minha expressão reflita o quanto a sugestão dele me enche de vergonha.

— Estou falando sério. Suba.

— Eu nem te conheço. Você não vai me levar de cavalinho pelo campus.

— Não vejo por que não — insiste ele. — E nós acabamos de sobreviver a um tornado juntos. Isso deve valer alguma coisa.

Eu suspiro, considerando as minhas opções. Sang me lança um olhar esperançoso.

— Certo, mas isso é ridículo.

— E, ainda assim, bem mais eficiente — responde.

Enrosco os braços no pescoço dele e subo nas suas costas. Ele segura minhas pernas com os antebraços, tomando cuidado especial com o meu tornozelo, e vai serpenteando pelo campus.

— Você é novo aqui? — pergunto, mantendo as mãos firmes nele.

— Mais ou menos. Sou aluno de botânica avançada.

Isso explica muita coisa. O comportamento gentil, a paciência. Ele é um bruxo da primavera.

— Acabei de me formar na Escola de Magia Solar Ocidental, e aproveitei a oportunidade de estudar em um lugar que passa pela experiência completa de todas as estações. Vou fazer um estudo independente aqui, por um ano ou dois, com meu mentor.

A Escola de Magia Solar Ocidental é a escola irmã da nossa e fica na Califórnia. Bruxas e bruxos se formam aos dezoito anos, então ele está apenas um ano na minha frente.

Eu não digo mais nada e tento não prestar atenção no constrangimento que sinto por estar montada nas costas de alguém que acabei de conhecer.

Quando avisto o chalé, salto das costas de Sang e vou saltitando pelo restante do caminho. Ele não diz nada, só se adianta e segura a porta aberta para mim. Eu entro e me sento na beirada da cama.

— Você precisa limpar esses ferimentos. Eu já volto.

— Não precisa — replico, mas ele já saiu.

Há uma grande rachadura na minha janela e o telhado está coberto de galhos e folhas. Fora isso, o chalé está exatamente como o deixei. Leva vários minutos até Sang bater à porta e enfiar a cabeça na minha casa.

— Você tem visita — ele avisa.

Nonó entra no chalé de um salto e se joga na cama. O pelo escuro está todo arrepiado e o gato está tremendo, parecendo ao mesmo tempo feliz e zangado em me ver, como se, de alguma maneira, a culpa fosse minha.

Acho que, de certo modo, é.

— Onde você o encontrou?

— Kevin está vindo para cá à sua procura. Ele disse que vão fazer um relatório com a presença de todos às sete da noite.

Eu levo a cumbuca de Nonó até a pia e encho de água, depois dou uma coçadinha na cabeça dele e agradeço ao sol pelo meu gato estar bem.

Sang está segurando toalhas, uma vasilha grande com gelo, sacos plásticos e um vidro de água oxigenada. Ele apoia tudo isso na cama, ao lado das folhas de milefólio.

— Não — digo. — Só quero descansar um pouco.

— Você está cheia de cortes, e alguns deles são bem profundos. Não vai querer que isso infeccione.

Eu suspiro.

— Então deixa eu me trocar antes.

— Estarei aqui fora. — Sang afaga Nonó rapidamente e sai, fechando a porta.

Tiro a blusa e me encolho de dor quando o tecido passa pela minha testa. O tecido fica ensanguentado e eu coloco a blusa no cesto antes de vestir meu moletom da escola e uma camiseta limpa.

— Pronto — aviso, abrindo a porta. — Acabei.

— Sente-se — diz ele, gesticulando na direção da cama.

Faço o que ele manda, sem forças para argumentar. Sang puxa a cadeira da escrivaninha e se senta na minha frente. O chalé parece pequeno com outra pessoa ali, as paredes de madeira e o pé-direito baixo fazendo com que pareça mais apertado do que é. O chão range quando Sang se inclina para mim. Ele abre o vidro de água oxigenada e molha uma toalha.

— Posso fazer isso sozinha.

— Você não consegue ver todos os cortes.

— Uso o espelho.

— Com esse tornozelo do tamanho de um bonde?

Eu suspiro. Ele tem razão. Não quero me levantar. Ele deve perceber minha frustração, porque pergunta:

— Pronta?

Eu concordo com a cabeça. Ele pousa a toalha na minha testa, e me contraio quando o líquido borbulha e pinica na pele.

— Tudo bem?

— Ótimo. — Mantenho os olhos fechados. Sang limpa o corte da minha testa diversas vezes, depois segue para os talhos abaixo da clavícula.

— Então, por que você mora aqui e não nas casas?

Não estou preparada para a pergunta e prendo o ar de repente. Sang deve achar que eu reagi a uma fisgada nos cortes, no entanto, e murmura desculpas.

— Eu morava lá. — Sang me espera falar mais, mas não digo nada além disso. Sinto gratidão por ele não insistir.

— Pronto — diz ele, baixando a toalha. — Você tem alguma caneca?

Aponto para a minha mesa.

— Você pode tirar as canetas daquela ali.

Sang leva o punhado de milefólio até a mesa, derrama um pouco de água nas folhas verdes e depois as macera no fundo da caneca. Aí ele mexe a mistura e põe mais água até que ela fique densa. O cheiro é fresco e temperado, disfarçando o bolor do chalé.

A lateral da mão de Sang está manchada de verde, cor-de-rosa e marrom. Quero perguntar por que, mas fico calada.

— Inclina a cabeça — diz. Eu ergo o queixo na direção do teto e ele aplica a pasta de milefólio no corte da minha testa, depois cobre tudo com uma gaze. — Isso vai ajudar a estancar o sangramento — explica ele.

— Obrigada.

— Agora vamos colocar essa perna para o alto.

— Por que está sendo tão legal comigo? Você nem me conhece. — As palavras saem com um quê de irritação, mas eu realmente quero saber.

— Porque sou um ser humano decente que acabou de te ver tentar salvar a escola de um tornado?

Não respondo. Coloco as pernas em cima da cama e Sang enfia um travesseiro debaixo do meu tornozelo. Ele levanta a barra da minha calça e faz uma careta.

— É um hematoma e tanto.

Sang enche um saco plástico de gelo e coloca no meu tornozelo.

— Seria bom colocar um pouco de lavanda macerada aí para diminuir o inchaço.

— Obrigada.

Sang começa a arrumar suas coisas, mas eu o impeço.

— Calma aí — digo.

— O que foi?

— Eu não fui a única a se machucar. — Não sei por que digo isso, mas ele foi gentil em me ajudar, e eu devo retribuir. — Sente-se — peço, indicando a cadeira.

— Estou bem — diz ele. — Treliças caem em cima de mim o tempo todo.

— É mesmo?

Sang concorda com a cabeça.

— Eu mal percebo quando acontece.

— O seu olho está inchado — observo.

Ele se senta.

Coloco mais gelo no outro saco plástico, o enrolo em uma toalha e entrego a ele, que aproxima o embrulho do olho machucado.

— Você está bem? — ele me pergunta.

— Estou. — Sei que ele está me perguntando sobre a tempestade, mas não tive tempo de pensar sobre isso. Para processar o que significa.

— Você chegou tão perto — diz Sang, balançando a cabeça. — A tempestade se dobrou para você, quase como se quisesse que você a controlasse.

— E para quê? Não fui forte o bastante.

— O que você fez foi extraordinário — insiste Sang.

— Não importa. Chegar perto não resolveu nada — digo.

Dou um pulo com uma batida frenética à porta. Eu balanço a cabeça e Sang vai abrir.

— Ah, estou tão feliz em ver vocês dois — diz a sra. Temperly, suas palavras tão apressadas que mal consigo compreendê-las. Ela ergue a mão ao peito e noto a minha bolsa tipo carteiro pendurada em seu ombro. A sr. Temperly larga a bolsa no chão e pega seu celular. — Eles estão bem — diz para quem quer que esteja do outro lado da linha. — Sim, os dois estão aqui. Pode deixar.

Desde que me mudei, nunca houve tanta gente no meu chalé, e a sensação é estranha, como se o cômodo minúsculo soubesse que eu deveria me isolar. Se a sra. Temperly, Sang e eu ficássemos lado a lado, de braços esticados, ocuparíamos todo o espaço.

Peço a Sang para abrir as janelas.

A sra. Temperly desliga o telefone e se arma da sua melhor expressão de orientadora. O coque loiro-claro no topo da cabeça está bagunçado, e há uma mancha do batom cor-de-rosa no queixo.

— Vocês não foram encontrados no porão. Onde estavam? — Sua pele clara está ruborizada e ela se abana com algumas folhas de papel que pega da minha mesa.

Estou cansada demais para mentir.

— Eu tentei dispersar a tempestade.

A sra. Temperly cobre a boca com uma das mãos.

— E o que aconteceu? — ela pergunta quando seus olhos se concentram no corte na minha testa e no meu tornozelo inchado.

— Obviamente não consegui, e tivemos que nos abrigar na Casa da Primavera. Eu torci o tornozelo e depois me cortei com os vidros quando as janelas quebraram.

— E você? — ela pergunta, se virando para Sang.

— Uma treliça caiu em cima de mim.

— Aparentemente, acontece muito — digo.

Sang tenta manter a expressão séria, mas os cantos de sua boca se erguem, entregando o riso. Uma covinha aparece dos dois lados da boca, e ele solta um pigarro para disfarçar.

— Clara, você precisa ir até a enfermaria por conta desse tornozelo — ordena a sra. Temperly. — Se estiver quebrado, vai precisar ir ao hospital.

Eu concordo com a cabeça.

— Sang, se estiver se sentindo bem o suficiente para isso, pode procurar o sr. Donovan no ginásio? Ele quer fazer um levantamento preliminar do estrago antes do relatório.

— É claro — ele responde.

Eu quero agradecer a ele. Por ter ficado para garantir que eu não me esgotasse. Por pousar a mão na minha testa. Por me proteger da treliça.

Porém, mais do que tudo, quero agradecer a ele por me deixar decidir sozinha. Por me deixar decidir se eu queria parar ou não a tempestade.

— Foi legal te conhecer, Clara — ele diz, e não consigo segurar o riso. Que coisa ridícula a se dizer depois de ser perseguido por um tornado.

Sang sai antes que eu tenha a chance de responder.

A sra. Temperly parece estar exausta e nervosa. Ela abana o rosto com as folhas de papel mais uma vez, depois as devolve para a mesa.

— Nenhum dos dois deveria estar lá fora, para começo de conversa. Em que vocês estavam pensando?

— Eu precisava tentar.

A sra. Temperly suspira, mas seu olhar se suaviza.

— Vou ligar para o sr. Donovan para ver se conseguimos um carrinho para te levar até a enfermaria.

— Obrigada. — Eu mordo a língua antes de fazer a pergunta que está engasgada na minha garganta. Por um lado, quero saber; por outro, estou apavorada. Engulo em seco. Vou acabar sabendo, então pergunto de uma vez. — A senhora já recebeu alguma atualização sobre a tempestade? Sabe se chegou além do campus?

A sra. Temperly se senta na cadeira da minha escrivaninha e me encara. Seu olhar resvala para o chão e, por um momento, acho que ela vai chorar. Ela é uma estival, então isso não seria estranho, mas ainda me causa um nó no estômago.

— O tornado se estendeu apenas seis quilômetros além do campus.

Eu me afundo na cama e o alívio toma meu corpo. Mas aí a sra. Temperly continua:

— Há duas mortes confirmadas até agora. Nenhuma na escola. Pelo menos uma bruxa sofreu esgotamento durante a tempestade. — Ela para e me observa. — Mas o sr. Hart não se apresentou até agora. É a única pessoa do campus que ainda não foi localizada.

— Como assim, não foi localizado? Eu estava com ele instantes antes da chuva, e ele disse que estava a caminho do auditório.

— Tenho certeza de que ele vai aparecer. Provavelmente se enrolou tentando proteger alguma coisa na fazenda. Você sabe como ele é. Por enquanto, vamos cuidar desse seu tornozelo.

A minha respiração para quando ela menciona a fazenda. Foi para lá que desviei a tempestade de modo que Sang tivesse tempo de correr. Se o sr. Hart estava na fazenda, eu mandei o tornado direto para ele.

A sra. Temperly parece notar a expressão no meu rosto, porque afaga o meu ombro e completa:

— Ainda é cedo, e o campus segue meio caótico. Dê tempo ao tempo.

Eu concordo com a cabeça, e a sra. Temperly sai para localizar o carrinho. Mas uma inquietação se espalha pelo meu corpo e sinto um frio no estômago.

Sou levada para a enfermaria. Meu tornozelo é enfaixado e sou mandada de volta para o meu chalé.

O sr. Hart nunca mais aparece.

CAPÍTULO

# oito

*"A única coisa mais difícil do que conquistar o controle é desistir dele."*
— *Uma estação para todas as coisas*

O sr. Hart estava procurando pelo Nonó quando o tornado tocou a terra. Ele chegou até a ir ao auditório, mas alguém avisou que me viram saindo correndo à procura do gato. Meu tutor estava na fazenda e, quando eu afastei a tempestade, ela atravessou o campo e varreu tudo. Um arado foi erguido no ar pelo tornado e atingiu o sr. Hart, esmagando seu crânio.

No entanto, ele não estava lá fora por causa de Nonó. Estava por mim. O sr. Hart sempre se incomodou com a minha tendência de me isolar, embora entendesse meus motivos. Ele provavelmente pensou que eu não conseguiria lidar com a morte do meu gato.

Só que o sr. Hart não considerou como eu lidaria com a morte *dele*.

É possível que ele tenha mapeado a trajetória do tornado e percebido que passaria longe da fazenda. Pensou que estaria a salvo lá. Se eu não tivesse tentado interferir, ele ainda estaria vivo.

Quando fiquei sabendo, tive certeza de que meu coração nunca mais bateria, nunca mais seria capaz de bombear meu sangue com a grossa camada de culpa e dor o sufocando. Mas continuo aqui, fadada a viver com todas as ausências que eu mesma provoquei.

Penso no embrulho na minha mesa de cabeceira, o presente que não consigo me obrigar a abrir. Ele estava tão animado ao me dar aquilo, e acho que não vou ser capaz de lidar com a impossibilidade de agradecer. Parece que estou me afogando desde que soube que o sr. Hart morreu e, nos piores momentos, sinto como se não fosse conseguir emergir. Talvez não consiga mesmo.

— Clara, estão prontos para vê-la agora — diz a sra. Beverly.

Pego minhas muletas e sigo devagar para a sala da sra. Suntile. Ela está sentada atrás da mesa com Sang e o sr. Burrows, o homem que participou do meu último treinamento com o sr. Hart. Meu estômago está embrulhado. Lanço um olhar interrogador para Sang, mas ele não me encara. O hematoma ao redor do seu olho escureceu, e eu me lembro de como ele segurou com firmeza minha testa depois do corte, sem recuar diante do sangue.

— Sente-se, srta. Densmore — diz a diretora, afastando a minha lembrança. — Esse é Allen Burrows, que você encontrou mais cedo, e já conhece Sang Park, o estudante de botânica avançada. Ambos vieram da Escola de Magia Solar Ocidental.

Meu estômago se contrai quando lembro de Sang contando que estava aqui para estudar com seu mentor. Eu não me esqueci do fato que o sr. Burrows não se apresentou para mim nem da maneira como me analisou depois que não consegui sustentar a magia da diretora Suntile. O modo como ele olhou com desrespeito e impaciência para o sr. Hart.

Limpo as palmas das mãos na calça jeans e tento me manter calma.

— Entendemos que você tentou intervir durante o tornado — diz o sr. Burrows. De meia-idade, ele tem o cabelo curto e castanho dividido no meio e alinhado com gel e óculos de armação preta e grossa que contrastam com a pele clara. Seu queixo é levemente projetado para cima, o que por si só já dá a sensação de que se acha superior a mim.

— Achei que pudesse ajudar — expliquei. Olho para Sang à procura de conforto, mas ele mantém o olhar na mesa entre nós dois.

O sr. Burrows concorda com a cabeça.

— É esse exatamente o problema. Você deveria ter conseguido.

Essa não é a resposta pela qual que esperava.

— Perdão?

— Você deveria ter sido capaz de dispersar o tornado. Estamos preocupados com o fato de que uma atemporal treinada em uma escola para magia solar altamente conceituada não tenha conseguido parar um tornado F2. — O sr. Burrows me olha como se estivesse irritado.

— Eu tentei...

— Posso terminar de falar, srta. Densmore? Isso tem mais relação com o seu treinamento do que com você.

A sra. Suntile se ajeita na cadeira, desconfortável.

— A questão é que você deveria ter sido capaz de impedir aquele tornado de se formar. Ele nunca deveria ter chegado à fazenda. Nunca deveria ter ido além do campus. Ninguém deveria ter morrido por causa disso.

As palavras dele atingem em cheio a minha culpa. *Ninguém deveria ter morrido por causa disso.*

*O sr. Hart não deveria ter morrido por causa disso.*

— Como você sabe do que eu sou capaz?

O sr. Burrows me olhou por cima dos óculos.

— Porque nós treinamos Alice Hall.

Dou um pulo com a menção ao nome dela, e tudo dentro de mim congela.

— Alice Hall, a última atemporal? — pronuncio cada palavra devagar, com cuidado, como se fossem sagradas.

— É claro.

Eu queria saber mais sobre Alice Hall desde que ouvi seu nome pela primeira vez, desde que fiquei sabendo que houve uma atemporal antes de mim. Mas Alice é um enigma, mais lenda do que verdade a essa altura. Eu gostaria que não fosse o caso. Acho que não me sentiria tão sozinha se soubesse mais a respeito dela.

— Não entendo. Ela viveu no final do século XIX.

— É verdade que os registros sobre o tipo de magia que ela e você dominam não foram muito bem feitos, o que é lamentável. Mas o treinamento dela foi documentado e, como tivemos mais contato com a última atemporal, a sra. Suntile sentiu que, para avançar seu treinamento, faria sentido nos envolver. E ela estava certa ao fazer isso. Nós sabemos mais sobre o assunto apenas porque já fizemos isso antes.

Ira se acende em mim, me aquecendo por dentro e subindo pelo meu peito até o pescoço. Mesmo antes da morte do sr. Hart, a sra. Suntile já o substituiria, o afastaria do meu treinamento. Fecho os punhos e murmuro uma prece silenciosa para o sol, torcendo para que o sr. Hart não soubesse. O cômodo parece apertado, como se estivesse cheio de algo mais pesado do que o ar. Fico em silêncio.

— Não vamos relatar o seu envolvimento com o tornado e isso não será documentado. Vou substituir o sr. Hart como o seu supervisor principal. Se, ao final do ano letivo, eu estiver satisfeito com o seu progresso, vamos esquecer que isso aconteceu.

— Mas não quero esquecer que isso aconteceu. O sr. Hart morreu por minha causa. Eu forcei o tornado a ir na direção dele. A tempestade jamais teria chegado à fazenda se não fosse por isso. Vocês deveriam relatar o meu envolvimento, sim. — Minha voz é suplicante. Estou implorando para que ele me entregue.

Implorando para que alguém me sentencie a viver uma vida sem magia. *Por favor, me proíba de usá-la. Diga que sou perigosa. Me force a perder meus poderes.*

Não quero nada disso. Nunca quis.

Eu me forço a lembrar que só devo sobreviver até o eclipse no verão, e então vou poder me livrar da magia de uma vez por todas.

— Foi um acidente. E não fazemos queixa de nossos alunos por conta de acidentes. Puni-la não vai nos ajudar em nada. O que precisamos é que você progrida. Precisamos que fique mais forte.

— O sr. Hart foi um professor incrível — digo. — Não foi culpa dele eu não progredir. Eu me contive. — Preciso me esforçar ao máximo para minha voz não falhar.

— Entendido. Mas se conter não é mais uma opção, e espero sua total dedicação a isso daqui para a frente. O tornado que você viu não é nada.

O sr. Burrows aguarda como se estivesse dando a outra pessoa a chance de falar, mas ninguém diz nada.

— Sang vai trabalhar com você nos treinamentos diários. Ele vai seguir um plano elaborado por mim e pela sra. Suntile e me manterá atualizado sobre o seu progresso.

— Por que Sang?

A pergunta já saiu da minha boca antes que eu tenha a chance de pensar melhor a respeito. Ele me olha, e eu olho de volta. A pessoa que me ajudou durante o tornado foi substituída pela que está sentada ao lado do sr. Burrows à minha frente na mesa, e é aí que percebo que Sang não está do meu lado. Está do lado deles.

— Porque Alice treinava melhor com seus colegas. Sang foi o melhor aluno de sua turma na Ocidental, o que faz dele a escolha óbvia. Sou o mentor de Sang há anos e confio nele sem reservas. A orientadora da sua escola acredita que, se você treinar com alguém da sua idade, vai se sentir mais confortável e, consequentemente, é mais provável que progrida, assim como aconteceu com Alice. Se isso não funcionar, eu assumo e te treino em tempo integral.

A confiança que eu tenho em Sang se desintegra a cada instante que ele evita o meu olhar, a cada vez que ele assente ao ouvir o que o sr. Burrows está dizendo. Mas prefiro treinar com Sang do que com o sr. Burrows. Não sei como ele não sufoca sob o peso do próprio ego.

— Eu compreendo — respondo.

O sr. Burrows tira os óculos e esfrega as têmporas.

— Sei que você era próxima do sr. Hart e sinto muito pelo que aconteceu. Todos nós sentimos. Se você se sobressair da maneira que sabemos que é capaz, ele não terá morrido em vão.

Fico em silêncio, horrorizada por ele ter usado a morte do sr. Hart para me motivar.

— Eles te contaram sobre os riscos?

Eu encaro Sang, praticamente cuspindo as palavras. Não sei bem por que digo isso. Estou zangada e magoada e sinto tanta falta do sr. Hart que meu peito chega a doer.

— Sang sabe dos riscos — diz o sr. Hart.

— Ele não pode responder?

O sr. Burrows assente para Sang. Cruzo os braços e aguardo.

Ele pigarreia.

— Quando a sua magia sai do controle, ela atinge apenas as pessoas com quem você tem uma conexão emocional. Também foi assim com Alice. A gente não se conhece, não sabe nada um do outro. Não corro nenhum risco. — Sang fala como se tivesse decorado cada palavra, tenso e nada convincente.

Eu engulo em seco. Imagens da minha mãe, do meu pai, de Nikki, ameaçando me dominar. Eu era muito jovem quando a minha magia matou meus pais, mas fazia apenas um ano que a sra. Suntile me afastara do corpo maltratado de Nikki.

Ainda lembro daquele dia com clareza. Eu havia falhado num exercício de treinamento de controle do tempo na frente da turma inteira. O sr. Mendez parecia decepcionado, e as pessoas sussurravam sobre eu ser a única bruxa atemporal inútil na história.

Nikki me defendeu na frente de todos, disse que um dia todos teriam que engolir as próprias palavras. E, quando todos foram jantar, Nikki insistiu para que voltássemos até o campo de treinamento, só nós duas, para praticar. Para compensar o que havia acontecido antes.

E foi isso que fizemos. Repetimos o exercício e eu o executei com perfeição. Nós rimos e dançamos sob o sol poente, deixando a nossa magia vagar sem objetivo. Foi uma noite perfeita. Até deixar de ser.

Eu me forcei a afastar a lembrança e respirei fundo para me firmar.

— Satisfeita, srta. Densmore? — O sr. Burrows me olha com expectativa, e levo alguns segundos para voltar ao presente. Concordo com a cabeça.

Farei tudo o que puder para ser bem-sucedida no treinamento e não ter de ficar presa a ele.

— Nenhum de vocês será metade do professor que o sr. Hart foi. — A frase soa infantil e imatura, mas não me importo. Eu quero defendê-lo de algum modo, quero que saiba que tudo o que desejo é treinar com ele novamente. Dizer a ele que vou me esforçar mais. Vou melhorar.

— Ele parece uma pessoa incrível — diz Sang.

— Srta. Densmore, a verdade é que... — começa o sr. Burrows, ignorando o que Sang disse. Nunca odiei ninguém como odeio esse homem. — Bruxas estão sendo consumidas num nível que nunca vimos antes. O clima fica mais errático a cada bruxa que se esgota, e os sombreados só agora estão começando a assumir a responsabilidade pelos danos que causaram. Quer goste ou não, você tem o tipo de poder de que o mundo precisa. Isso não tem a ver comigo, ou com o sr. Hart, ou com os acidentes em que você se envolveu no passado. Isso tem a ver com aprender a usar o poder que lhe foi dado. Se você aprender a controlar sua magia em sua capacidade máxima, será invencível.

— O que isso quer dizer? Você nem conhece a minha magia o suficiente para me dizer do que eu seria capaz.

— É um processo de aprendizagem para todos nós, srta. Densmore. Estamos nos esforçando ao máximo — diz a sra. Suntile.

— É por isso que estamos mudando o seu treinamento. Não lhe daremos exercícios específicos para cada estação; não vamos lhe pedir para juntar sua magia com a de outras bruxas. — Eu estremeço com menção pouco sutil ao treinamento de incêndio. O sr. Burrows continua: — Daqui em diante, cada sessão de treinamento será dedicada a lhe ensinar a controlar sua magia. Você deve se fortalecer de modo que, quando chegar o momento de acrescentar as magias de outros à sua, consiga manejar isso.

— Eu não quero machucar ninguém. — Fico com raiva de mim mesma quando as palavras saem trêmulas, me fazendo parecer bem mais fraca do que gostaria.

— Estamos fazendo o possível para garantir que isso não aconteça. Você estará em um ambiente controlado, na presença de alguém com quem não tem conexão alguma; sua magia não vai gravitar na direção dele de maneira alguma. Ninguém vai se machucar.

Lampejos tomam a minha mente. Foi a mesma coisa nas duas vezes. Apenas os gritos foram diferentes.

Sinto como se as paredes da sala estivessem se fechando em torno de mim, ameaçando me destruir a qualquer instante. Preciso de ar, preciso me afastar dali. Tudo está girando. Eu me levanto e pego as muletas.

Paro à porta.

— Farei tudo o que puder para fortalecer a minha magia e me esforçarei mais do que nunca. Mas se não funcionar, vou remover meus poderes antes que outra pessoa morra por minha causa.

Os olhos da sra. Suntile se arregalam, e o sr. Burrows abre a boca para falar, mas não deixo.

— Eu juro.

CAPÍTULO

# nove

*"Palavras são poderosas. Use-as."*
— *Uma estação para todas as coisas*

*Eu juro.*

As palavras saem da minha boca antes que eu tenha tempo de considerar o quanto pesam. Revelei a eles minhas intenções, a única coisa que sempre guardo só para mim. A maior parte das bruxas considera ser extirpada de seus poderes um destino pior do que a morte.

Uma coisa era eu dizer que faria isso, que iria de encontro ao eclipse solar enquanto todos estivessem fugindo dele. Mas agora a diretoria também sabe, e o segredo que mantive guardado por tanto tempo está às claras.

Ter sua magia extirpada deixa uma dor física constante em cada pedacinho do corpo. É o que dizem, pelo menos. E embora a dor se atenue com o tempo, você se torna uma memória ambulante, um mero eco do poder que tinha. Continua se sentindo atraído por esse poder, mas não consegue mais acessar, não importa o quanto tente. Passa o restante da vida ansiando por uma coisa que nunca terá de volta.

Mas eu já vivo assim, ansiando por coisas que nunca terei de volta. Faz anos que espero pelo eclipse solar, contando os dias até estar livre. Não tenho medo de ter meus poderes extirpados. Não acho que sentirei dor.

Acho que sentirei alívio.

Já faz quase um mês desde o tornado e continuo comprometida com o que disse.

Finalmente o meu tornozelo melhorou e posso treinar de novo. A sra. Suntile tem me sondado como uma mãe ansiosa, impaciente para que eu me livre das muletas e possa começar o trabalho com Sang. Tenho ido a todas as aulas normais, mas não pratiquei magia desde a tempestade.

Sento na beirada da cama e seguro o presente ainda embrulhado do sr. Hart. Meus dedos traçam a textura do papel pardo, e eu aperto o pacote ao peito. Hoje é a minha primeira sessão com Sang, mas eu daria qualquer coisa para poder rever o sr. Hart em vez disso.

Respiro fundo e rasgo o papel do embrulho, que cai no chão e vira brinquedo para Nonó.

É um livro, intitulado *As memórias não publicadas de Alice Hall*. Minha respiração parece engasgar na garganta. Abro o livro e, de dentro dele, cai um bilhete do sr. Hart.

> Querida Clara,
>
> Levei anos para conseguir isto. A família Hall é notoriamente discreta e nunca compartilhou o manuscrito com ninguém. Eles foram gentis o bastante para aceitarem me receber na minha última viagem à Califórnia e, quando contei que estava treinando você, me permitiram fazer uma cópia do material. Eu o imprimi e encadernei numa gráfica local, mas, além do manuscrito que continua em posse da família Hall, este é o único volume que existe. Uma das condições para que me dessem essa permissão foi que somente você poderia ler essas memórias. Nem eu mesmo li. Espero que isto lhe dê algum conforto, saber que não está sozinha.
>
> Com admiração, sr. Hart

Eu sabia que Alice Hall escrevera suas memórias desde que um parente distante dela procurou editoras tentando provocar um leilão. No fim, a tentativa de publicação foi malsucedida porque o restante da família Hall intercedeu, mas a existência desse livro veio a público desde então. Eu sabia que o sr. Hart havia tentado fazer uma cópia para mim, e não acredito que conseguiu.

Meus olhos queimam com lágrimas e abraço o livro com força.

Tudo o que ele queria é que eu amasse a minha magia, que me entregasse a ela, e sinto o peito apertar sabendo que vou decepcioná-lo. Hoje odeio minha magia mais do que nunca. Se o eclipse fosse amanhã, eu ficaria abaixo do sol escuro sem pensar duas vezes e deixaria que minha magia fosse drenada até a última gota.

Até não sobrar nada.

Nonó pula na minha cama e faço um carinho na cabeça dele enquanto viro a primeira página das memórias de Alice. Ela entrelaça palavras que poderiam ter vindo diretamente do meu coração, o que me pega de surpresa. É como ler uma transcrição dos meus pensamentos, e isso me faz sentir exposta. Vulnerável.

Ser uma atemporal é como se meu corpo fosse feito de engrenagens pesadas em vez de órgãos. Cada mudança de estação faz as engrenagens girarem, me prendendo cada vez mais apertado por dentro. Quando as engrenagens se acomodam em sua nova posição e chego a sentir o alívio, a estação muda novamente, e eu mudo com ela. Tudo que quero é consistência e rotina. Normalidade e calma.

Tudo que quero é ser compreendida.

Durante toda a minha vida, me perguntaram por que mudo tanto, e isso incutiu em mim a certeza de que algo muito errado ocorreu quando nasci. Essa certeza se transformou numa pontada de dor permanente na boca do estômago que não consigo curar. Eu daria qualquer coisa para me sentir inteira, normal e correta pelo menos por um dia.

Alice conseguiu triunfar. Depois de um tempo. Ela dedicou sua vida à sua magia e a amou profundamente. Ela se sentia poderosa e autêntica quando o mundo ao seu redor seguia os seus comandos.

Mas ela também se isolou. Estremeço quando leio que, depois de acidentalmente matar três bruxas e dois sombreados, ela se fechou num profundo isolamento para manter as pessoas a salvo. Ela escolheu a magia acima de todas as outras coisas. Uma profunda solidão se instala em mim, sabendo que não tenho o mesmo amor pela magia que Alice. Eu me sinto errada de uma maneira irreversível.

> *Eu amei a magia de um modo mais profundo e mais completo do que jamais esperei poder amar alguém, e a magia me amou também. O sacrifício é imenso, mas a recompensa é maior.*

Ao ler essas palavras, fico com raiva, porém, mais do que isso, me sinto sozinha. Como Alice conseguiu amar algo que tirou tanta coisa dela? Eu quero entender, mas talvez nunca consiga.

Estou tão entretida com a leitura que não percebo que horas são até Nonó surgir correndo pela portinhola, quando verifico meu telefone. Tenho que fazer força para deixar o livro de Alice de lado e me arrumo às pressas antes de sair correndo. Vou a toda até o campo de treinamento, onde Sang está me esperando quando chego. Desde a reunião em que soubemos que eu treinaria com ele, só o vi de passagem. Suas sobrancelhas se erguem ao me ver.

— Já estava quase achando que você não ia aparecer.

— Me desculpe — digo, sem fôlego. — Eu me distraí lendo e não vi o tempo passar.

— Sem problemas — responde ele. — Parece que você está bem melhor.

Ele parece hesitante e inseguro. Estou prestes a responder que Sang também está bem, mas então me lembro de que ele vai reportar tudo a sra. Suntile e ao sr. Burrows e fico sem vontade de responder. É difícil me lembrar do bruxo que salvou Nonó e fugiu do tornado comigo quando tudo que vejo é o bruxo cujo trabalho é anotar tudo que faço e falar de mim pelas costas.

Sinto que uma barreira invisível se levanta entre nós dois, alta, forte, intransponível.

Sang se ajoelha perto da mochila e pega uma folha de papel timbrado da Escola de Magia Solar Oriental.

— É o plano de aulas?

— Aham. — Ele fica de pé e responde de forma lacônica. Distraída.

— Você não parece muito animado.

Sang põe o papel de volta na mochila e suspira.

— Foi mal, é só que... — Ele se interrompe e encontra o meu olhar. — Eu atravessei quarenta mil quilômetros e vim morar longe da minha família para estudar botânica. Eu ia para a Coreia com os meus pais passar um mês visitando minha família, e abri mão disso porque o sr. Burrows insistiu que vir para cá seria uma excelente oportunidade. Mas, em vez de fazer a minha pesquisa, eu estou ajudando a te treinar. Ele não me disse que isso seria parte do acordo. — Ele indica o campo de treinamento com um gesto.

De algum modo, eu me sinto melhor sabendo que, assim como eu, ele não quer estar aqui. Sang passa a mão pelo cabelo e me lança um olhar tolerante.

— Sinto muito, sei que não é sua culpa. Eu não deveria descontar em você.

— Eu não sabia que te afastariam da sua pesquisa. Lamento.

Ele balança a cabeça.

— Eu não pedi para me envolver. Nem sabia de nada disso até o sr. Burrows e a sra. Suntile me chamarem na sala da direção, vinte minutos antes de você chegar.

— Somos dois. Era de se imaginar que o sr. Burrows teria mencionado algo *antes* de você desistir da sua viagem e se mudar para o outro lado do país.

— Ele não sabia que o sr. Hart ia morrer — diz Sang.

Mas sabia que assumiria a minha educação. Sabia que o foco seria em mim e não em Sang.

Relembro o comportamento do sr. Burrows durante a minha última sessão com o sr. Hart, e estava claro que a sra. Suntile o trouxera para ser o responsável pelo meu treinamento. Ela sempre teve a intenção de colocar Burrows no lugar do sr. Hart, cuja morte só deixou tudo mais fácil.

A dor no meu peito volta.

Sang olha para a folha de papel enfiada na bolsa.

— Sei que ele parece meio grosso, mas é um cara brilhante. E mesmo que o meu tempo aqui não vá ser exatamente como planejei, sou grato por continuar aprendendo com ele. Depois que conhecê-lo melhor, você vai ver isso também.

— Ele parece ser bem babaca.

Sang trava o maxilar, músculos minúsculos pulsando sob a pele. Ele está com raiva.

— Acho que é melhor a gente começar.

Deixo minha bolsa no chão.

— Claro. — O tom sai mordaz, e pelo canto do olho vejo Sang balançando a cabeça. Eu me repreendo em silêncio e suavizo o tom para perguntar: — Qual é a programação?

— Vamos fazer um exercício que podemos aplicar de novo a cada estação. Enquanto estivermos treinando juntos, será a nossa base. Até o fim do ano, você já vai ter feito esse exercício tantas vezes que nunca mais vai querer repetir. Hoje vamos usá-lo para estabelecer sua capacidade inicial. O sr. Burrows precisa saber de onde você está começando para poder medir seu progresso adequadamente.

Só a menção ao nome dele me deixa irritada; vai ser impossível eu me fortalecer se estiver preocupada com a sombra do sr. Burrows assomando sobre mim, com a possibilidade de treinar com ele em tempo integral se não melhorar.

— Vamos fazer um acordo: você vai tentar não mencionar o nome do seu mentor a não ser que seja absolutamente imprescindível, e eu vou me esforçar para não responder com comentários indesejados sobre o quanto ele é um babaca. Combinado?

Estou tentando fazer graça, mas o tom sai agressivo. *Você foi longe demais, Clara*, eu me repreendo, mas Sang não balança a cabeça nem trinca os dentes. Em vez disso, os cantos da boca se levantam de leve, e ele engole em seco — está tentando não rir.

— Justo — concorda.

— E então, como vamos estabelecer o meu ponto inicial?

— Nós vamos trabalhar com o vento, já que é algo confortável para todas as estações. Está vendo aquela fileira de árvores? — Ele aponta para o final do campo, onde acres de perenifólias e pinheiros se estendem além da montanha. — O dia está tranquilo. Vamos ver o quanto você consegue mandar uma rajada de vento por entre aquelas árvores. Aí a gente faz uma marca na árvore e saberemos de onde você está partindo. Simples assim.

— É esse o exercício? Parece muito fácil.

— E é para ser. A melhor maneira de te ensinar a controlar sua magia é torná-la acessível e rotineira. Um hábito. Na teoria, ao realizar o mesmo exercício repetidamente, sem a distração de ninguém, mais cedo ou mais tarde ele será natural para você, e assim você não vai mais ficar tensa quando executá-lo. Você vai ficar cada vez mais confortável com a sensação de canalizar o seu poder e, quando isso acontecer, vai poder voltar a treinar com os demais bruxos e bruxas. Mas precisa aprender a controlar sua magia antes de aprender a controlar a dos outros. Faz sentido?

Eu odeio o modo como ele está falando comigo, como se me conhecesse, como se conhecesse a dor que a minha magia provocou. Ele não sabe de nada. Está apenas repetindo o que o sr. lhe Burrows disse, e isso me dá vontade de ir embora e me recusar a treinar com Sang. Me recusar a treinar com qualquer um.

*Só mais nove meses*, eu me lembro.

Quando não respondo, Sang continua:

— Vamos começar com alguns treinos e depois faremos o teste definitivo para definir a sua capacidade inicial. Tudo bem?

Concordo com a cabeça.

— Certo, quando quiser — diz.

É uma tarefa simples, mas estou nervosa e não consigo identificar o motivo. Meu coração acelera, e limpo as palmas das mãos na calça jeans antes de começar. Fecho os olhos e estendo as mãos à frente, mas recuo quando vejo que elas estão tremendo.

— Desculpe — digo, constrangida. — Eu não pratico magia desde o tornado.

— Sem problemas, vá no seu tempo. — Parece que a tensão entre nós dois se dissipou, e a voz de Sang é calma e gentil. Como no dia em que nos conhecemos.

Eu respiro fundo algumas vezes e começo de novo. Dessa vez as minhas mãos permanecem firmes conforme chamo minha magia à superfície.

A magia do outono traz uma subcorrente de gratidão e tristeza, uma sinfonia de emoções contrastantes na qual é fácil se perder.

Gratidão pela colheita e pelos frutos da terra.

Tristeza pela morte no horizonte. Os dias estão ficando mais curtos, os céus mais cinzentos, as plantas crescendo cada vez mais devagar.

Logo eu me esqueço dos olhos de Sang sobre mim e me perco na magia, na forma como ela invoca o vento do nada, na forma como o ar frio dança pelo meu pescoço e rosto. Na forma como meu poder vem com mais facilidade quando não há nada em jogo. Eu aumento o vento, cada vez mais forte, e quando Sang ordena, eu o lanço na direção das árvores.

Abro os olhos e observo o vento adentrar o bosque, cessando depois de poucas fileiras de perenifólias.

Eu devo parecer decepcionada, porque Sang diz:

— Foi só um teste. Vamos tentar de novo.

Eu assinto. Mas, dessa vez, quando levanto as mãos e começo, algo parece diferente. Uma calmaria me domina, desacelerando meus batimentos cardíacos e estabilizando minha respiração. A sensação me faz querer me entregar para o poder dentro de mim, me faz sentir que consigo. Que é seguro. Meus olhos se abrem de supetão e encaro Sang.

— O que você está fazendo? — pergunto, meu tom mais acusatório do que eu pretendia.

— Desculpe, eu deveria ter te avisado — diz ele. — O sr. Burr... — Ele se interrompe e recomeça: — A magia da primavera é calma, como você obviamente sabe. E, por alguma razão, eu consigo isolar essa característica e projetá-la. É o mesmo que sentir a magia de outra bruxa ou bruxo quando estão praticando ao seu lado. Acontece que a minha magia é calma. — Ele dá de ombros.

— É muito forte — comento. — Já senti as emoções de outras bruxas enquanto praticava, mas é sempre algo passageiro e sutil. É incrível que você consiga controlar essa característica dessa maneira.

— Eu gostaria que fosse crédito meu, mas não foi uma coisa que tive de aprender a controlar. Sempre foi natural para mim.

— Incrível — digo, mais para mim mesma do que para Sang.

Mas algo não parece certo. Não pode ser apenas uma coincidência que Sang tenha um tipo de magia que me acalma enquanto uso a minha.

E aí que entendo: o sr. Burrows não trouxe Sang aqui para estudar botânica. Ele trouxe Sang para me ajudar com a minha magia, esperando que seu efeito calmante seja um contraponto ao meu medo de perder o controle.

— Algum problema? — Sang pergunta.

Uma parte minha quer contar a Sang que ele foi enganado, mas não quero que ele vá embora e me deixe treinando sozinha com o sr. Burrows.

Engulo em seco.

— Nenhum, desculpe. Só fiquei surpresa. Vamos tentar de novo.

Eu sinto a corrente de magia de Sang instantaneamente acalmando a raiva que fervilha dentro de mim. Respiro fundo e devagar para relaxar a tensão nos ombros. Endireito as costas e levanto as mãos.

A magia do outono surge dentro de mim, sua melodia melancólica vertendo dos meus dedos até o espaço adiante, formando o vento. O meu cabelo sopra nas costas, e minha jaqueta se agita na corrente, que fica cada vez mais forte conforme o poder da magia aumenta sem parar.

O meu instinto é controlá-la, forçá-la a ficar imóvel, mas não há ninguém aqui para atraí-la. Ninguém que ela possa machucar.

O pensamento me traz alívio, e então sinto tanta solidão que fica difícil respirar.

Ao meu redor, o vento diminui, mas logo reencontro a magia calmante de Sang. Ela me ajuda a retomar o foco e, desta vez, quando o vento chega ao limite máximo, eu o mando rapidamente para as árvores.

Ele vai mais longe do que da primeira vez, e Sang assente em aprovação.

— Sabe que nem sempre eu terei por perto um bruxo capaz de me acalmar quando for necessário, né? — reclamo.

— Você não vai precisar — contrapõe ele. — A questão é que você vai aprender qual é a extensão total da sua magia em um ambiente controlado, em um ambiente *calmo*. Você vai se acostumar. Vai aprender a controlá-la. E aí sua magia não vai mais assustar você.

— Você decorou isso do discurso de "Introdução a atemporais" que te deram?

Sang balança a cabeça e me olha com tanta sinceridade que preciso desviar o olhar.

— Nem todo mundo está querendo te ferrar, sabe.

Eu suspiro.

— Me desculpe. Não quero ser idiota.

— Sei que você teve meses difíceis. Mas, já que estamos fazendo isso juntos, podemos aproveitar. Eu vou dar o meu máximo, se você fizer o mesmo.

— Tudo bem — digo. — Combinado.

— Vamos definir seu nível inicial e encerrar o dia.

Repito a rotina de antes, a calma de Sang me cobrindo como um cobertor. Desta vez, quando lanço o vento nas árvores, ele larga uma grande fita vermelha que é levada pela corrente. Observamos enquanto a fita voa por entre as árvores, passando pelas fileiras em que minhas tentativas anteriores pararam, até finalmente desacelerar e ficar presa num galho.

— Eu deveria ser capaz de destruir essa floresta inteira — comento enquanto andamos até localizar o laço. — Estou tão acostumada a segurar minha magia que nem tenho certeza de que sei o que fazer para liberá-la. Não acho que conseguiria me soltar mesmo se quisesse.

— Você chega lá — responde ele como se fosse óbvio, a coisa mais garantida do mundo.

Quando nos aproximamos da árvore em que o tecido ficou preso, Sang pega um rolo largo e dá várias voltas no tronco com a fita.

— Parabéns — diz. — Agora você já sabe de onde está partindo.

— Não é grande coisa — replico, constrangida pelo quanto ainda tenho a melhorar. — Mas já é alguma coisa.

— É, sim — Sang concorda.

Voltamos para o campo de treinamento e pegamos nossas coisas.

— Ei — diz ele, parando no meio do caminho. — Nem consigo imaginar como foi difícil vir treinar comigo hoje e não com o sr. Hart.

Olho pra ele. Seus olhos castanho-escuros têm círculos dourados no centro, como se o próprio Sol quisesse morar no olhar dele. Eu não percebi antes, mas agora que o hematoma ao redor do olho sumiu é tudo o que vejo.

— Foi difícil — respondo. — Mas não tive lá muita escolha. — Eu penso no que ele disse sobre a sua pesquisa e maneiro no tom de voz. — Acho que nenhum de nós teve.

Sang dá de ombros.

— Eu vim para estudar botânica e, em vez disso, estou correndo de tornados e ganhando olho roxo. Fazer o quê? — Ele veste seu moletom e ajeita a bolsa no ombro.

— O olho roxo não foi problema. Te deixou bem fodão.

— Acho que nunca usaram a palavra *fodão* para me descrever antes.

Eu abro a boca e faço uma cara de espanto bem exagerada.

— Mas você é um botânico que ama estudar!

— Eu sei — diz Sang. — É incompreensível.

Ele fecha o casaco e saímos juntos do campo de treinamento.

— A gente se vê na terça — digo, me afastando na direção do meu chalezinho. Estou ansiosa para voltar a ler o livro de Alice, mas algo me faz parar e virar para trás. — Ei, Sang?

— Oi?

— Sinto muito que você acabou preso nessa história. Preso a mim. Espero que você possa fazer a sua viagem em breve.

— Com certeza vou fazer isso. E sinto muito que você tenha ficado presa a mim também.

A maneira como ele fala me deixa triste, como o pesar que vem da magia do outono.

— Poderia estar presa a pessoas piores — digo.

— Que honra, sério. — Eu não consigo não rir, e ele abre um sorriso. — Até terça — diz ele.

Em vez de me afastar, fico onde estou, observando Sang sair do campo. Só vou embora quando enfim não o vejo mais.

CAPÍTULO

# dez

*"Se a primavera é uma promessa sussurrada de que tudo pode ser novo, o outono é um brilhante sacrifício nascido do amor. Porque se o outono não amasse a primavera, não cederia espaço ao inverno para que a primavera pudesse nascer."*
— *Uma estação para todas as coisas*

A semana de provas na Escola Oriental é diferente da semana de provas em qualquer outro lugar. Há um peso nos ombros daqueles cuja estação está terminando e uma leveza nos que são da estação que vai começar. Os outonais se movem pelo campus como zumbis, lentos, desleixados e com os nervos à flor da pele. Estão lamentando a perda da sua estação, o posicionamento perfeito em relação ao sol, a parte mais importante de cada um deles, e durante nove meses não voltarão a se sentir inteiros.

Até eu me sinto assim. Neste momento, acredito que o outono é a melhor estação. Não quero que acabe.

Mas, no primeiro dia de inverno, eu me esquecerei do outono do mesmo jeito que o calor nos faz esquecer como é sentir frio.

Nossa última prova foi à tarde, e agora é hora de comemorar o fim da estação antes que o próximo trimestre comece. O cascalho range sob os meus pés enquanto percorro o caminho até a biblioteca. As últimas folhas dançam na brisa antes de finalmente caírem, e o vento sopra meu vestido cor de terracota entre as minhas pernas, a saia comprida de seda se estufando atrás de mim.

O traje para o Baile da Colheita é formal, e ver todos arrumados depois de um trimestre inteiro usando jeans e moletom é sempre agradável.

Eu não queria vir hoje. Tanto barulho, tanta gente e a sensação sufocante de estar sozinha num salão lotado.

Mas é importante honrar a estação.

O Baile da Colheita só começa bem tarde da noite, quando o céu está totalmente escuro. Sempre é na lua cheia. O luar projeta um brilho azulado no caminho, interrompido de vez em quando pela passagem de nuvens. Montinhos de folhas caídas foram varridos para os lados, cobrindo a terra escura com leitos coloridos. Ao longe, a biblioteca está acesa, música e vozes reverberando na noite fria.

Eu subo os degraus de cimento e entro pelas portas no prédio antigo. A pedra que cobre o exterior da biblioteca é a mesma que reveste as paredes internas. Janelas imensas chegam até o terceiro andar. Estantes cheias de livros ocupam as paredes e o cheiro de papel antigo paira no ar. Todas as mesas e escrivaninhas foram retiradas do centro da sala, onde uma pista de dança foi montada e um quarteto toca para os alunos e professores.

Centenas de velas, lindas apesar de falsas, decoram as prateleiras, as grades ao redor da área livre e as mesinhas altas. Dúzias de arranjos florais em tons profundos de laranja e verdes vivos enchem vasos. Hera envolve o corrimão das escadas, e orquídeas roxo-escuras decoram as estações de sidra quente. Toalhas e guardanapos de linho vinho e taças de prata enfeitam as mesas.

Todos os anos o baile é muito bonito, mas desta vez estou particularmente impressionada.

O Baile da Colheita é a nossa maneira de agradecer ao outono por seus muitos presentes, de agradecer ao Sol por nos levar a seu lado por mais uma estação. Foi uma estação especialmente difícil, mas ainda assim demonstramos gratidão.

Em um suporte dourado no canto da sala está uma imagem do Sr. Hart. Um pedaço de hera está dependurado por cima da moldura, e a luz das velas tremula no quadro. Eu sinto saudades dele e gostaria que pudesse ver que estou me esforçando, mesmo quando tudo o que quero é desistir. A confiança do Sr. Hart em mim é o que me faz insistir nos treinamentos com Sang. Estamos treinando juntos há apenas algumas semanas, sempre fazendo o mesmo exercício, mas encontrando o nosso ritmo. E estou me dedicando ao máximo. Devo pelo menos isso ao Sr. Hart.

— Obrigada pelo livro — sussurro.

*Eu sinto muito.* São as palavras que não consigo pronunciar, então as repito mentalmente algumas vezes.

*Sinto muito.*

*Sinto muito.*

Fico encarando a imagem do Sr. Hart por um longo tempo e só me viro quando começo a ter dificuldade para respirar.

Caminho em volta do salão da biblioteca. Uma mesa larga com frutas da estação está arrumada na parede lateral. Tigelas com maçãs e peras, figos e caquis, todos dispostos em uma cama de folhas. Luzes pisca-pisca estão trançadas aos arranjos.

Eu me dou conta de que nos anos anteriores um botânico fez nossos arranjos florais e me viro para procurar Sang na multidão. Mas ele já está vindo na minha direção e, antes que ele tenha a chance de falar, pergunto:

— Você não fez os arranjos de flores, fez?

— Depende. Você gostou deles?

— Eu amei. A hera pelas escadas, as orquídeas, as frutas. Está tudo maravilhoso.

— Obrigado — diz ele, seguindo meu olhar pelo salão. — Mas as flores fazem todo o trabalho. — Ele sorri, momentaneamente perdido em pensamentos, depois se vira para mim. — Quero te mostrar uma coisa.

Sigo Sang até uma mesa de drinques por ali. Ele puxa um arranjo para perto de nós, e o dourado em seus olhos parece brilhar quando olha as flores. A lateral da mão dele está borrada de tinta amarelo-clara.

— Está vendo essa aqui? — Ele aponta para uma flor de um laranja forte, com pétalas grandes e listras brancas no meio. Eu assinto. — Ela se chama laranja sonolenta. Ninguém costuma usá-la em arranjos porque o botão não abre e o caule tem esses microespinhos.

Ele puxa um pouco a flor do vaso, e olho o caule com atenção.

— Viu como parece haver uma pelugem ali? São espinhos minúsculos, centenas deles, então essa pobre flor é esquecida, deixada de lado, como se fosse inadequada. Só que, se você embebedar a flor em água e mel na noite anterior, o espinho se desfaz e fica macio. Pode encostar.

Eu estendo a mão e toco o espinho com o dedo. Realmente, os espinhos são macios.

— E só assim as flores desabrocham.

— Incrível — digo.

— Elas são mesmo. E, enquanto a maioria das pessoas não está disposta a se esforçar para conseguir a recompensa, não posso imaginar uma forma melhor de passar o tempo. Por que devemos mostrar as partes mais vulneráveis de nós para o mundo, afinal de contas?

Sang acaricia uma das pétalas e depois empurra a flor de volta para o vaso.

A honestidade dele me desconcerta, e eu o observo como se fosse um mistério para mim. E meio que é.

As bochechas dele ficam muito vermelhas. Sang tosse e deixa escapar uma risada desajeitada.

— Foi mal — diz. — Não sei por que eu disse isso tudo.

Eu olho para a flor laranja e fico pensando como seria confiar em alguém a ponto de deixar que visse as minhas partes escondidas. Eu costumava me sentir assim com Paige e Nikki, o tipo de confiança que nunca parece ser obrigação. Algo tão natural quanto a luz do sol no verão. Às vezes acho que não sou mais capaz de sentir isso. E, mesmo que fosse, não seria seguro. Minha magia sempre estaria ciente disso.

Está quente demais aqui e desvio o olhar de Sang. Na multidão vejo Paige, que olha de mim para Sang, depois para mim novamente. Não posso mais ficar aqui — gente demais, memórias demais, perguntas demais.

— Preciso de um pouco de ar puro — digo.

O frio me atinge quando deixo a biblioteca e o luar ilumina o banco em que eu me sento. Desde que Nikki morreu, eu me aperfeiçoei na arte de nunca me abrir, de nunca deixar ninguém se aproximar de mim. Mas tem alguma coisa em Sang que dificulta isso. Eu não estou acostumada a pessoas tão abertas quanto ele e não gosto disso. Não confio.

Alguém se senta ao meu lado e tento inventar uma desculpa para me livrar de Sang mais uma vez, mas quando viro a cabeça não é ele ao meu lado. É Paige.

Seus olhos azul-claros encontram os meus, seu cabelo loiro e comprido refletindo o luar. Ela é a única pessoa que sabe tudo a meu respeito, conhece todos os meus cantos sombrios e lugares escuros em que ninguém nunca esteve.

E eu conheço os dela.

A gente teve um casinho do último verão, mas chamar assim não é justo com o que nós tivemos. Primeiro fomos melhores amigas. De algum modo, ela conseguiu escalar as muralhas até chegar ao meu coração. Quando a primavera deu lugar ao verão, a nossa amizade esquentou.

Aí Nikki morreu e eu terminei tudo na hora. Eu não podia arriscar, não podia arriscar Paige.

Ainda não tenho certeza de que me afastei a tempo, não sei se ela ainda corre perigo. O nome de Paige ainda pesa em mim. Ela estava tão furiosa, tão magoada quando terminei que me tirou completamente da sua vida, esquecendo tudo que tivemos — não somente entre nós, mas também com Nikki. Eu sei que foi por um bom motivo, mas perder o que eu tinha com Paige foi como perder Nikki novamente.

Já faz um ano, e eu sinto falta dela. Paige está sentada ao meu lado e ainda sinto saudades. Mas nossa amizade se confundiu com o romance.

Eu amava Paige como amiga, um amor feroz e leal que permanecia estação após estação. Então talvez ela nunca tenha estado em segurança, sendo ou não minha amante. Talvez minha magia fosse encontrá-la de qualquer forma. Rezo para que o sol não a reconheça mais, não sinta a atração entre nós duas.

Paige demora um pouco a falar, e eu imagino se ela está pensando em todas as pontas soltas entre nós, como eu.

— Vi você treinando com Sang — diz. — Você está melhorando.

— Estou atrasada.

— Vai chegar lá.

Olho para Paige, mas seu olhar está distante. As coisas entre nós terminaram faz muito tempo, mas ela ainda se demora em meus pensamentos, como um coração que se mantém quente bem depois de bater pela última vez.

Eu não digo isso a ela. Não digo a ela que, quando não consigo dormir, ainda faço as brincadeiras que eu, ela e Nikki fazíamos para ficar acordadas até de manhã. Não digo a ela que a onda de magia que matou Nikki a teria matado também, se ela não estivesse doente naquele dia. Não digo a ela que nunca fiquei tão agradecida por alguém ter ficado doente em toda a minha vida.

Penso no eclipse por vir, em como nunca mais vou precisar me preocupar com isso de novo. Posso treinar agora, controlar minha magia o suficiente para sobreviver, e depois deixar tudo isso para trás. A esperança de nunca mais machucar alguém rodopia em meu peito, pulsa no ritmo do meu coração.

Paige abre a boca para falar de novo, mas Sang aparece e anula o momento.

— Quer fazer mais um treino antes do solstício? — pergunta ele.

Eu não hesito. Não comento que estou de vestido e ele, de terno. Não digo que estou cansada.

Apenas olho para Paige e penso em nossa ligação, ainda forte demais, perigosa demais.

Eu me levanto, pego minha bolsa e digo:

— Sim.

CAPÍTULO

# onze

*"O outono tem seu próprio tipo de magia; nos lembra da beleza que existe em deixar as coisas terminarem."*

— *Uma estação para todas as coisas*

O campo de treinamento ainda está silencioso. As estrelas brilham acima e a lua cheia nos dá luz suficiente para ver apenas o que estamos fazendo. Meus saltos afundam na terra, então tiro os sapatos e os deixo de lado.

— Uma das melhores coisas de treinar à noite é que... — começa Sang, com a voz suave e baixa — ... ninguém pode te ver.

Ele tem razão. A escuridão me abraça como manto de proteção, me refugiando da curiosidade e do julgamento que me seguem à luz do dia.

É libertador.

— E você não pode ver as árvores — ele continua. — Vamos seguir com o mesmo exercício, mas hoje se concentre nas sensações. Não se importe com os resultados, nem com a distância a que o vento chega ou com o seu progresso. Não pense em estar totalmente no controle. Apenas se concentre no que sente ao ter esse tipo de poder em você.

Alguma coisa na maneira como ele diz aquilo me dói profundamente. Eu engulo a dor, ignoro.

— Somos bruxos — diz. — Vamos aproveitar.

Sei que ele não quer dizer nada com aquilo, mas o comentário me parece tão desdenhoso, considerando o motivo de estarmos aqui, para começo de conversa. Engulo em seco.

— É fácil para você dizer isso. Como eu posso aproveitar algo que provoca tanta dor?

— Para começar, pode parar de sentir pena de si mesma. — Ele fala de um jeito tão simples, como se estivesse confirmando que as estrelas ficam mais brilhantes depois de uma boa chuva ou que o inverno chega depois do outono.

— Como é?

Ele deixa escapar um suspiro e balança a cabeça, frustrado.

— Você está tão focada no que é ruim que se recusa a reconhecer o que é bom.

— As pessoas *morrem* por minha causa.

— Não, elas morrem por causa de uma magia que você nunca quis ter. Sua amiga que morreu era uma bruxa do verão, não era?

— Nikki — digo.

— Nikki. Ela amava ser estival?

— Não havia nada que ela amasse mais. — As palavras ficaram presas na minha garganta, mas eu as forço a sair.

— E ela amava ser uma bruxa do verão, mesmo passando nove meses do ano esperando sua estação chegar. Apesar de se sentir mais enfraquecida quando o equinócio chegava. Apesar de não se sentir ela mesma por três quartos do tempo, a vida toda.

— É diferente.

— Claro que é. O que quero dizer é que mesmo assim Nikki amava a magia, *todos* amamos, apesar da dor que ela causa. Uma dor que você nunca vai sentir porque é uma atemporal. Sua magia tem um tipo diferente de dor, e você pode reconhecê-la, odiá-la, desejar que não fosse dessa forma e, ainda assim, viver sua vida. Ainda assim ser feliz.

O luar se reflete nos olhos dele. Há algo no modo como Sang fala sobre coisas difíceis que faz com que fiquem mais fáceis de lidar, e sinto a tensão deixando meu corpo. Não quero mais brigar. Mas os melhores manipuladores sabem como te desarmar. Penso em Sang e em sua magia calmante, Sang sentado do outro lado daquela mesa com a sra. Suntile e o sr. Burrows, Sang respeitando uma pessoa que parece tão horrível, e de repente a escolha deles faz todo o sentido. Ele *sabe* me desarmar.

E eu me recuso a cair nessa.

Eu pigarreio.

— Você é melhor botânico do que psicólogo. Vamos treinar.

Sang baixa a cabeça como se estivesse constrangido. Mas se recupera rápido, assente e repete:

— Vamos treinar.

Começo a trabalhar. O vento vem fácil, como se tivesse passado a noite inteira nos esperando neste campo.

Sei que Sang está ao meu lado, sempre liberando sua magia calmante para mim, mas hoje à noite há algo por trás da magia. Um pensamento sutil. O que mais sinto é um poder selvagem crescendo dentro de mim, se contorcendo, animado para explodir pela noite.

Enquanto eu e Sang trabalhamos lado a lado, eu invocando o vento e ele deixando a magia jorrar de seus dedos apenas para me trazer segurança, a tensão entre nós dois diminui, some no ar da noite.

Não precisamos ser melhores amigos. Eu não tenho que gostar dele e ele não tem que gostar de mim, mas acho que estamos começando a nos entender. E isso é alguma coisa.

Eu sigo moldando a corrente de ar à minha frente e logo me perco nisso. Minha mente para de se preocupar e meus ombros relaxam. Por um brevíssimo momento, não estou com medo. Não estou lutando. Devagar, clamo por mais magia, a libero e a deixo correr com o vento, fortalecendo-a. Acelerando-a. Continuo fazendo isso até ter certeza de que é a corrente mais forte que criei desde que eu e Sang começamos a treinar juntos.

Disparo mais uma onda de magia no vento e depois disparo a corrente de ar para a floresta.

Mantenho meus olhos fechados e a cabeça inclinada para trás, me refestelando no som do vento que se move entre os carvalhos e pinheiros, ouvindo as árvores se inclinando e os galhos se agitando.

E então isso para, e o mundo fica em silêncio novamente.

Abro os olhos e me viro para Sang, achando que vamos parar por aqui. Sem dizer uma palavra, ele se vira para a floresta que se estende além do campo, levanta as mãos e fecha os olhos. Os galhos começam a se mover, primeiro um farfalhar suave, depois ouço um zunido alto quando as copas das árvores balançam de um lado para outro.

Ele invoca mais ar e o vento responde, deixando as árvores e tomando o campo.

*Vamos aproveitar.* As palavras de Sang ecoam na minha cabeça.

— Espere — digo.

Sang para.

A magia sai dos meus dedos e segue para a floresta. Eu imagino as folhas caídas no chão e levanto as mãos. O ar fica pesado quando todas as folhas são erguidas do chão da floresta e param, esperando meu comando. Eu as puxo em direção ao campo e abro os olhos.

Uma parede infinita de folhas varre o ar e, em seguida, para. Sang observa e levanta as mãos.

— Pronta? — pergunta.

Eu assinto, e ele manda sua torrente de vento direto para as folhas. Assumo o controle do vento e faço círculos com as mãos, uma, duas, três vezes, acelerando, acelerando. E então puxo a magia para mim.

Laranja, amarelo, verde e vermelho dançam pelo ar, girando juntos conforme a torre maciça de vento plana até mim. O ciclone ganha velocidade e manda uma folha atrás da outra, em círculos atordoadores. Afasto as mãos e crio um olho imenso no centro da coluna de ar e folhas.

O vento se divide, me deixando entrar.

Com um gesto amplo, mando o vento girar ao meu redor. As folhas rodopiam e fico no centro da tempestade. Meu vestido cor-de-laranja se agita entre as minhas pernas e o vento uiva nos meus ouvidos e bagunça meu cabelo, erguendo os fios vermelhos para todas as direções. O som é tão alto que abafa todo o restante. Abro bem os braços, sinto o vendaval passando por entre meus dedos abertos, observo enquanto as folhas giram ao meu redor.

Aí dou uma gargalhada. Uma gargalhada de verdade.

Sinto que Sang está criando alguma coisa nova, e minha magia se interrompe, esquecendo-se do tornado de folhas, e espera.

Uma camada espessa de névoa desce no campo. Com um movimento uniforme, afasto o ciclone e puxo a névoa de Sang, deixando-o à mostra e me escondendo.

Eu me movimento entre os dois, indo do ciclone para a névoa, empurrando e puxando.

— Incrível — diz Sang, bem baixinho.

Nas outras estações não é possível alternar o foco da magia assim; é preciso muita energia para tirar o poder de uma coisa e se concentrar em outra. Mas a magia do outono é transitória. Ela flui de uma coisa para outra, sentindo o ambiente e se transformando para fornecer o que é necessário. De algum modo, pode parecer instável mudar tão rápido.

Mas é também uma grande vantagem que as demais estações não têm. Foi um dos motivos pelos quais cheguei tão perto de dissipar o tornado — não perdi tempo alternando minha magia de uma tempestade para outra.

— Venha aqui — chamo, e Sang anda na minha direção. Eu me aproximo e ficamos frente a frente, a centímetros um do outro. Empurro a camada de névoa para a escuridão até ela desaparecer. Então controlo o tornado de folhas para que gire ao nosso redor.

Toda a minha energia flui para o ciclone, mandando folhas para todos os lados, o som abafando todo o resto. Ele gira em volta de nós numa velocidade incrível, a gravata de Sang voando, o meu cabelo também. Ele estende a mão para tocar o túnel de vento ao nosso redor.

Está escuro demais para vê-lo com clareza, mas sinto o quanto está próximo. Quieto e imóvel. Seu hálito quente alcança minha pele, lento e regular. Fico feliz por não ter luz suficiente para que ele veja a transformação à minha frente, como meu olhar se suaviza e meu maxilar relaxa quando ele deixa de ser alguém que me magoou para se tornar alguém com quem quero dividir esse momento.

Deixo os meus dedos se esticarem para o vento e sinto o ar correr entre eles.

Minha pulsação está lenta. Estável. Estranhamente satisfeita, mesmo no olho da tempestade.

Então bato as mãos e o vento se dissipa.

Por um instante, as folhas pairam no ar, congeladas na memória do vento, antes de finalmente flutuarem até o chão.

Silêncio.

Sang me olha, o cabelo bagunçado pelo vento, a gravata frouxa no pescoço. O primeiro botão da camisa está aberto e ele largou o paletó na grama. Parece tão perfeitamente desleixado que me faz corar.

— Você foi feita para isso — diz.

E, por um único segundo, eu acho que ele talvez esteja certo.

*queen anne's lace*

# inverno

CAPÍTULO
# doze

*"As mulheres são desencorajadas a serem diretas e dizerem o que pensam. E é por isso que eu amo o inverno: ele me ensinou a me posicionar a meu favor quando o restante do mundo não tinha problema em me ignorar."*

— *Uma estação para todas as coisas.*

Há uma friagem especial no ar quando acordo. O estável fluxo da magia do outono foi substituído pelo decidido e agressivo pulsar do inverno. Até mesmo a magia é mais fria, um tremor constante correndo sob a pele. Estarei acostumada a ela amanhã, mas hoje não vou conseguir me aquecer de jeito nenhum.

Saio da cama e abro a janela, estico o braço para o ar externo e fecho os olhos, sentindo a temperatura.

Eu me visto de acordo e sigo para a aula com Nonó no meu encalço. Uma camada espessa e baixa de nuvens paira sobre a escola. Consigo enxergar minha respiração a cada vez que expiro.

O inverno é a estação mais odiada entre as bruxas que não são invernais. As do outono, da primavera e do verão não costumam sair e se aconchegam ao redor da lareira. Usam muitas camadas de roupas e bebem imensas quantidades de sidra e chá com especiarias.

Mas eu gosto do inverno. É a mais autêntica das estações. É o que sobra depois que todo o resto é consumido. As folhas caem. As cores esmaecem. Os galhos ficam quebradiços. E se você é capaz de amar e compreender a Terra quando toda a beleza se esvai, vendo-a como ela é, isso é mágico.

As invernais são mais diretas do que qualquer outra pessoa. Nós não amolecemos com indiretas, mentirinhas ou falsas delicadezas. Não deixamos dúvidas do que pensamos.

E o inverno é bom para quem o respeita.

Quando chego ao campo de treinamento, várias pessoas olham na minha direção. É a minha primeira aula em grupo desde que o sr. Hart morreu. A sra. Suntile achou que seria bom eu voltar a treinar com outras bruxas, embora não vá tentar controlar a magia delas. Meu treinamento principal vai continuar sendo com Sang, tentando controlar a minha própria magia. Mas a sra. Suntile não quer que eu me esqueça de como é treinar perto de outras bruxas e bruxos, então aqui estou eu.

Ponho a bolsa no chão e fico distante do grupo. Esse campo é maior do que o que uso para treinar com Sang. Quarenta acres de planície para praticar nossa magia. A grama é verde e bem cortada, conservada com cuidado pelas bruxas da primavera. O extremo oposto do campo é cheio de árvores: abetos, carvalhos sem folhas e pinheiros altos que se estendem até Poconos. Quando eu era mais nova, o campo parecia descomunal, e foi só quando fiquei mais velha que começou a me parecer sufocante.

O sr. Donovan me lança um sorriso receptivo, depois se afasta vários metros do grupo e cria uma tempestade quase perfeita. Nuvens eminentes, raios, trovões.

Ela está perfeitamente contida, talvez a noventa metros acima de sua cabeça, com apenas três metros de diâmetro.

Tempestades assim não são comuns no inverno, então não somos muito bons com elas. É preciso esforço para alcançar o nível de precisão que o sr. Donovan demonstra. Ele é um bruxo da primavera, e tempestades são mais fáceis para ele. Parece calmo e concentrado, as mãos estendidas à frente, sem sinal de tensão ou estresse.

É incrível pensar que algo que me vem tão naturalmente na próxima estação seja um esforço tão grande agora. Mas o inverno tem suas habilidades únicas, e assim que a temperatura cair mais, vamos colocá-las em uso.

O sr. Donovan cruza as mãos espalmadas na frente do corpo, depois as abaixa.

A tempestade desaparece.

Explodimos em aplausos.

— Eu me esqueci do quanto gosto de dar aulas no inverno. Vocês se impressionam muito mais comigo do que os alunos da primavera — diz o sr. Donovan, fazendo todo mundo rir. — Sei que tempestades não são fáceis para vocês, mas a sra. Suntile quer todos a par do básico. As tempestades são mais comuns na primavera e no verão, mas podem acontecer a qualquer momento, e queremos que estejam preparados. Vocês provavelmente sabem mais do que pensam; não se esqueçam de que, a cada vez que lidam com granizo, é de uma tempestade que estamos falando. Nosso objetivo é ter algum controle, não alcançar a perfeição, então não se estressem com isso. Teremos duas aulas sobre tempestades antes de seguirmos para a magia do inverno. Entenderam?

Todos concordamos com a cabeça.

— Bom. Paige e Clara, vocês são parceiras. E Thomas e Lee, Jessica e Jay. Lembrem-se de que estão trabalhando *juntos*. Ninguém está aqui para superar os outros. O clima não tolera egos, nem eu, então vamos manter as coisas tranquilas, certo? Agora, se espalhem e podem começar.

Eu caminho para o canto sudeste do campo. Paige me segue. Seu olhar irritado perfura as costas do meu casaco.

Eu paro quando já nos afastamos bastante e me viro para olhá-la.

— Vamos ver para que esse tempo todo que você passou com o botânico serviu — diz ela, parando a menos de um passo de mim.

Não dá para ter dúvidas sobre por que me apaixonei por ela. Ela tem um porte altivo, é confiante e segura; é brilhante e sabe disso. E é linda, ainda mais agora que estamos em sua estação. Seus olhos são brilhantes e sagazes, o cabelo comprido preso num rabo de cavalo.

A expressão no rosto de Paige quando terminei com ela deixou uma cicatriz permanente no meu coração. Eu a magoei, de um modo trágico, porque fiz isso apesar de nos amarmos, e isso ainda ecoa entre nós. Paige saiu do meu quarto naquele dia antes que eu pudesse explicar tudo o que queria dizer. Eu deveria ter corrido atrás dela e tentado explicar. Mas não fiz isso, porque era melhor assim.

Mas seu semblante, alguma coisa em seu rosto sempre tão controlado, partiu algo dentro de mim que acredito continuar partido. Talvez fique assim para sempre.

— O quê? — Paige pergunta, a impaciência óbvia no seu tom de voz. Eu desvio o olhar.

— Nada. Vamos começar.

Eu levanto as mãos à minha frente, e Paige faz o mesmo. A magia explode de dentro de mim, e eu me afasto, assustada com sua força.

Paige levanta uma sobrancelha.

— Bem-vindo de volta, inverno.

Reviro os olhos e tento de novo; desta vez, estou preparada, e a explosão não é tão surpreendente. Lanço magia para o ar e logo uma nuvem cúmulo-nimbo paira acima da minha cabeça.

— Hora do show — Paige diz. Estendemos as mãos à frente, as palmas quase se tocando, e uma descarga elétrica estala no espaço entre nós.

Mas alguma coisa parece errada.

Essa agressividade não é normal para a magia do inverno. Está ganhando força rápido demais, juntando energia em pouco tempo. Ainda não produzimos nenhum raio, e já temos eletricidade suficiente para incendiar as árvores.

É a tensão. A raiva. A mágoa e as memórias. O ar ao nosso redor está pesado com momentos secretos e feridas abertas.

E é aí que percebo o que está acontecendo.

— Paige, para — digo, saltando para trás. Minhas mãos já estão praticamente abaixadas, cortando minha parte do fluxo da energia, quando Paige pega meus pulsos e me puxa de volta.

— Eu não vou tirar nota baixa nesse trabalho por sua causa. — Seu aperto é firme; eu tento me livrar, mas ela é forte demais. A energia saindo de mim está tomando forma, minha pele zumbindo com poder, as pontas dos meus dedos desesperadas para produzir energia. Eu fecho os olhos e me concentro, fazendo tudo o que posso para reduzi-la.

— Me solta — digo, puxando as mãos.

— Não.

Não temos muito tempo. Paige está disposta a incendiar todo o campo antes de me soltar.

— Por que você está fazendo isso? — O ódio queima meus olhos e deixa meu tom de voz feroz.

— Você não pode querer decidir tudo, Clara. Esse trabalho é meu também, e nós vamos terminá-lo. — Ela me segura com mais força.

Paige está sendo impulsiva. Descuidada. Talvez seja uma consequência da mágoa.

Fecho os olhos com força. Há tanta magia sendo alimentada pela energia de Paige, por todas as emoções e coisas não ditas.

— Pare de tentar se controlar — reclama Paige. — Eu sei que você consegue fazer mais que isso. — Ela está tentando me provocar, mas sua voz está trêmula. Ela também sente a tensão.

Eu respiro fundo. Imagino seu cabelo longo caindo pelos ombros quando ela ri. Ela nunca ria em público, não desse jeito. Mas quando estávamos só nós duas, ela ria com o corpo inteiro.

Quando expiro, eu a empurro o mais forte que consigo.

Eu me solto das suas mãos. Paige tropeça para trás e perde o controle de sua magia, que vem ao meu encontro. O pânico se apodera de mim quando a minha magia corre para encontrar a dela.

Eu luto contra a força do meu poder, mas minha magia reconhece a dela imediatamente.

Vejo os lampejos que surgiram quando meus pais morreram. Quando Nikki morreu. E só consigo pensar: *Paige também, não.*

Corro na sua direção e a jogo no chão, tirando-a do caminho da magia, que dispara pelo ar com uma precisão impressionante. Mas não sou rápida o bastante, e um raio cai onde estamos, me acertando na lateral do corpo antes de encontrar o cordão de ouro no pescoço de Paige. A magia percorre todo o metal antes de desaparecer.

Embaixo de mim, Paige estremece. Eu saio de cima dela e fico ao seu lado.

Há uma queimadura embaixo do colar, e ela me encara com os olhos arregalados. Aí desvia o olhar, o colo ficando vermelho como sempre acontece quando ela fica constrangida.

E, de repente, estou presa numa memória. A primeira vez em que notei aquele rubor estávamos no meu quarto, na Casa do Verão, estudando para um teste de história. A gente esparramada na cama, com os livros abertos, marcadores e canetas perdidos entre os lençóis, e Paige me disse que nunca havia beijado ninguém.

Foi do nada, espontaneamente. E me surpreendeu. Paige sempre foi confiante, segura de si, e a vulnerabilidade em sua voz me deixou com um nó na garganta. Não era uma coisa para se envergonhar. Paige nunca estivera num relacionamento porque nunca encontrara alguém que fosse bom o bastante para ela. Eu gostaria de ser mais assim.

Mas, sentada na minha cama, com os cabelos cascateando pelos ombros, ela confiou em mim o suficiente para atravessar a armadura exterior e me mostrar uma parte delicada que mantinha escondida. Manchas vermelhas se formaram na sua pele clara até que seu peito ficou da cor do meu cabelo.

— Você pode me beijar? — ela pediu.

A primeira coisa que pensei foi como ela era corajosa por pedir isso. Não sei se eu teria tanta coragem assim. Quis ser como ela.

A segunda coisa que pensei foi como eu queria fazer aquilo.

Quando nossos lábios se tocaram pela primeira vez, eu sabia que não teria como voltar atrás.

E, pelos dois meses seguintes, não houve como.

O sr. Donovan chega apressado, mas estou congelada, presa entre a memória dos lábios de Paige nos meus e a imagem do corpo dela no chão. Estou tremendo ao seu lado, apavorada com o que acabou de acontecer. Apavorada por saber que poderia ter sido muito pior.

— Você está bem — sussurro. Sem pensar, pego a mão dela.

Paige olha para nossas mãos, depois para mim, e para nossas mãos de novo. Eu a solto.

Então sua cabeça cai para trás e Paige desmaia.

CAPÍTULO

# treze

*"Nunca me ocorreu que a mudança fosse algo indesejado até alguém que se orgulhava da sua solidez me dizer que era."*
— *Uma estação para todas as coisas*

Paige está deitada em uma maca estreita na enfermaria. Tem uma queimadura leve no pescoço dela, causada pelo raio que esquentou seu colar. Ironicamente, o pingente do cordão é um pequeno raio de ouro que Nikki deu para ela anos atrás.

Eu tenho um igual. Nikki foi enterrada com o dela.

Estou em uma cadeira ao lado de Paige, com uma queimadura similar no lado esquerdo de meu corpo, por onde o raio atravessou. Não consigo parar de ver imagens dos meus pais e de Nikki, não consigo parar de pensar como teria sido fácil Paige se tornar uma vítima como eles.

Sou um perigo para qualquer pessoa ao meu redor e não posso me esquecer disso por um instante sequer.

A enfermeira entra e nos dá uma pomada para as queimaduras, mas não há nada além disso a fazer. Foi um acidente pequeno; a eletricidade não atingiu o corpo dela e apenas me pegou de raspão. Tivemos sorte. Mas vê-la tremendo no chão me fez lembrar de como tenho pouco controle sobre o meu poder. E isso enche meu estômago com uma terrível sensação doentia.

— Pode parar — diz Paige. Mesmo naquela maca estreita, com grama no cabelo, ela parece forte.

— Parar o quê?

— De ficar se martirizando assim.

Um instinto de me defender sobe pelo meu peito, mas eu me esforço para engoli-lo. Mesmo depois de tanto tempo, Paige ainda me conhece. De certo modo, é acolhedor perceber que há uma parte de mim que não se resume a uma esquisitona que se esconde em um minúsculo chalé entre as árvores. Essa parte sobreviveu à morte de Nikki e segue existindo. Mas também é dolorosamente triste.

— Você não tem ideia de como é ser tão descontrolada.

— Eu sei, sim. — Sua voz está rouca, e percebo que ela não está falando de magia. Paige mantém os olhos fixos na parede à sua frente. — E essa baboseira de "ai, pobrezinha de mim, sou tão poderosa" está enchendo o saco.

Balanço a cabeça e olho para o teto, para a parede, para qualquer lugar que não seja o rosto dela.

— E você insistir que sabe como estou me sentindo mais do que eu mesma também não é nada divertido. Você não tem a menor ideia. — Minha voz se eleva e minha pele fica quente.

— E de quem é a culpa disso? — Ela se senta na cama e me encara. Sua voz é estrondosa e cheia de raiva. Fico em silêncio, e ela se deita de novo.

A gente era tudo uma para a outra, e agora mal consegue ficar no mesmo quarto. Isso me tira o fôlego, a tragédia que é essa perda.

Eu evito os olhos dela, e ela evita os meus. Um silêncio mais alto do que nossa pior gritaria toma conta da sala, e eu levo um susto quando a porta se abre.

A sra. Suntile entra, seguida pelo sr. Donovan e pelo sr. Burrows.

— Meninas — diz ela, olhando para nós por cima dos óculos. — Estão se sentindo melhor?

— Sim, obrigada — diz Paige.

— Sim — repito.

O sr. Donovan puxa três cadeiras e todos se sentam. Eu seguro os joelhos com força, tentando me manter calma. Não tenho ideia do tipo de encrenca em que vou me meter por causa disso.

O sr. Donovan está segurando uma prancheta e uma caneta, pronto para fazer anotações.

A sra. Suntile olha de mim para Paige, e de volta.

— Eu não tenho o dia todo.

— Não foi culpa da Clara — começa Paige. Eu a encaro. — Tinha alguma coisa errada desde o começo, e Clara tentou se afastar, mas eu não deixei. Eu não queria tirar nota baixa.

— Isso foi incrivelmente imprudente da sua parte, srta. Lexington.

— Eu sei — diz Paige. Ela não parece arrependida ou derrotada, e seu tom de voz nunca vacila. Ela é equilibrada, sempre.

— Vocês nunca deveriam ter sido colocadas em dupla, diante do seu histórico — diz a sra. Suntile, mais para o sr. Donovan do que para nós. Ele se remexe no assento, desconfortável. Minhas bochechas ficam vermelhas, e eu olho para baixo.

O sr. Burrows olha para mim.

— Até que você ganhe mais controle sobre sua magia, vamos novamente retirá-la das aulas em grupo e nos concentrarmos em suas sessões individuais.

Eu me ajeito na cadeira e olho para a sra. Suntile e para o sr. Donovan em busca de ajuda.

— Eu preferiria diminuir as sessões particulares e fazer mais trabalhos em grupo. Nunca vou ficar confortável em grupos se não praticar.

O sr. Burrows balança a cabeça.

— O que aconteceu hoje foi uma prova clara de que você não pode treinar em aulas normais, especialmente considerando há quanto tempo está na escola com esses colegas. Todo mundo aqui tem uma história com você. Por isso, seu treinamento seguirá com Sang, e vamos reavaliar seu progresso com o passar do ano. Assim que você desenvolver controle suficiente sobre sua magia, vai retomar o treinamento com outros alunos. Mas, por enquanto, seu foco deve permanecer em aprender a dominar seu poder.

Nem a sra. Suntile nem o sr. Donovan contestam esse plano, e eu me largo na cadeira. Sei por que a escola favorece o treinamento particular, a moradia particular, *tudo* particular para mim. E eu concordo com isso na maior parte do tempo; essas medidas ajudam a garantir que as pessoas ao meu redor permaneçam seguras. Mas não posso afastar a sensação de que às vezes a sra. Suntile me mantém isolada só porque pode.

— Quero que vocês duas tirem o restante do dia de folga e vejam como se sentem amanhã de manhã. Se precisarem de mais um dia de descanso, tudo bem. — A sra. Suntile se vira para mim. — Vou avisar ao sr. Park que você não vai treinar com ele hoje. — Ela se levanta. — Descansem um pouco esta noite.

A sra. Suntile abre a porta e sai, deixando uma rajada de ar frio às suas costas. O sr. Burrows a segue sem dar mais nenhuma palavra, mas o sr. Donovan hesita.

— Eu devo às duas um pedido de desculpas. A sra. Suntile tem razão, eu deveria ter sido mais cuidadoso na formação das duplas. Era minha responsabilidade, não de vocês. — Ele se levanta. — Descansem um pouco.

Nós duas assentimos, e o sr. Donovan sai da enfermaria. Paige pigarreia.

— Estou cansada.

— Já estou indo — anuncio. — Você quer que eu espere lá fora e te ajude a voltar para a Casa Invernal?

— Não.

Eu levanto lentamente da cadeira e me dirijo para a porta.

— Paige — começo, mas logo depois pauso, minha coragem vacilando. Há um abismo entre nós, tão profundo e tão largo que tudo o que eu disser sumirá nas profundezas, sem nunca conseguir chegar ao outro lado. — Estou feliz por você estar bem.

Ela não diz nada e só fica olhando para um lugar que não consigo ver. Eu saio e fecho a porta.

---

Depois de uma noite conturbada, sonhando com Nikki, Paige e relâmpagos, estou ainda mais grata por ter recebido a opção de tirar mais um dia de folga pela sra. Suntile. Estou no meu chalé lendo as memórias de Alice quando ouço uma batida na porta.

— Pode entrar — digo por cima do ombro. Estou encolhida na cama com Nonó, e aperto mais o suéter ao redor do corpo. As janelas do chalé são velhas, com vidros finos, e o ar frio se infiltra pela vedação e invade o quarto.

Minha mente está frenética pelo que fiz com Paige, pela minha facilidade de perder o controle. Já li o mesmo parágrafo mil vezes. Fecho o livro e o coloco na mesa de cabeceira, onde estava desde que o recebi.

Hesitante, Sang enfia a cabeça pela porta entreaberta.

— A sra. Suntile não lhe disse que nossa sessão de hoje foi cancelada?

— Disse, sim... — A voz de Sang perde o rumo, e ele parece envergonhado. — Eu só queria ter certeza de que você está bem.

— Estou ótima — digo. — Paige foi quem se ferrou mais.

Ele fecha a porta e se senta. Nonó salta da cama e se esfrega nas pernas de Sang, ronronando.

*Traidor.*

— Deve ter sido aterrorizante.

Não entendo porque ele está aqui. Eu me recosto no travesseiro e fico olhando para o teto, tentando esquecer toda a dor que minha magia já causou.

Estou prestes a pedir para Sang ir embora quando ele diz:

— Eu já machuquei alguém uma vez.

Eu me ajeito na cama e olho para ele.

— Sério?

Ele concorda com a cabeça.

— Eu tinha oito anos. Meus pais tinham montado um jardinzinho para mim no quintal, e eu estava plantando mil coisas diferentes. Um dia, eu estava mexendo com *Abrus precatorius*, sabe, ervilhas-do-rosário?, e achava as sementes tão maneiras. Tinha levado menos de uma hora para fazê-las crescer, e eu estava tão orgulhoso de mim mesmo. — Ele faz uma pausa. — Isso foi antes que eu soubesse que certas plantas são venenosas para os sombreados.

Sua voz está baixa e seus olhos brilham com a memória. Eu engulo em seco. Até a ingestão de uma semente pode ser fatal, e tenho medo do que ele vai dizer.

— Quando minha mãe me chamou para o jantar, salpiquei algumas sementes na salada dela. Mal podia esperar que ela experimentasse para eu poder dizer que tinha cultivado aquilo especialmente para ela. Mas, quando ela mordeu a primeira, a casca era tão dura que machucou seu dente. Ela engoliu aquela e comeu o restante do prato evitando as sementes. Ela teria morrido se tivesse comido todas.

Solto o ar em um suspiro longo e tenso. Nonó salta para o colo de Sang, que o acaricia enquanto continua a história.

— Ela ficou muito doente. Vomitando e sentindo dor, tão fraca que mal conseguia ficar em pé. Meu pai viu as sementes no prato, pesquisou sobre elas e descobriu que eram tóxicas. Ele chamou a vigilância sanitária e minha mãe foi levada às pressas para o hospital. Ela ficou bem, no fim das contas, mas nunca me esqueci disso.

— Sinto muito que você tenha tido que passar por isso.

Sang balança a cabeça.

— Ainda é tão vívido, depois de todos estes anos. Mesmo agora, meu coração está palpitando só de tocar nesse assunto. Por algumas horas, eu tinha certeza de que tinha matado minha mãe. Ainda sonho com isso.

— Eu ainda tenho sonhos com meus pais e com a Nikki. E agora, com o sr. Hart. — As palavras jorram antes que eu possa detê-las. Quem me dera poder pegá-las de volta.

Sang olha para mim.

— Desculpe, eu não queria transformar isso em uma conversa sobre mim. — Meus dedos apertam o cobertor sobre minhas pernas, e olho para o lado. — Eu só queria dizer... — Mas eu me interrompo. Não tenho certeza se gostaria de contar o que quis dizer.

— O quê?

Ele parece tão verdadeiramente interessado no que eu vou dizer. Seus olhos ainda brilham por causa da história sobre a mãe, e ele está fazendo carinho na cabeça de Nonó sem perceber ou se importar que seu suéter branco esteja coberto de pelos pretos. Observando-o com Nonó, o jeito que ele está tão confortável nesse espaço pequeno, desperta algo em mim.

Eu engulo com força e olho para outra direção.

Confiar minhas feridas mais profundas a Sang quando não confio nele em relação a mais nada seria tolice.

Eu preciso que ele vá embora.

— Só queria dizer que sei como é sonhar com momentos que você daria qualquer coisa para esquecer.

Sang concorda, mas olhando para baixo, e seus ombros se encolhem. Ele sabe que não estou dizendo tudo, então pigarreia e fica de pé.

— Bem, estou feliz que você esteja bem. Te vejo amanhã?

Eu assinto. Sang anda até a porta e olha de novo para mim. Por um segundo, acho que ele vai me fazer uma pergunta, mas depois ele balança de leve a cabeça e vai embora.

Nonó fica à porta, observando o espaço que Sang ocupava momentos antes.

A culpa me incomoda, mas eu resisto. Não devo a ele meus segredos só porque Sang compartilhou os dele.

Eu não devo nada a ele.

CAPÍTULO

# catorze

*"Não sei se gosto igualmente de mim a cada estação. Dou valor a qualidades diferentes em momentos diferentes, mas não somos todos assim?"*
— *Uma estação para todas as coisas*

Na manhã seguinte, chego ao campo de treinamento antes de Sang. O inverno está aos poucos tomando conta do campus, deixando os galhos nus e as manhãs cobertas pela geada. Os dias estão ficando mais curtos e as plantas estão se preparando para a longa estação que se avizinha.

A noite reina no inverno. Há menos horas de luz e o sol paira mais baixo no céu. A atmosfera dispersa a luz solar, tornando-a menos intensa.

É por isso que os invernais são especiais: nós precisamos da menor quantidade de energia solar para produzir magia. Os estivais são quase inúteis no inverno por precisarem de uma quantidade tão grande de luz solar. Mas nós, não.

O dia está claro. A grama brilha com a geada, e a floresta além dos limites do campo está tranquila e imóvel.

Uma citação das memórias de Alice fica ressoando na minha cabeça, palavras que não tenho conseguido esquecer desde o acidente com Paige: *Se pessoas com quem me preocupo vão morrer por minha causa, vou fazer o máximo para que a minha magia valha alguma coisa.*

Ela escreveu essas palavras em meio à ira de perder uma de suas amigas mais próximas quando tinha dezenove anos. Algo mudou, e ela decidiu que a única maneira de seguir em frente seria mergulhar no que temia.

Eu tentei de tudo — conter minha magia, me isolar, ficar de guarda o tempo todo. Tudo, exceto me aproximar mais de minha magia. Ver Paige caída revelou algo que acho que sempre soube: o que tenho feito não está funcionando.

Ainda faltam duas estações para o eclipse solar e, se quero chegar lá sem machucar mais ninguém, preciso de uma nova estratégia.

Quando Sang chega ao campo, já estou pronta para usar minha magia. Toda.

— Ei — diz ele, largando sua bolsa no chão. Sang está com um cachecol de lã enrolado no pescoço, as pontas das orelhas rosadas. Ele parece tão confortável, tão aconchegante, como uma caneca de chocolate quente ou meu cobertor favorito. A pessoa perfeita para se enrolar em frente a uma lareira.

Eu pigarreio.

— Como você está se sentindo hoje? — ele pergunta.

— Não consegui dormir ontem à noite. Fiquei pensando em como Paige poderia ter se machucado muito mais, em como tivemos sorte. Não quero que isso aconteça nunca mais. — Faço uma pausa, olho para o outro lado do campo, em direção às árvores que tenho tentado tanto alcançar em nossos treinos. — Antes da morte do sr. Hart, ele me disse que eu só terei controle total sobre minha magia se conseguir dominá-la. Quero deixar minha magia se expressar completamente, sem conter nada. Preciso saber do que realmente sou capaz.

— Pensei que era isso que estávamos fazendo. Você tem se segurado assim este tempo todo?

— Não de propósito. Mas acho que tenho me contido por tanto tempo que não sei como agir de forma diferente. Não sei como é usar toda a minha magia porque nunca me permiti sequer chegar perto disso. E eu nunca aprenderei a controlá-la se nem sequer sei como é.

Sang concorda.

— Isso faz total sentido. — Ele olha ao redor do campo. As montanhas ao longe estão cobertas de branco, como se seus picos tivessem sido mergulhados em merengue.

— Você poderia me explicar? Como é a sensação quando você usa toda a sua magia?

Ele parece surpreso, mas acena com a cabeça.

— Sim, claro.

— Eu gostaria de saber.

Seus olhos pousam nos meus e por um, dois, três segundos, nem eu nem ele afastamos o olhar.

Eu me forço a baixar os olhos para o chão e respiro fundo. Não havia nada naquele olhar.

Sang estende a mão para mim, e eu me afasto.

— Você vai sentir melhor se segurar minha mão — explica ele.

Hesitante, dou um passo à frente. Quando coloco minha mão na dele, ele envolve meus dedos nos seus. Por um momento, fico paralisada, olhando para nossos dedos entrelaçados. Sua pele é áspera por todas as horas que passa mexendo na terra, e manchas azuis se estendem pela lateral da palma. Meu coração acelera. Eu me forço a focalizar nosso exercício, pois não passamos disso: parceiros de treino.

— Pronta? — pergunta Sang.

Eu aceno e engulo com força.

— Quando você quiser.

Ele fecha os olhos, e eu faço o mesmo. Sinto instantaneamente quando ele chama sua magia à superfície, a calma a que estou tão acostumada agora à deriva pelo ar, subindo pelo meu braço e assentando no meu âmago.

Eu respiro fundo.

O vento começa a se agitar ao nosso redor, o cachecol de Sang dançando na corrente de ar, tocando minha pele.

Meu coração se abranda.

— Há um momento — diz Sang, sua voz equilibrada — que sua magia espera que você faça uma escolha. Ela te puxa como a correnteza de um rio, suas costas na água, olhos fechados, braços estirados, palmas das mãos viradas para o céu. A corrente se torna mais rápida e forte à medida que se precipita em direção a uma cachoeira. E há um momento em que o rio se acalma, lhe dá controle, e pergunta: "Vamos voltar pelo caminho que viemos, nadando contra a corrente? Ou vamos atravessar o limite e cair, confiando que a água abaixo vai aparar nossa queda?"

Meus olhos permanecem fechados. Aceno ao ouvir suas palavras, entendendo exatamente o que ele está dizendo; a imagem é tão vívida que quase posso senti-la. A calma e o controle absoluto que Sang tem sobre o poder dentro dele pairam no espaço entre nós. Pairam no ar como uma névoa de perfume.

— Como você se força a atravessar o limite? — pergunto, minha voz tão baixa que não tenho certeza de que ele me ouve.

— Você inspira todo seu medo, todas as suas preocupações, toda a sua hesitação — ele diz, respirando tão profundamente que consigo ouvi-lo apesar do vento.

A magia calmante que emana dele faz uma pausa antes que ele solte o ar, esperando por sua resposta.

Eu respiro fundo junto com ele.

— Quando expirar, liberte tudo: todo o medo, toda a tensão que carrega em seu corpo, até que reste somente você e sua magia. Você se rende à corrente e cai da cachoeira, sabendo que está segura. É muito mais difícil nadar contra a corrente, tentar voltar para trás. Cair é o único caminho adiante.

Sang expira, e eu faço o mesmo. Seu corpo inteiro relaxa à medida que a magia o atravessa, é despejada no ar e se envolve ao meu redor.

A coluna de vento que ele invocou dispara para as árvores. Eu abro os olhos e observo. Não vai longe, apenas até as primeiras fileiras, mas estamos no inverno; na primavera, Sang será capaz de criar uma tempestade de vento para cobrir este campo inteiro se quiser. As árvores balançam de um lado para o outro, aí o vento se extingue e elas descansam, imóveis.

Meus dedos ainda estão entrelaçados aos de Sang. Puxo a mão, ignorando a sensação do ar frio invadindo o espaço anteriormente aquecido pela pele dele na minha.

Ignorando o fato de que quero seu calor de volta.

— Sua vez — diz ele, me trazendo de volta para o campo.

Olho para as coníferas ao longe e mantenho a imagem em minha mente quando fecho os olhos. Respiro fundo e solto o ar lentamente.

Eu consigo. É só um pouco de vento.

A magia aumenta dentro de mim e, em vez de me concentrar em contê-la, foco a tarefa. Imagino as coníferas balançando na brisa. Eu me imagino flutuando rio abaixo, a água nas minhas costas e o céu acima de mim.

Eu me imagino em controle total.

O vento fica cada vez mais forte ao meu redor, depois faz uma pausa. Minha magia aguarda. Estou na cachoeira.

Inspiro e, quando meu peito se eleva, reconheço meu medo. Eu o vejo. Há tanto medo, tanta dor. Vejo meus pais imóveis no chão, Nikki sendo arremessada na árvore, sr. Hart sendo atingido por um arado, Paige sendo atingida por um raio. É uma barreira que não consigo atravessar; minhas mãos começam a tremer conforme minha magia se recolhe de novo.

Não consigo manter sua força.

— Não tem ninguém aqui que possa se machucar. Só eu, você e o campo.

Eu aceno com a cabeça e tento acalmar a respiração.

— Você merece descansar. Solte a respiração, solte toda a tensão que está carregando e se liberte. Você está segura aqui.

Não consigo tirar as imagens da minha cabeça.

— Não consigo fazer isso — digo, com a voz trêmula. Estou com medo.

— Consegue, sim. Vamos respirar fundo juntos e, quando soltar o ar, você vai relaxar. Respire fundo — ele diz.

Eu inspiro novamente e minha magia aguarda.

— Deixe seu corpo ficar pesado, libere a tensão e solte o ar.

Eu me vejo no topo da cachoeira. Assustada, preocupada, magoada. Então me vejo ceder à corrente, fluindo para além da beirada da cachoeira, os olhos fechados, a água bramindo. Estou caindo.

O poder jorra de mim em uma onda desenfreada. É tão forte que parece que todas as minhas entranhas estão indo junto, meus músculos, órgãos e ossos. Eu ofego pela sua força, mas não paro. Não me contenho.

Libero tudo.

O vento açoita as coníferas, a magia agressiva e fria do inverno alimentando sua disparada. Eu lhe dou tudo o que tenho.

Aí abro os olhos e observo.

O vento atinge a floresta, derrubando a primeira árvore no seu caminho. Mas não para aí. Árvore após árvore caem no chão, como uma fileira de dominós, fazendo a terra tremer sob meus pés. Nuvens de poeira sobem da floresta, mas não consigo desviar o olhar. O vento ruge mesmo ao chegar na última fileira de coníferas, jogando-as para o lado como se fossem galhos descartados. Acontece tão rápido.

O solo vibra. O silêncio toma conta depois que os baques finais ecoam na encosta da montanha.

Minha respiração está acelerada e meu coração palpita.

Olho fixamente para o rastro de árvores caídas. Meu corpo inteiro treme ao me dar conta da destruição.

Então um retumbar começa ao longe, e eu assisto horrorizada enquanto a neve desliza pela encosta da montanha. Começa aos poucos, como se em câmera lenta, e então, de uma só vez, ganha velocidade e cai pela escarpa.

Não há nada que eu possa fazer a não ser assistir à avalanche derrubar mais centenas de árvores antes de enfim parar.

Neve sobe no ar como fumaça, misturando-se à terra levantada pelas coníferas derrubadas.

O mundo fica em silêncio novamente. A única exceção são minhas respirações rápidas e irregulares. Um som escapa dos meus lábios, algo entre um suspiro e um soluço.

Sang fica ao meu lado, olhando fixamente para a montanha devastada.

— Não há nada entre nós e as montanhas além de árvores?

Eu balanço a cabeça. O terreno da Oriental tem milhares de quilômetros, aninhado nos vales de Poconos. Há muito espaço para erros, como o sr. Hart costumava dizer.

Meus olhos estão fixos aos danos que causei. Não consigo me mexer. Não consigo pensar. Não consigo respirar.

— Ei, está tudo bem — diz Sang, parando na minha frente. Ele olha nos meus olhos. — Apenas respire.

Eu respiro fundo, trêmula.

— Ótimo, muito bem. Mantenha seus olhos em mim. Isso mesmo — diz ele. — Bom. Continue respirando.

Respiro várias vezes. Devagar, meu corpo para de tremer. Minha mente para de entrar em espiral e consigo pensar novamente.

— Isso foi assustador — digo.

— Bem, você com certeza *derrubou* todos os recordes, então tecnicamente essa foi sua melhor tentativa.

— Não acredito que você acabou de fazer uma piada.

— Fiz, sim — assume ele, solene.

Queria gritar com Sang, dizer que isto não tem graça. Lembrar a ele de como sou descontrolada.

Mas, quando abro minha boca, o que sai não é um grito.

É um riso.

Um riso nervoso, frenético, mas mesmo assim um riso. Então Sang também começa a rir, e nós dois estamos gargalhando, lágrimas correndo pelo rosto.

É a primeira vez que dou risada de verdade, desde que Nikki morreu.

CAPÍTULO

# quinze

*"Tenha cuidado com aqueles que te deixarão pedir desculpas por ser quem é."*

— *Uma estação para todas as coisas*

A sra. Suntile não ri quando lhe contamos o que aconteceu. Ela chega a ponto de dizer que fui irresponsável, mas Sang me defende. Ele argumenta que foi o máximo de poder que já consegui invocar, que isso é exatamente o que ela queria que eu fizesse para começo de conversa. E, agora que consegui fazer isso, posso começar a me dedicar à difícil tarefa de aprender a controlá-lo.

Ela não tem muito como responder, e assim partimos com o acordo de que vamos replantar o máximo de árvores que pudermos na primavera.

O sr. Burrows, para ser justa, concorda conosco, e fico aliviada em saber que ele não assumirá meu treinamento tão cedo.

— Obrigada pela ajuda lá dentro — digo a Sang quando saímos do prédio da administração. Fecho o casaco e enfio as mãos nos bolsos.

— Ela é dura com você — replica ele.

— Acho que ela só espera muito de mim. A escola, e a sra. Suntile em particular, correu um risco ao me permitir ficar aqui depois da morte de Nikki. Tenho certeza de que ela só quer que isso valha a pena.

— Isso é ridículo.

— O quê?

Sang para de andar e me dá um olhar incrédulo.

— Clara, você é a primeira atemporal em mais de cem anos. Acha mesmo que a sra. Suntile está fazendo um favor te mantendo aqui?

— Acho — digo, mas minha voz se eleva no final como se eu estivesse fazendo uma pergunta.

— Eu não vou fingir que sei o que aconteceu depois da morte de Nikki, mas a sra. Suntile nunca teria te deixado sair desta escola. Você é a bruxa mais poderosa que existe. Tê-la aqui também aumenta o poder *dela*.

— Eu não entendo.

— Não estou dizendo que a escola está agindo de má-fé ou com más intenções ou qualquer coisa do tipo. Só quero dizer que você está fazendo a eles um favor por estar aqui e não o contrário. Você nunca deve sentir que tem que inventar justificativas ou se desculpar por ser quem é.

— Mas eu...

Sang ergue a mão para a minha boca, tão perto que seus dedos quase tocam meus lábios.

— Nunca — diz ele.

Um calor sobe pelo meu pescoço e dou um passo para trás.

— Vou me atrasar para a aula.

Corro para o Salão Avery, onde o sr. Donovan está nos preparando para a nevasca que se aproxima. Mas as palavras de Sang ficam se repetindo em minha mente. Minha mão toca distraidamente a boca, a memória de seus dedos próximos o suficiente para sentir minha respiração.

Tudo o que tenho feito nos últimos anos é pedir desculpas por quem sou, agir como se tivesse sorte pela sra. Suntile me deixar ficar aqui. E tenho sorte. Mas algo me incomoda, um pequeno pensamento que não posso deixar passar. Todos estes anos que tenho pedido desculpas por quem sou, por ter a audácia de até mesmo existir, tenho dado todo o poder à sra. Suntile.

E ela me deixou fazer isso.

Fico impressionada por haver alguém que não aceita minhas desculpas, que nem sequer deseja que eu as peça. Que nem sequer pensa que tenho que pedir desculpas por algo.

Sang não quer ter nenhum poder sobre mim, e toda vez que tento lhe entregar meu poder, ele se recusa a aceitar.

Talvez ele mereça um pouco de confiança, afinal de contas.

— Clara, você está prestando atenção? — O sr. Donovan, junto com o restante da classe, olha na minha direção.

— Estou — digo.

— Ótimo. Agora, sei que todos estão esperando suas tarefas para a nevasca, mas não é por causa disso que estamos aqui hoje. — Alguns burburinhos atravessam a classe, mas o sr. Donovan os silencia. — Tenho certeza de que todos vocês já viram as notícias. As bruxas estão morrendo de exaustão em um ritmo mais intenso do que nunca, e finalmente achamos que sabemos o porquê.

Costumava ser raro uma bruxa exigir tanto de sua magia a ponto de morrer de exaustão. Quase nunca acontecia. Nosso corpo nos avisa quando estamos ficando sem energia muito antes de estarmos em risco. Mas as mortes por esgotamento têm aumentado tanto ultimamente que estamos tendo dificuldade para preencher as lacunas. Não conseguimos acompanhar.

— Um relatório acaba de ser divulgado pela Associação de Magia Solar. Todas as bruxas que perdemos para o esgotamento nos últimos três anos estavam fora da sua estação.

Thomas levanta a mão.

— O que isso tem a ver com a tempestade de neve?

— Sinto muito, sr. Black, você está entediado com a taxa de mortalidade sem precedentes que tem devastado nossa comunidade?

Thomas balança a cabeça e se encolhe na cadeira.

— A razão pela qual não passarei as tarefas para a tempestade é que não haverá mais uma tempestade na próxima semana.

— Mas sempre tem uma tempestade nesta época do ano — diz Jay.

Ele está certo. Todo inverno, trabalhamos em células de convecção na área da escola para criar uma nevasca no campus. É uma tempestade colossal, que permite que os invernais sejam treinados sob condições extremas. Era para o treinamento começar na próxima semana.

— Este ano, pelo contrário, haverá uma onda de calor. Não de nossa autoria, é claro. Isto nunca aconteceu antes, e as bruxas da região estão fazendo tudo o que podem para se preparar, mas será uma semana extenuante para elas.

A maneira como ele diz isso, a preocupação em sua voz, me lembra de que há muita coisa acontecendo fora de nosso campus. Todos nós vamos nos formar em breve e teremos que lidar com as consequências de uma atmosfera que está em caos.

Isso faz com que a culpa ataque meu estômago, sabendo que o eclipse ainda se aproxima, sabendo que pretendo me tornar inútil para meus companheiros.

— Conversamos com as bruxas que controlam a área e elas vão fazer tudo que puderem para minimizar os danos, mas não será nem de longe um sistema meteorológico típico para esta época do ano. Teremos que esperar que a onda de calor termine antes de podermos planejar qualquer tipo de treinamento invernal.

A sala irrompe em falatório quando os alunos começam a comentar a notícia uns com os outros e a questionar o sr. Donovan.

— Quietos — ele grita. — A próxima pessoa que me interromper ficará em detenção por um mês.

A sala fica em silêncio.

O sr. Donovan massageia suas têmporas e deixa escapar um suspiro pesado.

— Nós deixamos as coisas ficarem muito fora de controle. Deveríamos ter exigido ação dos sombreados anos atrás, quando percebemos que havia um problema em primeiro lugar. — Ele balança a cabeça. Seu tom está distante, como se estivesse falando sozinho, como se estivesse em outro lugar que não a sala de aula. — Estamos começando a observar um clima extremamente atípico, como essa onda de calor, em todas as estações. A aurora boreal e o tornado que vimos no outono fizeram parte deste padrão, e é por isso que nossas bruxas estão morrendo de esgotamento. Os invernais obviamente não são tão bons em lidar com o calor, então os estivais estão tentando lidar com o clima durante o inverno, a estação em que estão mais fracos. É demais para eles, e também não está sendo suficiente para restaurar a estabilidade do clima, mesmo quando nossas bruxas estão morrendo ao tentar.

A sala fica muito tempo quieta. Se o sr. Donovan estiver certo e o clima continuar agindo de forma atípica com essa severidade, as bruxas se tornarão totalmente ineficazes e a atmosfera entrará em colapso.

— E se não conseguirmos diminuir a taxa de mortalidade de nossas bruxas... — Ele não termina a fala, mas todos sabemos o suficiente para entender.

Paige levanta a mão e o Sr. Donovan acena, permitindo que faça sua pergunta.

— O que podemos fazer?

— Estamos trabalhando com os sombreados para minimizar os danos, mas é um longo processo. Levará anos. E embora isso seja, em última análise, a melhor coisa que podemos fazer para estabilizar a atmosfera a longo prazo, temos que encontrar uma solução imediata para os problemas que estamos enfrentando hoje. Nossa melhor opção é treinar bruxas para lidar com a magia que não é da sua estação. Os invernais não conseguem lidar com ondas de calor porque nunca precisaram fazer isso; temos que encontrar uma maneira de ensiná-los. Os invernais devem aprender sobre as condições do verão. As vernais devem aprender sobre o outono, os estivais, sobre o inverno. Basicamente, precisamos ser capazes de utilizar magia sazonal durante o ano inteiro sem que nossas bruxas morram de esgotamento.

— Mas isso é impossível — diz Paige. — Não é possível treinar a magia do calor para lidar com gelo. Não é uma questão de treino; as quatro magias são fundamentalmente diferentes.

O Sr. Donovan concorda com a cabeça.

— É isso que estamos enfrentando — ele diz. — Sempre haverá dias de clima sazonal típico, para não mencionar a colheita e a botânica. O que não falta é trabalho ou demanda pela nossa magia. Mas essa demanda está crescendo, e temos que descobrir como atendê-la. Por enquanto, continuaremos controlando o que estiver ao nosso alcance e os treinando para serem os bruxos e bruxas mais fortes possível.

Penso no treinamento de incêndio florestal, como não consegui dar conta da magia de tantos estivais. No meu treinamento com Sang, estou me esforçando para poder conter com confiança o poder das bruxas que me cercam. Mas, mesmo que eu domine isso, não vai ajudar agora. Eu ainda estarei usando a magia do verão no verão e a do inverno no inverno.

O que o sr. Donovan propôs é impossível, exatamente como disse Paige.

— Então, o que devemos fazer em relação à onda de calor da próxima semana? — pergunta Jay.

— Nossos estivais tentarão ensinar a vocês como lidar com ela. Isso é tudo o que podemos fazer. — O sr. Donovan oferece um sorriso, mas é pouco convincente. — Assim que o calor passar, voltaremos ao nosso treinamento normal. Alguém tem mais alguma pergunta?

Ninguém diz nada, mesmo que nossas expressões demonstrem que temos dezenas de perguntas querendo ser respondidas.

Ainda faltam vinte minutos para a aula terminar, mas o sr. Donovan dá a volta na mesa, pega suas coisas e diz:

— Turma dispensada.

# CAPÍTULO
# dezesseis

*"Trabalhe no seu relacionamento com sua magia agora, pois será o relacionamento mais longo que você terá."*
— *Uma estação para todas as coisas*

— Bem, Clara, estou impressionado com seu progresso até o momento. Você ainda tem um longo caminho a percorrer, mas definitivamente é uma melhoria. — O sr. Burrows parece surpreso, e isso só reforça minha antipatia por ele.

Saber que meu progresso é o que me permite continuar treinando com Sang, em vez de com o sr. Burrows, é o único motivo pelo qual sorrio e agradeço.

— Pode me dar um momentinho com a sra. Suntile e Sang, por favor? — pede ele.

Concordo com a cabeça e me afasto até a beirada do campo de treinamento. Deveria haver neve no chão e gelo cobrindo os caminhos ao redor do campus, mas o chão está limpo e os caminhos, secos. O calor chegará amanhã, trazendo consigo preocupação e ansiedade.

E não é um calor qualquer. Estamos esperando um período de quatro dias com temperaturas na casa dos quarenta graus, algo inédito mesmo no verão da Pensilvânia, e supostamente impossível nos meses de inverno. É assustador esse calor intenso que não tem nada a ver com a nossa magia.

Não posso controlar o pavor que se revolve em meu estômago, sabendo que isso é um prenúncio do que está por vir se não conseguirmos controlar a situação.

O sr. Burrows é quem está falando mais, enquanto a sra. Suntile e Sang assentem. Toda vez que começo a pensar que Sang e eu estamos criando algum tipo de laço de confiança entre nós, algo acontece para destruir isso.

A culpa não é dele, claro. Sei que o sr. Burrows é seu mentor, e eles passaram por muitas coisas juntos. Confiam muito um no outro. Mas a maneira como ele sorri tão facilmente e ri das piadas do professor, acenando com a cabeça... Isso me faz questionar tudo de novo.

Os três se afastam, saindo do campo. Sang sorri e acena, eu respondo. O sr. Burrows me alcança e caminhamos em direção ao centro do campus.

— Eu gostaria de fazer um teste com você antes de devolvê-la para Sang — ele diz. — Não é o ideal, considerando o calor desta semana, mas é o que temos para hoje.

Meu estômago parece dar um nó górdio. Um teste com o sr. Burrows, com suas críticas constantes, sempre inquieto e tomando notas, parece insuportável. Não vou ser muito útil com todo este calor.

— Que tipo de teste?

— Não seria um teste de verdade, se você pudesse se preparar com antecedência, não é?

Eu ajeito minha bolsa.

— Não entendo para que essas coisas vão servir se não fizer diferença no que está acontecendo lá fora — digo, indicando com um gesto o mundo além do campus.

— Mas vai fazer diferença — ele diz. — Precisamos do poder de todas as bruxas, e você é a mais poderosa que temos. Ou será, quando eu tiver terminado seu treinamento.

Luto contra a vontade de revirar os olhos.

— É só que eu tenho a sensação de que ninguém sabe de verdade do que eu deveria ser capaz, além de "coisas impressionantes". O que isso significa, em termos da minha magia?

O sr. Burrows hesita.

— Você está certa, até certo ponto. Nós realmente não sabemos. Mas tudo que sabemos aponta para um poder incrível que ainda mal começamos a explorar. E só descobriremos toda a extensão de suas habilidades se você permanecer comprometida com seu treinamento e continuar se esforçando.

A resposta vaga me frustra, mas pelo menos ele está sendo honesto. Eu assinto e me viro para sair, mas aí o sr. Burrows me chama. Eu olho de volta para ele.

— Eu sei que este é um processo cansativo e que parece que você está andando em círculos. Mas se aquele acidente com Paige tivesse acontecido há um ano, ela teria morrido. Você está ficando mais forte a cada dia, mais controlada. E valerá a pena. — Ele acena com a cabeça quando diz "valerá a pena" e embora a menção à Paige me cause medo, é a primeira vez que o sr. Burrows diz algo remotamente encorajador.

Talvez eu tenha sido muito dura em meu julgamento dele.

— Está bem. Vou continuar me esforçando — finalmente digo.

— Eu sei que vai. Me encontre na quarta-feira de manhã, às onze, no relógio de sol, e faremos nosso teste. Depois disso, vou parar de te incomodar.

Aceno e vou para o refeitório, deixando o sr. Burrows para trás. Já está lotado quando chego e, assim que pego minha comida, caminho até a mesa dos invernais e encontro um lugar no final.

O jantar desta noite é uma sopa de batata saborosa, uma comida que sempre associo ao inverno. Mas sem uma corrente de ar frio entrando pelas janelas altas e sem condensação no vidro, a refeição não parece correta.

O refeitório está estranhamente silencioso. Mesmo os bruxos do verão estão mais calmos do que o normal, e me surpreende descobrir que sinto falta do fluxo constante de risos que sempre vem da mesa deles.

O teste de sr. Burrows pesa na minha mente. Meus dedos coçam para agarrar meu telefone e perguntar a Sang o que vou enfrentar, mas não faço isso. A última coisa de que preciso é que Sang conte ao sr. Burrows que eu perguntei e aí acabe tendo que fazer um teste ainda mais difícil.

E não quero que Sang saiba o quanto estou nervosa.

Tentei não me ater ao fato de que fiz um voto de abrir mão dos meus poderes se não conseguisse controlar a magia. Era mais fácil quando eu estava planejando ser exaurida de qualquer maneira, quando eu não tinha sentido nenhuma alegria por causa da minha magia. Quando tudo o que eu sentia era estar fora de controle e assustada.

Mas agora a ideia de perder minha magia é mais difícil de aceitar. Mesmo que não fosse doloroso tê-la extirpada, ainda que eu apenas acordasse e ela tivesse desaparecido, eu ficaria devastada. Não amo minha magia como Sang ou como Nikki, mas estou começando a dar valor a ela.

É nessas pequenas rachaduras e erosões do meu plano que a esperança se forma. Talvez um dia eu tenha controle total sobre a minha magia. Talvez nunca mais machuque ninguém. Talvez eu não tenha que ser drenada.

Talvez eu possa ter tanto a magia quanto o amor.

Talvez.

---

Às 10h55 de quarta-feira, eu me sento perto do relógio e espero pelo sr. Burrows. No centro do campus, um grande relógio de sol emerge de uma fonte, lançando sua sombra sobre a pedra que o circunda. Os bancos de granito que ficam em volta da fonte são esculpidos com numerais romanos que marcam as horas.

Eu amo este lugar, mas hoje não é o melhor dia para estar ao ar livre.

A temperatura já passou dos quarenta graus, e estou usando short e uma regata. Há alguns estivais no relógio, mas mesmo eles estão tendo dificuldade para aproveitar o calor.

Os sombreados nos ajudaram a criar um mundo no qual temos a liberdade de praticar magia como quisermos. Eles nos dão recursos e apoiam nosso trabalho, e nós os protegemos. É um relacionamento que está sendo construído há séculos, na base do respeito mútuo e da confiança.

Mas é frágil. Quando a gente quis desacelerar, parar de derramar magia nos confins do globo e deixar a Terra respirar, os sombreados quiseram continuar avançando, agindo como se nosso poder pudesse desfazer qualquer dano causado por eles. Sabíamos que precisávamos da confiança deles para manter nossa independência, por isso ficamos calados por muito tempo e pedimos demais de um mundo que já estava se destruindo.

Agora estamos sofrendo as consequências.

Mas o sr. Donovan disse que os sombreados estão trabalhando conosco agora. Talvez eles estejam enfim nos escutando; talvez isso não tenha que ser o novo normal.

O sr. Burrows chega ao relógio exatamente às onze horas. O suor pinga de sua testa, e ele tira um lenço do bolso.

— Pronta?

Eu assinto e me viro para o campo de treinamento, mas o sr. Burrows me para.

— Por aqui — ele diz, e eu o sigo até o estacionamento norte.

— Vou voltar a tempo de ver os outros treinando no calor?

— Você terá muitas oportunidades de treinar no calor. Mas nosso teste vai ser feito fora do campus. Praticar aqui é ótimo; é como todos aprendemos. Mas quero te ver usando sua magia em um ambiente desconhecido.

— O Sang ou a sra. Suntile vem com a gente?

— Hoje somos só nós dois. Eles sabem que você está comigo, então está dispensada das aulas da tarde.

Uma inquietude se espalha por mim. Minha mente insiste para eu não entrar no carro, mas se não entrar o sr. Burrows terá outra razão para se meter mais ainda no meu treinamento.

Eu abro a porta do carro e me sento. Música clássica toca no rádio e fico assistindo à Oriental desaparecer ao fundo. Sang poderia ao menos ter me avisado que ia sair do campus, mas talvez o sr. Burrows tenha dito a ele para não contar nada.

Após uma hora no carro, pergunto:

— Falta muito?

— Cerca de mais duas horas. Temos que ir longe o suficiente para que possamos trabalhar sem incomodar as outras bruxas da região. Organizei tudo para que todos saibam onde vamos estar.

Eu olho pela janela do passageiro e tento me concentrar em tudo menos no medo que está tomando conta de mim. A forma como as árvores nuas parecem tão deslocadas no calor escaldante. A forma como as marcações de tinta na estrada desaparecem quando o sr. Burrows sai da rodovia principal. A forma como a estrada de terra levanta poeira, bloqueando minha visão do caminho atrás de nós.

E, finalmente, a forma como a música clássica morre quando o sr. Burrows desliga o motor, enchendo o carro com um silêncio que, de alguma forma, é mais alto do que o concerto para violino que estava tocando.

— Chegamos — diz o sr. Burrows.

Eu olho em volta, mas não tenho ideia de onde estamos. Já saímos das estradas principais faz tanto tempo que é capaz de estarmos em outro estado. Sei que estamos na serra, dada a velha estrada sinuosa que nos trouxe até aqui, mas não há árvores ao redor. É tudo vazio.

O carro está estacionado no final de uma estrada, e o sr. Burrows passa pela barreira à nossa frente e começa a subir uma trilha estreita de terra batida. Respiro fundo e vou atrás. O calor nos assola enquanto passamos por cima de grandes rochas e atravessamos a vegetação densa.

— Esta é uma antiga propriedade madeireira — diz ele. — É por isso que não há árvores.

Eu não digo nada. Continuamos subindo sem parar. Estou encharcada de suor, tão cansada que duvido que conseguiria completar até o mais simples dos testes.

Aí paramos. Devemos estar perto do topo da montanha. Há um campo aberto que se estende até uma escarpa ao longe, com partes gramadas, e flores silvestres que cobrem a terra. Ele se alastra por hectares, em todas as direções, e está totalmente exposto à luz do sol.

É muito maior do que o do campus, mas me lembra da Oriental. Relaxo um pouco.

— O problema com a Oriental é que lá não há um sentimento de urgência que te incentive a ficar mais forte — diz o sr. Burrows.

— Além do fato de você continuar insistindo que minha magia não fará mal a mais ninguém se eu melhorar — respondo sem rodeios.

— Não é suficiente. Você passou toda sua vida resignada ao fato de que pessoas morrerão por causa de sua magia. Em algum lugar, lá no fundo, você se acostumou com essa ideia.

— Eu estou cagando para o que você pensa. Isso *acaba* comigo. — Minha raiva se mistura ao calor e ao suor, a respiração sai como se eu tivesse acabado de correr uma maratona.

O sr. Burrows levanta as mãos.

— Economize suas energias, Clara.

A maneira como ele diz isso deixa os pelos dos meus braços todos arrepiados.

— Que tipo de teste é este?

— Você não respeita a magia, nunca teve que respeitá-la; te mimam demais na Oriental. Quando a única coisa que te restar for sua magia, quando só puder contar com ela, aprenderá a respeitá-la. E esse respeito vai te impulsionar e te tornar muito mais forte do que qualquer tipo de treinamento que você receba no campus.

— Não estou entendendo. Ninguém mais tem que treinar assim.

— Ninguém mais é uma atemporal.

O sr. Burrows limpa a testa e enfia o lenço de volta em seu bolso. Ele olha ao longe e faz um mínimo aceno com a cabeça, um movimento tão sutil que quase não percebo. Eu me viro e sigo seu olhar. Há uma mulher do outro lado do campo, vindo na nossa direção, puxando duas crianças. Considerando a sua atitude frenética, suponho que sejam sombreados pegos na onda de calor. Não consigo distinguir muitos detalhes daqui, então me volto para o sr. Burrows.

— Não é melhor tirar essas pessoas daqui antes de o teste começar?

— Não — responde ele de imediato, mal pensando nas minhas palavras. Então ele solta um palavrão e balança a cabeça. — Deixei minha pasta no carro; tenho que voltar. Espere aqui e se familiarize com a área; envie pequenos pulsos de energia e veja que resposta recebe. Começaremos assim que eu voltar.

Faço o intervalo de bom grado. Ele para por um momento quando chega à trilha, olhando para mim e depois para os sombreados. Ouço um deles gritar algo, mas o sr. Burrows sumiu. Preciso me acalmar e espairecer para conseguir passar por isso. Mas nada parece correto. Minha mente está agitada, o calor me deixa tonta. Minha camisa se gruda à pele e minhas pernas estão fracas. Respiro fundo várias vezes.

Os métodos do sr. Burrows não precisam ser tradicionais; só precisam funcionar. Desde que eu aprenda a controlar minha magia sem ferir mais ninguém, isso é tudo que me importa.

E — eu nunca admitiria isso em voz alta — não se trata apenas de garantir que ninguém mais morra. Trata-se das possibilidades atreladas a ter controle total sobre quem sou.

Ando de um lado para outro no campo, esperando pelo sr. Burrows. Os sombreados se aproximam, e agora consigo distinguir a palavra que a mulher está dizendo: "Socorro."

Corro até ela e sei o que há de errado antes mesmo que ela comece a falar. Os três estão com insolação, as crianças numa situação pior do que a mulher. Estão suando profusamente, com a respiração arfante. A pele deles está vermelha, e o garotinho menor está com uma mancha de vômito na camiseta.

— Há quanto tempo vocês estão aqui fora? — pergunto, estremecendo quando minhas palavras soam mais acusadoras do que quis dizer.

— Ficamos presos hoje de manhã logo cedo. Não esperava que fosse ficar tão quente a essa hora. Eles estão muito fracos, não vão conseguir descer — ela diz, as palavras se atropelando. — Não consigo carregar os dois, e meu telefone está sem sinal.

— Certo, vamos tirar vocês daqui — digo. — Espere.

O motor de um carro ronca a distância.

Eu me viro para a entrada da trilha. O sr. Burrows não está à vista.

— Pare! — grito, correndo para a trilha, mas paro com um tropeço quando um pequeno brilho me chama a atenção. Olho melhor, e o lampejo fica cada vez maior, distorcendo a área que cobre, quase como uma parede de água refletindo a luz do sol.

É aí que percebo o que o sr. Burrows está fazendo. Ele está criando uma barreira solar, uma ferramenta que só usamos no verão como aquecimento antes dos treinos. É um muro concentrado de luz que um sombreado nunca poderia atravessar, ou seria queimado na hora.

Eu analiso o campo. Escarpas se erguem ao longe, tão íngremes que precisaríamos de equipamento de escalada para subir.

Ele nos aprisionou aqui.

Mas eu duvido de mim mesma assim que penso nisso. Ele não me deixaria sozinha aqui, e certamente não com pessoas inocentes.

A barreira solar fica mais larga e mais alta, raios de sol brilhando na superfície. Logo está bloqueando não apenas a trilha, mas todo o lado sul do campo. Eu olho para ela com admiração. O sr. Burrows é um invernal; não há como ele conseguir controlar tanta luz. Até mesmo um estival teria dificuldade de criar uma barreira solar tão grande.

Deve haver outros bruxos envolvidos, mas não consigo imaginar alguém concordando com esse plano horrível. De jeito nenhum a sra. Suntile aprovaria, de jeito nenhum Sang participaria disso.

Tenho certeza.

Quase.

O som do motor do sr. Burrows desaparece na distância.

Resta apenas silêncio.

Tiro meu celular do bolso, mas sei, mesmo antes de olhar, que não vai adiantar. Perdi o sinal depois de uma hora de viagem.

Minha respiração acelera e o mundo gira ao meu redor. Me afundo no chão.

O sol do meio-dia é implacável, estagnado, ar pesado que sufoca. Cada parte de mim sente o aumento da temperatura: quarenta, quarenta e dois, quarenta e cinco graus.

O sr. Burrows aprisionou uma família e me deixou aqui para lidar com essa situação sozinha, na pior onda de calor que a Pensilvânia já viu. Uma onda de calor com que nossas bruxas invernais não conseguem lidar.

Eu não tenho equipamento.

Não tenho comida.

Não tenho abrigo.

Pode haver água no solo, dependendo de quando foi a última chuva, ou não. Minha magia pode ser forte o suficiente para encontrá-la, ou não.

E uma família morrerá se eu não fizer algo.

CAPÍTULO

# dezessete

*"Você é mais forte do que pensa."*
— *Uma estação para todas as coisas*

Minhas roupas estão empapadas de suor. O short jeans está encharcado, e minha regata se agarra à pele. Está muito calor.

Por um tempo, não saio do lugar. O sol do inverno me faz sentir como se estivesse alucinando, tão estranhamente baixo no céu. Deveria estar bem acima de mim para produzir esse tipo de calor, mas continua perto do horizonte. É tão claro.

Claro demais para o inverno.

Eu me forço a levantar. Minhas pernas tremem quando fico de pé, e tudo gira. Respiro fundo várias vezes e vou até a mulher. Cada passo é um esforço, como se meus tornozelos estivessem presos ao chão. Fico irritada comigo mesma por não ter tomado café da manhã e tento não pensar que a última vez em que comi ou bebi alguma coisa foi ontem à noite.

— Qual é o seu nome? — pergunto quando me aproximo da sombreada. As crianças não estão mais de pé; ambas estão deitadas no chão, com o peito subindo e descendo rapidamente. Não podem ter mais de oito anos.

— Eu quero ir para casa — o menininho choraminga. Ou não percebem minha presença ou estão muito fracos para se importarem.

— Angela — responde a mulher. — Preciso de ajuda para descer com eles, por favor. — As palavras dela são apressadas e tensas. — Foi ficando cada vez mais quente, e eles estão fracos demais para se mexerem.

Ela começa a chorar, grandes lágrimas escorrendo pelas bochechas.

Tem uma garrafa de água vazia na grama entre seus filhos.

— Você tem mais água?

Ela balança a cabeça.

— Certo, Angela, meu nome é Clara. Vou te ajudar. — Tem um casaco de capuz pendurado na mochila dela. — Você tem que tirar seus filhos do sol. Leve-os para as rochas e encontre um galho para utilizar como apoio; você pode prender a bainha do casaco nas fendas entre as rochas e colocar o capuz no galho para criar alguma sombra. Você não quer que eles se queimem ainda mais.

— Não, não, a gente precisa levar as crianças lá para baixo, para a estrada principal. Elas não podem ficar nesse calor.

Eu olho para a barreira solar e baixo meu tom de voz.

— A menos que você queira descer de rapel, não vai dar. A única saída está bloqueada. Está vendo esse tremeluzir a distância? A maneira como o ar parece um pouco distorcido? — Ela concorda com a cabeça. — É uma coisa chamada barreira solar. As bruxas usam isso para treinar; é basicamente uma parede fina de luz solar intensa e concentrada. Não dá para atravessar.

— Mas eu vi alguém com você, eu sei que vi. Ele não pode ajudar?

Respiro fundo, e a fúria se instala dentro de mim enquanto penso no sr. Burrows e em seu teste imprudente.

— Ele foi embora — digo.

Os olhos de Angela ficam arregalados. Ela fica de costas para os filhos e me encara.

— Você está dizendo que estamos presos aqui? — Ela cospe as palavras por entre os dentes cerrados.

— Estou.

Ela arfa até se engasgar.

— Temos que tirá-los daqui. Você tem que me ajudar.

A pele deles está vermelha e os dois parecem letárgicos, totalmente expostos ao calor de quarenta e cinco graus.

— Não tem para onde a gente ir — insisto o mais gentilmente possível.
— Faça uma sombra para eles, e eu vou procurar água.
— Onde?
— No solo. Na grama. Sobre as rochas. Onde der.
Angela me encara por alguns segundos antes de compreender.
— Você é uma bruxa.
Eu assinto.
— Faça uma sombra para eles.
Uma das crianças começa a chorar enquanto ela as conforta, levando-as para as rochas. Eu pego a garrafa de água vazia e me afasto. Estou ficando desidratada e, considerando o quanto estou suando, o processo de desidratação só acelera.
Não vou conseguir fazer nada com este calor. Mal consigo pensar. Mas o sol logo vai se pôr, e uma longa noite de inverno vai nos atingir.
Água. Preciso encontrar água.
Bruxas não podem ser queimadas pelo sol, mas ainda podemos sofrer de exaustão e insolação. Num calor assim, sem qualquer abrigo, eu poderia sobreviver sem água por três dias, com sorte. Mas os sombreados não têm tanto tempo.
O sr. Burrows vai voltar antes que a situação fique arriscada demais para eles. Tem que voltar.
*Quando a única coisa que te restar for sua magia, quando só puder contar com ela, aprenderá a respeitá-la.*
Foi aí que entendi de verdade qual era o teste. O sr. Burrows colocou os sombreados em risco de propósito, para me forçar a usar minha magia, sabendo que não sobreviverão sem minha ajuda.
Parte de mim quer morrer aqui só para que o sr. Burrows tenha que lidar com as consequências, mas não vale a pena. E eu me recuso a deixar essa família sofrer.
Recuo e vejo Angela se apressando na direção dos filhos segurando um longo galho. Ela enfia a madeira na terra e estica o casaco entre as rochas, depois leva as crianças para baixo da tenda improvisada.
Eu me afasto um pouco mais, tentando escutar qualquer coisa que pareça água. Mas não encontro nada.

Tento invocar minha magia. Está tênue e fraca, mas pelo menos está lá. Talvez eu só precise me sentar novamente.

Me abaixo até o chão e enfio as mãos na terra. Respiro fundo e envio minha magia para o solo, a sensação fresca esfriando minhas entranhas. Isso clareia um pouco meus pensamentos. Mas não sinto a adrenalina agressiva a que estou acostumada no inverno. A energia é lenta e pesada, reagindo ao calor. Meu corpo está tão ocupado tentando não superaquecer que quase não sobra energia para a magia, que sai de mim vagarosamente e segue pela terra como se em câmera lenta.

Mas é o suficiente para encontrar a água. Agradeço ao Sol pela chuva recente, mantendo a terra cheia de umidade. Tudo o que tenho que fazer é extraí-la do solo e formar uma pequena nuvem de chuva.

Tento não pensar no suor que cobre meu pescoço e minha testa, gotejando pelo peito. Toda a água que estou perdendo e que não está sendo reabastecida.

Eu me agacho e fecho os olhos. Minha magia é uma mera sombra de si mesma. Com este calor, na melhor das hipóteses é ineficiente; na pior, completamente inútil.

Mas, ainda assim, eu me concentro com todas as forças na umidade do solo. Puxo e puxo e puxo até que, finalmente, uma nuvenzinha de chuva aparece. Meus braços estão tremendo e meus dentes estão trincados, o calor avassalador ameaçando destruir a nuvem antes que eu possa fazê-la chover. Eu a movo para a garrafa de água e, com toda a gentileza, dreno a nuvem.

A água mal é suficiente para uma única pessoa, muito menos para nós quatro. Mas é alguma coisa.

Olho para Angela. Ela está distante, mas posso ver seus filhos debaixo da tenda, com ela sentada ao lado.

O sol mergulha abaixo do horizonte, os últimos raios de sol pintando o céu de laranja e rosa. Depois desaparece. Tudo está tão quieto.

O crepúsculo cobre o campo e logo estou envolta em escuridão.

Pego meu telefone e ligo a lanterna. O aviso de bateria fraca aparece na tela. Eu me dirijo para onde Angela e seus filhos estão.

— Só isso? — pergunta ela com a voz tremendo, pegando a garrafa de água pela metade.

— Por enquanto — digo. — A temperatura vai baixar durante a noite, e espero que meu corpo se regule. Vou tentar coletar mais água pela manhã, antes do nascer do sol.

Eu olho para os filhos dela. Estão dormindo, mas a respiração dos dois está rasa.

— Acorde os pequenos. Eles precisam beber água — digo, passando a garrafa para ela. — Você também.

Tento ignorar seu suor excessivo, a maneira como esfrega os músculos da panturrilha.

Depois que as crianças bebem água e me certifico de que a temperatura corporal delas está sob controle, elas adormecem de novo. Angela bebe um golinho e me entrega o restante.

— Não — insisto. — Beba.

Ela concorda com a cabeça, depois deita ao lado dos filhos. Eu fico observando os três por um bom tempo. Outro dia aqui será catastrófico para eles: falência dos órgãos, dano cerebral, morte; tudo é um risco. A realidade me atinge como uma avalanche.

Meu coração acelera conforme me aproximo da encosta da montanha, mas me mantendo perto o suficiente para ouvi-los se precisarem de mim. Por fim, eu deito também. Minhas roupas ainda estão molhadas do dia e arrepios atravessam todo o meu corpo.

Meu estômago reclama de fome e minha boca está seca.

Amanhã é um novo começo. Se eu ao menos conseguir dormir, posso recuperar minhas forças e tentar de novo. O ar noturno ainda está quente, ainda está úmido, mas, sem o sol brilhando, o calor intenso alivia.

Eu me ajeito na grama e me encolho em posição fetal. As estrelas brilham e uma lua crescente surge no céu noturno. Está limpo o suficiente para observar a Via Láctea.

É tão pacífico aqui; penso como adoraria isso se não estivesse tão assustada. Tão irritada. Tão fraca.

Acho que Sang também iria adorar.

O pensamento vem à minha mente involuntariamente e tento expulsá-lo.

Abraço meu peito e rolo para o lado. Depois de um tempo, minha respiração abranda e minhas pálpebras se fecham.

Está muito quieto e muito escuro.

## CAPÍTULO
# dezoito

*"A descoberta é um dom: descobrir a nós mesmos, e descobrir os outros."*
— *Uma estação para todas as coisas*

Sonho que não estou sozinha. Sang está comigo. Ele dorme ao meu lado, com o braço estendido sobre meu ombro, e eu não estou com medo.

Estou contente sob a cintilante luz das estrelas.

Quando acordo, vou me sentando lentamente. Minha pele está pegajosa de suor. Minha cabeça está latejando e pressiono as têmporas com a ponta dos dedos, tentando esfregar a dor até que ela vá embora.

Ainda está escuro.

Estou toda suja de terra e vários pedaços de grama estão presos em meus cabelos encaracolados.

Eu me levanto e me preparo para a inevitável tontura. A náusea borbulha no meu estômago. Respiro com firmeza, mas não adianta.

Caio de quatro e tenho ânsias de vômito. Como meu estômago já está vazio, não dura muito tempo. Faço força contra a terra e cuspo. Quando tenho certeza de que acabou, me levanto lentamente.

A tonteira não é tão ruim desta vez, e eu consigo me manter de pé até que pare completamente. Meu coração está disparado.

Mesmo no escuro, está muito quente.

Mas dormir me fez bem. Magia pulsa sob a minha pele, mais forte do que ontem. Não está nem perto de sua força habitual — a maior parte de minha energia ainda está sendo usada para resfriar meu corpo —, mas está lá.

E talvez seja o suficiente.

O amanhecer começa a se estender pelo campo. Corro para onde Angela e seus filhos estão dormindo e, quando tenho certeza de que estão estáveis, pego a garrafa de água vazia, me afasto o suficiente para não perturbá-los e construo pequenas nuvens de chuva repetidamente até encher a garrafa até o topo.

Raios de sol aparecem no leste, pintando o campo com faixas douradas. Mas tudo está quieto. Os animais estão dormindo, entocados sob o solo. A maioria das aves migrou para o sul, e o mundo está quieto de uma forma que só o inverno consegue orquestrar.

Volto para Angela, que está acordada agora, observando seus filhos dormindo. Os pequenos respiram rapidamente e o suor enche seus rostos, mas isso é bom. Quando o corpo perde a capacidade de se resfriar, não consegue mais formar suor e a exaustão por calor se transforma em insolação.

Entrego a garrafa de água para Angela, e ela toma um pequeno gole.

— Mamãe, minha cabeça dói — diz sua filhinha, começando a chorar.

— Eu sei, querida, eu sei — replica Angela, dando um pouco de água para ela. — Isto vai fazer com que se sinta melhor.

Temos que tirar essas crianças daqui.

Olho para a barreira solar ao longe, a luz resplandecendo e se movendo pelo campo. Não vou conseguir desfazê-la, é grande demais. Eu teria que lutar contra as bruxas que a mantêm no lugar.

— Precisamos conversar — digo a Angela.

Ela acena com a cabeça e me segue até um local em que seus filhos não conseguem mais nos escutar. Ela está instável e precisa se firmar na face da rocha.

— Todos vocês estão com exaustão de calor — explico. — Assim que isso se transformar em insolação, vocês não terão muito tempo antes de precisarem de cuidados médicos.

— Mas estamos presos — diz Angela com a voz vacilante, olhando para a barreira solar e depois de volta para mim.

— Tenho que ir pedir ajuda — digo.

— Não, você não pode nos deixar...

— Não tem outra opção — digo, olhando-a nos olhos, certificando-me de que ela entende o que quero dizer.

— Você consegue atravessar a barreira solar? — ela pergunta.

Olho para trás e assinto.

— Vou precisar de muita energia, mas consigo. Não vai me queimar do jeito que queimaria você.

O que eu não digo é que provavelmente atravessar a barreira me causará uma insolação na hora, e não terei muito tempo antes de desmaiar.

Mas é a única maneira.

— Vou tentar fazer algumas pedras de granizo. Elas não vão durar o dia todo, mas vão ajudar.

— Obrigada — diz ela com a voz baixa e assustada.

Caminho para o outro lado do campo, a uma distância segura, e começo a trabalhar.

A magia se eleva dentro de mim. Respiro fundo e espero que a corrente congelante me dê energia o suficiente para fazer o que é preciso. Ao soltar o ar, fecho os olhos. O fluxo frio do inverno se derrama através de meus dedos para a terra, procurando cada gota de água que possa encontrar.

Quando o fluxo de magia fica pesado com a umidade, quase pesado demais para segurar, eu puxo. Puxo com toda a força que tenho, com toda energia que posso. Meu coração está acelerado, estou tonta, mas mesmo assim puxo. A magia fria perfura o calor escaldante, mas ainda assim puxo.

Estou suando, minha respiração está tão rasa e tão rápida. Mas ainda assim eu puxo.

Em um movimento rápido, envio as gotículas de água para uma corrente de ar ascendente que as congela. Quando ficam pesadas o suficiente, elas começam a cair, acumulando mais água. Eu as jogo de volta para cima, congelando-as de novo. Faço-o várias vezes. As pedrinhas têm que ficar grandes o suficiente para não derreterem de imediato.

Mas é tão difícil. Estou sem fôlego. Minha pele está úmida. Estou tonta, e o chão parece se inclinar abaixo de mim. Luto para me manter de pé.

Luto contra os quarenta e cinco graus de calor.

Luto para lembrar por que estou fazendo isto, por que estou aqui.

Continuo, mas minha magia vacila. Não sou forte o suficiente para segurar a corrente de ar necessária para continuar congelando as pedras de granizo. Elas começam a cair.

Vão todas derreter se eu não conseguir mantê-las no ar, vão desaparecer antes que possam servir de qualquer coisa.

— Clara! — Angela chama ao longe. — Ele não está me respondendo. Ele simplesmente desmaiou!

Eu posso fazer isso. Eu *tenho* que fazer isto. Minhas mãos tremem, meu rosto está tenso, olhos fechados e mandíbula apertada.

Aí me lembro de Sang e da cachoeira. Estou na corrente, sendo carregada em direção à queda. Tenho que escolher cair.

Respiro fundo, bem devagar. Inspiro meu medo: medo de que não serei bem-sucedida, medo de que Angela e seus filhos morram aqui fora. Medo de que a Terra tenha sido tão ferida a ponto de nunca mais conseguirmos curá-la. Medo de que eu nunca seja o suficiente.

Então deixo tudo ir embora. Liberto toda a tensão do meu corpo, inclino a cabeça para trás e deixo a correnteza me empurrar para além da borda.

Estou em uma queda livre de magia, o poder jorrando dos meus dedos em direção ao ar, atirando o granizo cada vez mais para o alto como se não tivesse peso. Crio o máximo de granizo possível, e as pedras caem do céu em rápida sucessão.

Quando abro os olhos, fico atordoada. O campo está coberto por elas, pedras de granizo do tamanho de um punho.

Minha cabeça está latejando. Tudo o que quero fazer é dormir.

Pego todas as pedras que consigo carregar e levo às pressas para Angela. Entrego a ela uma pedrinha.

— Coloca isso na boca dele — oriento.

Angela pega com mãos tremendo.

— Pronto, filho — sussurra ela, repetidamente.

Agarro mais pedras de granizo e as arrumo ao redor do menino, ao lado do pescoço, das axilas e das pernas. Seus olhos se abrem lentamente, e eu suspiro de alívio.

Mas ele não está suando e, quando coloco a mão na testa dele, sinto o calor interno. Angela e a menina não estão muito longe disso.

Tenho que tirá-los daqui.

Recolho mais pedras de granizo e as empilho em volta das crianças.

— Fique com eles. Continue colocando gelo ao redor de vocês. Vou buscar ajuda.

— Clara — sussurra Angela, tocando meu braço. — Você parece mal.

— Eu estou bem — retruco.

Ela pega minha mão e me olha nos olhos, preocupada e assustada, o rosto vermelho de lágrimas.

— Obrigada.

Aceno com a cabeça e caminho em direção à barreira solar, mantendo meus passos o mais firmes que posso para que Angela não perceba como estou exausta.

Meu celular está sem bateria, mas se eu conseguir chegar à estrada, talvez consiga ver outra pessoa. Tudo o que tenho que fazer é andar.

A barreira solar distorce o espaço à minha frente, e a náusea domina meu estômago.

Começo a correr, fecho os olhos e dou um pulo para atravessá-la.

Eu ofego quando a luz pura do sol perfura minha pele e esmaga meus órgãos. Minha temperatura sobe como um balão que escapou pelos meus dedos, subindo sem parar.

Desabo quando chego ao outro lado.

Eu engasgo, sem ar, e agarro a terra.

Talvez eu pudesse dormir bem aqui. Quero dormir.

Minha cabeça lateja.

Eu me forço a levantar.

Passo por cima de rochas e arbustos, seguindo o caminho pelo qual subi ontem. Tomo cuidado a cada passo que dou.

Não tenho certeza de quanto tempo se passou quando finalmente vejo as marcas de pneus deixadas pelo carro do sr. Burrows. Ficamos na estrada de terra por muito tempo, mas uma estrada é mais fácil de seguir do que uma trilha.

Eu continuo.

Meus sapatos levantam poeira e minhas pernas estão cobertas de terra. Minha respiração rasa é o único som que interrompe o silêncio total da encosta da montanha. O dia fica mais quente.

Minhas pernas ficam cada vez mais pesadas, até eu ter certeza de que cada passo será o último.

Eu tenho que diminuir minha temperatura. Com tudo o que tenho, puxo a magia para a superfície da minha pele e produzo um efeito refrescante em todo o meu corpo. O frio perfeito do inverno se instala na minha pele, e respiro aliviada. Parece que bebi água gelada o suficiente para permear todo o meu corpo. Ando mais rápido.

Uma leve brisa se move pelo ar, e uso minha magia para formar uma corrente mais forte.

Fecho os olhos e respiro um pouco mais.

Meu coração está batendo rápido e forte. Eu gostaria de poder desacelerá-lo. Estou tendo que usar todas as minhas forças só para ficar acordada, só para continuar respirando.

Sigo uma curva na estrada, e ao longe está a luz do sol forte e ofuscante.

Ando aos tropeços em direção a ela. Não estou mais suando, e meus pulmões chiam com o esforço.

Com as mãos trêmulas, libero um pouco de magia para terra e formo mais uma nuvem de chuva. É pequena, mal enche um copo. Vai ter que servir por enquanto.

Olho para a estrada principal, para a luz do sol batendo no asfalto, e me equilibro. Eu consigo.

Dando um passo trêmulo na frente do outro, ando até o fim da estrada de terra.

Tudo parece distorcido, como se houvesse uma barreira solar do tamanho da Terra entre mim e o resto do mundo.

A temperatura sobe agora que não estou mais no alto da montanha.

Quarenta e nove graus me assolam e, por um momento, acho que vou pegar fogo com o impacto.

Mas isso não ocorre. Então continuo andando.
Um pé na frente do outro.
Esquerdo.
Direito.
Respire.

CAPÍTULO

# dezenove

*"Tive momentos de desespero e ressentimento profundo. Mas então vou para a natureza e toco a terra, sinto a magia na ponta dos meus dedos, e entendo que é assim que deve ser. O sol e as estrelas conspiraram a meu favor, e sou tomada pela gratidão."*
— *Uma estação para todas as coisas*

Estou andando faz horas. Acho que faz horas. Talvez tenham sido minutos. Não sei. A onda de calor deve estar mantendo as pessoas dentro de casa, porque poucos carros passaram por mim. Acenei para todos eles, mas nenhum parou.

Por outro lado, talvez eu esteja delirando. Talvez nem tenha acenado.

Minha visão está embaçada, e a estrada se estende tão longe à minha frente que desaparece no horizonte.

Minha magia é a única razão pela qual fui capaz de chegar tão longe. Ela se move sob a pele, mantendo meu corpo o mais frio possível. Mas até ela é finita e, quando se esgotar, estarei acabada.

Faróis aparecem à distância, orbes brancos borrados se movendo em minha direção.

— Socorro — tento gritar a palavra, mas é inaudível. Limpo a garganta.
— Socorro — digo novamente. Desta vez, a palavra sai em um sussurro.

Não consigo pensar direito.

Eu tenho que acenar, chamar a atenção do motorista de alguma forma. Meu cérebro tenta enviar o sinal para meus braços, mas eles não se movem.

— Socorro — digo novamente, e, com cada grama de força que consigo reunir, levanto os braços acima da cabeça. Parece que estou levantando o peso do mundo inteiro.

Mas funciona.

A caminhonete desacelera e encosta.

Sang salta do carro e agora tenho certeza de que estou imaginando coisas. Ele vem correndo em minha direção.

Quero gritar com ele. Quero gritar e afastá-lo por não me avisar sobre este teste, por não tentar impedir isso.

Quero desmoronar em seus braços. Quero chorar e me agarrar a ele com todo o alívio que sinto por ele estar aqui.

Sang vem correndo até mim e passa um braço em volta da minha cintura. Está investigando meu rosto, e seus lábios estão se movendo, mas não consigo ouvir o que diz.

Ele está tão embaçado.

— Família. Montanha — consigo dizer.

Não aguento mais o peso da minha cabeça, não aguento mais nada. De repente, minha força se esvai e minhas pernas cedem.

Minha magia é a última coisa que sinto, ainda funcionando quando todo o resto já parou.

Aí, escuridão.

Quando abro os olhos, estou em uma caminhonete. Está se movendo rapidamente, as árvores passando pela janela em um borrão. Há panos frios e úmidos na minha testa e no peito.

Eu giro a cabeça para longe da janela. Sang está concentrado na estrada, apertando o volante com tanta força que seus dedos estão pálidos. A lateral de sua mão está coberta de uma tinta rosa-clara.

Estendo a mão, corro os dedos pela sua mandíbula. Ele parece atordoado. Seus olhos ficam úmidos.

Então ele coloca a mão sobre a minha.

Não consigo mais manter meu braço erguido.

— Eu queria te odiar — digo.

Então apago de novo.

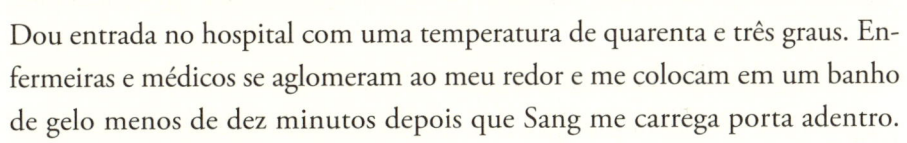

---

Dou entrada no hospital com uma temperatura de quarenta e três graus. Enfermeiras e médicos se aglomeram ao meu redor e me colocam em um banho de gelo menos de dez minutos depois que Sang me carrega porta adentro. Tenho uma convulsão na banheira.

Assim que minha temperatura abaixa, eles me colocam em uma cama com mantas refrescantes e me administram soro fisiológico. A médica que está cuidando de mim, dra. Singh, me olha maravilhada e diz que estou "milagrosamente estável". Ela fica até depois do horário para me monitorar.

Uma enfermeira mede minha pressão arterial e pulsação, depois me pergunta se estou disposta a receber um visitante.

Concordo com a cabeça e, alguns momentos depois, Sang entra no quarto.

Ele não hesita. Corre para a cama e coloca a mão no meu braço. Seus olhos estão vermelhos e sua pele está manchada. Ele afasta os cabelos do meu rosto, me olha de cima a baixo, como se quisesse se assegurar de que sou real.

— A família — começo, mas Sang me interrompe.

— Eles estão bem. O sr. Burrows foi buscá-los hoje de manhã.

— Ele voltou?

Sang respira fundo.

— Ele estava hospedado em um hotel nos arredores da propriedade madeireira. O teste foi muito mais controlado do que ele te fez acreditar. Ele só começou a entrar em pânico quando chegou lá de manhã e você tinha desaparecido. Ele pensou que você nunca passaria pela barreira solar.

A raiva cresce dentro de mim, e uma máquina à minha esquerda emite um bipe conforme minha frequência cardíaca aumenta. O sr. Burrows me deixou acreditar que Angela e seus filhos morreriam. Que eu era a única esperança deles.

Eu balanço a cabeça. Estou com raiva, mas também estou com vergonha. Eu acreditei nele.

Sang parece tão chateado.

— O sr. Burrows me ligou hoje de manhã quando percebeu que você tinha ido embora. Demorou horas para encontrá-la, porque você pegou o caminho errado na estrada principal — ele explica. — Você estava delirando por causa do calor.

— A Angela está bem? As crianças?

— Estão — responde Sang, e todo o meu corpo se acalma com essa única palavra. — Eles vão ficar bem, cem por cento graças às suas pedras de granizo. Você fez tantas. Como?

— Eu me imaginei no rio — digo baixinho.

O dourado nos olhos de Sang fica borrado.

Mas então me lembro de vê-lo conversando com o sr. Burrows e fico com raiva de novo.

Puxo o braço para fora de seu alcance e me sento ereta.

— Por que você não me avisou?

Sang não responde de imediato. Ele parece confuso. Quando finalmente responde, sua voz está tensa.

— Avisar? Eu nem sabia que isso ia acontecer.

— Ele disse que você sabia que eu estava com ele.

— Eu sabia disso, mas só. Se soubesse o que ele estava planejando, nunca teria permitido.

Suas mãos estão fechadas em punhos sobre a cama, tão apertadas que estão tremendo.

Não quero acreditar nele. Eu me lembro de como ele estava no campo com o sr. Burrows, dando risada; estou pronta para gritar que nunca mais quero vê-lo.

— Mas eu te vi com ele e a sra. Suntile logo antes de ele me dizer que faríamos o teste.

— Se você só pode confiar em mim se eu nunca falar com o sr. Burrows, é melhor desistirmos agora.

— Não é só isso. Ele é seu mentor, Sang. Você o respeita.

— Preciso conversar com ele quando voltarmos. Ver onde estava com a cabeça. — Mais uma vez, quase grito com Sang, quase exijo que vá embora. Mas aí ele abaixa a cabeça e completa: — Talvez eu tenha que reavaliar algumas coisas.

E a dor em sua voz é tão clara que faz toda a minha raiva desaparecer.

Ele respeita o sr. Burrows como eu respeitava o sr. Hart. Ver a pessoa que você admira se transformar em alguém tão diferente deve ser devastador.

Fico quieta por bastante tempo.

— Sinto muito. Achei que você sabia sobre o teste.

Sang me encara, sério.

— Sinto muito por ter feito sabe-se lá o que te fez acreditar que eu concordaria com algo assim.

Não tenho certeza do que dizer, então fico em silêncio.

A dra. Singh vem me visitar mais uma vez antes de terminar o expediente. Ela escuta meu coração e verifica o soro, depois puxa uma cadeira.

— Você é da família? — ela pergunta a Sang.

Ele balança a cabeça.

— Quer que eu saia?

A dra. Singh olha para mim.

— Ele pode ficar — digo.

— Vamos fazer alguns exames de sangue pela manhã, assim que você estiver mais hidratada, caso permaneça estável durante a noite. A uma temperatura de quarenta e um graus, pode ocorrer falência múltipla de órgãos. Aos quarenta e três, danos cerebrais e morte. Sua temperatura estava um grau mais alta do que isso quando você chegou e, francamente, não achei que você conseguiria sobreviver.

Eu respiro fundo.

— Não saberemos o quadro completo até que seus exames sejam analisados pela manhã, mas seus sinais vitais estão bons e você não está demonstrando nenhum sinal de perigo. Você teve muita sorte, Clara, mesmo para uma bruxa. Tente dormir um pouco, e a gente se vê pela manhã.

A dra. Singh sai do quarto, e eu a ouço pedir à enfermeira que a chame caso alguma coisa mude durante a noite.

Eu me viro para olhar para Sang, mas seus olhos estão na cadeira que a dra. Singh ocupava poucos momentos atrás.

— Estou cansada — digo.

Sang se levanta.

— Vou sair.

Mas a ideia de ficar sozinha me apavora, como se eu pudesse voltar para aquele campo a qualquer momento, completamente exposta e tão fraca que mal consigo ficar de pé. Estendo a mão e encosto nos dedos dele. Luto contra o ímpeto de puxá-lo para mim, de abraçá-lo. De enfiar a cabeça em seu peito e deixar que as batidas de seu coração me adormeçam como uma cantiga de ninar.

— Não precisa?

Sang olha para sua mão e depois para mim. Algo como alívio brilha em seus olhos. Ele concorda com a cabeça, sai do quarto e volta alguns minutos depois com um travesseiro e um cobertor.

Ele não diz nada. Simplesmente apaga a luz, caminha até o sofá e se deita.

Não consigo vê-lo, mas sua presença é suficiente. Se eu não estivesse tão cansada, se não estivesse tão irritada, poderia me preocupar com o fato de que sua presença seja importante para mim. Que seja mais importante do que deveria.

As máquinas do meu quarto apitam no ritmo do meu coração e, por algum motivo que não consigo explicar, isso me conforta.

— Obrigada por vir atrás para mim — digo na escuridão.

Uma pausa, e depois:

— Sempre.

CAPÍTULO

# vinte

*"Não há nada mais poderoso do que ser compreendido."*
— *Uma estação para todas as coisas*

Todos os meus exames de sangue voltam normais, e sou mandada para casa no dia seguinte. A dra. Singh diz que o meu é um dos casos mais surpreendentes que ela já viu em todos os seus anos de medicina, seja entre bruxas ou sombreados.

A viagem de carro de volta para a Oriental é longa. Sang não para de me perguntar se estou confortável, mexendo no ar-condicionado e me dizendo várias vezes como ajustar meu assento. Mas, fora a fraqueza e o cansaço, estou bem.

Nós dois estamos com as mãos pousadas no apoio entre os bancos, a apenas centímetros de distância. O espaço parece vivo, como se houvesse uma corrente elétrica entre nós. Nunca estive tão ciente da minha mão na vida.

Eu finalmente coloco a mão no colo e olho pela janela.

— Você sabe qual é a parte mais frustrante disso tudo? — pergunto depois de um longo período de silêncio.

— O quê?

— O sr. Burrows disse que a razão pela qual ele ia me largar na montanha era porque eu não respeitava minha magia e que aprenderia a fazer isso se fosse forçada a depender dela. E ele estava certo. Foi a minha magia que manteve Angela e os filhos dela vivos, talvez até o que me manteve viva. Foi por causa dela que eu não tive falência de órgãos, porque ela nunca parou de pulsar por mim. Ela me refrescou. Não conseguiu fazer nada para impedir a onda de calor, mas foi a única coisa que me manteve viva.

— Ele não tinha que te largar em uma montanha para te ensinar isso. — A voz de Sang não é agressiva ou raivosa. É triste.

Não digo nada, pois não tenho certeza de que ele está certo. Passei tanto tempo odiando minha magia que é difícil imaginar que eu poderia ter aprendido a respeitá-la sem uma ação drástica como a do sr. Burrows. Mas então penso nas minhas sessões de treinamento com Sang, e não sei bem se ainda odiava a minha magia. Eu não a amava — ainda não amo —, mas estava aprendendo a apreciá-la. Talvez estivesse aprendendo a respeitá-la também.

— Talvez não — finalmente digo. — Mas acho que estava começando a aprender isso com você.

Sang não responde, mas um mínimo indício de um sorriso se forma em seus lábios.

Está na hora do almoço quando paramos no estacionamento da Oriental, mas todos estão lá dentro. Ninguém quer ficar ao ar livre neste calor, nem mesmo os estivais.

Saio da caminhonete de Sang e solto um gemido. Teoricamente, hoje é o último dia da onda de calor, aí voltaremos ao inverno. Mas esse é outro lembrete de que as coisas estão mudando, de que não temos tanto controle quanto antes. Que precisamos de ajuda se vamos desfazer todo o dano que foi feito. As bruxas encarregadas desta área devem estar exaustas por tentar lidar com o calor.

Eu me lembro da aula do sr. Donovan, do que ele nos contou sobre as bruxas morrendo de esgotamento, e finalmente entendo.

A magia invernal é inútil em uma onda de calor, e os estivais estão fracos demais agora para que sua magia seja eficaz. Mas eles tentam ajudar de qualquer maneira, porque este mundo é tudo para eles.

E eles morrem por causa disso.

A sra. Suntile corre para nos encontrar. Sua testa está enrugada de preocupação e seus lábios estão franzidos.

— Graças ao Sol vocês chegaram — diz ela. — Como você está, Clara?

— Já estive melhor.

— O sr. Park disse que a médica liberou você dizendo que deve descansar, mas que, fora isso, você está bem, certo?

Seus olhos se movem de mim para Sang.

— Bem? Fui deixada no meio do nada por um professor durante a pior onda de calor da história. Eu não estou bem.

A sra. Suntile estremece.

— Claro que não. Sinto muito. Só quis dizer que estou feliz por você ter conseguido se recuperar completamente.

Já estou suando com a temperatura aqui fora.

— Vou para o meu chalé descansar.

— Claro, ótima ideia. — A sra. Suntile caminha ao meu lado. — O sr. Burrows gostaria de vê-la quando você estiver disposta — completa, com a voz incerta.

Eu paro de andar.

— Ele está aqui?

— Sim, e posso imaginar que você está chateada com ele. Aquelas circunstâncias eram muito perigosas para um teste, e estamos considerando quais medidas tomar...

— Cadê ele? — eu a corto.

A sra. Suntile verifica seu relógio.

— Acho que ele está almoçando no refeitório.

Mudo de direção, já nem pensando mais em chegar ao meu chalé. A sra. Suntile e Sang me seguem, se esforçando para acompanhar.

— Você deveria descansar antes de falar com ele — diz a sra. Suntile, mas eu continuo andando.

Sang acompanha meu ritmo, e atravessamos as portas do refeitório ao mesmo tempo. O salão está lotado e barulhento, e levo vários segundos até avistar o sr. Burrows no canto mais distante.

Meu corpo inteiro reage, tremendo de raiva. Meu coração dispara contra as costelas. O barulho do refeitório desaparece até que tudo o que consigo ouvir é minha pulsação correndo pelas artérias.

Atravesso o refeitório com passos duros. O sr. Burrows se levanta quando me vê e, antes que ele possa dizer qualquer coisa, antes mesmo que eu tenha tempo de pensar, dou um soco na cara dele com tanta força que sinto seu nariz rachar sob meus dedos.

Ele cambaleia para trás e bate na parede, cobrindo o rosto com as mãos. Tanto sangue escorre do seu nariz que pinga por entre os dedos e faz uma poça no chão.

Minha mão lateja e quero gritar, mas mordo a língua e me forço a ignorar a dor. Valeu a pena.

O refeitório fica muito quieto. Todo mundo está olhando.

— Sra. Densmore, em todos os meus anos…

Eu me viro para a sra. Suntile.

— Não sei quem o ajudou ou quem concordou com o que ele fez, mas eu *nunca mais* serei colocada em uma situação como aquela. Vou ficar sentada no meu chalé o dia todo, todos os dias, até que você me expulse, mas não vou fazer outro teste como aquele. — Eu tento manter minha voz firme, mas meu tom fica cada vez mais alto, perfurando o ar. Soo histérica.

Mas consigo expressar minha raiva. A sra. Suntile trinca os dentes e assente.

— E, no entanto, em algum lugar no fundo de sua mente, você está se perguntando se esse exercício não era exatamente do que você precisava. Nenhum outro invernal poderia ter produzido aquela quantidade de granizo naquelas condições climáticas. Você foi extraordinária — diz o Sr. Burrows por trás dos dedos ensanguentados. Mesmo assim, seu tom é confiante.

Eu olho para ele.

— Quem te ajudou com a barreira solar? Eu sei que você não conseguiria fazer aquilo sozinho.

— Eu disse às bruxas que controlam a área que uma barreira solar daquela magnitude ajudaria a mitigar alguns dos efeitos da onda de calor, o que não é totalmente falso. A barreira solar acabou absorvendo luz solar o suficiente para diminuir a temperatura em alguns graus. — O sr. Burrows ainda consegue soar condescendente, mesmo com o rosto todo ensanguentado.

— Você me deixou acreditar que aquela família iria *morrer*.

— E veja como você se saiu bem por causa disso. Você estava em total controle lá fora.

A sra. Suntile lhe entrega uma toalha, e ele a segura no rosto.

— Você deveria examinar isso aí — digo.

Eu me viro e saio do refeitório. O peso de centenas de olhares me segue.

Corro para meu chalé e, assim que entro, aperto a mão machucada junto ao peito. Toda a adrenalina é drenada do meu organismo. Eu grito.

Lágrimas me queimam os olhos e escorrem pelo rosto. Aperto minha mão dolorida. Um grande hematoma se espalha pelos meus dedos e deixa a pele da cor do crepúsculo.

Chuto os sapatos para longe e me escondo na cama com o livro de memórias de Alice. Mesmo que ela amasse sua magia de uma maneira que não tenho certeza de que algum dia amarei, suas palavras se tornaram um conforto para mim, uma fonte de segurança. Elas são a primeira coisa na qual me apoio.

Afasto as cobertas. O chalé está tão quente, o calor pesando no ar estagnado como se o próprio Sol residisse aqui. Isso só deixa o cheiro de mofo mais forte.

Nonó entra correndo pela porta de gato e se joga na cama.

— É tão bom ver você — digo, puxando-o para perto. Ele se contorce e caminha por cima da lateral do meu corpo, ronronando.

Ouço uma batida na porta. Não digo nada, mas Sang entra de qualquer maneira. Ele está com uma bolsa de gelo e um pouco de lavanda esmagada nas mãos. Olho para ele com gratidão e coloco o livro de lado.

Ele puxa uma cadeira, e eu estendo a mão sem dizer nada.

— Clara — começa Sang, e acho que está prestes a me repreender por dar um soco em seu mentor. Mas ele não faz isso. — Aquilo foi *incrível*. Tinha que ter visto o que aconteceu depois que você foi embora. Todo mundo ficou num silêncio perplexo, aí o sr. Burrows foi embora e o refeitório inteiro explodiu em conversa.

— Admito que teria sido melhor fazer isso em particular.

— Talvez — diz Sang, envolvendo o gelo em uma toalha. — Mas foi bem espetacular de qualquer jeito.

Nós dois ficamos quietos por um minuto.

— Esse teste… foi um risco muito grande — diz Sang. — Ele não tinha como ter certeza de que os sombreados sobreviveriam.

— Você não achou que eu salvaria aquelas pessoas? — questiono, com um tom brincalhão, tentando aliviar o clima.

— Eu não faço apostas com a vida das pessoas — ele responde. — Mas se fizesse, eu colocaria meu dinheiro em você.— Então olha para mim. — Sem pensar duas vezes.

Sang está segurando a bolsa de gelo na minha mão delicadamente, mas juro que posso sentir seus dedos como se a bolsa não existisse.

Suas palavras são tão genuínas que tenho que desviar o olhar.

Lembro que acabei de passar por algo traumático. O frio que sinto na barriga quando ele me olha assim, o desejo que sinto por sua presença, não é real.

Não pode ser real.

É resultado de passar por uma experiência terrível e tê-lo ao meu lado no final.

Pigarreio.

— Por um minuto, pensei que *você* fosse bater nele — digo, em outra tentativa de tornar o espaço entre nós mais leve.

Ele sorri desta vez.

— Que nada, eu vi a expressão nos seus olhos e sabia que você estava com tudo sob controle.

Nós dois olhamos para minha mão machucada. E, exatamente no mesmo momento, começamos a gargalhar.

— O horror na expressão da sra. Suntile… — Sang começa, mas não consegue terminar a frase.

— Eu sou um lixo — digo, ainda rindo.

Dei um soco na cara de um professor. Na frente da escola inteira.

— Lixo é algo que se joga fora. Você não é um lixo. — Sang me encara e então seu rosto fica estranhamente sério. Ele não está mais rindo. — Você é uma força da natureza.

Com gentileza, ele coloca a lavanda na minha pele. Isso me lembra do dia em que nos conhecemos, quando ele me ajudou depois do tornado.

Quando ainda não tinha sido designado para me treinar.

Quando confiar nele ainda não era tão complicado.

Eu costumava pensar que a franqueza de Sang era uma maneira de me manipular, de exercer poder sobre mim da mesma forma que a Oriental, a sra. Suntile e o sr. Burrows fazem.

Talvez eu estivesse errada.

Talvez o que Sang queira não seja poder.

Talvez o que ele queira seja me ajudar a recuperar todo o poder de que já abri mão.

— Sou? — Minha voz é baixa.

— Você é a coisa mais magnificamente disruptiva que já aconteceu na minha vida.

Eu olho para ele, atordoada com suas palavras, e engulo em seco.

— O que aconteceu com aquela história sobre a laranja sonolenta e só se abrir se alguém tentar te ver? Você é um livro aberto comigo — digo com leveza, como se fosse piada, tentando ignorar o que ele acabou de dizer.

Mas não ajuda. Suas palavras penetram meu âmago e se ancoram dentro de mim, prendendo-se para sempre.

Eu não sou um lixo. Eu sou uma força da natureza. Uma força magnificamente disruptiva.

— Eu sinto que você me vê — responde ele com simplicidade, como se fosse óbvio e não uma confissão incrível.

Mas o que me assusta, que me faz querer fugir desta sala, não é que Sang se sinta visto por mim.

É que eu me sinta vista por ele.

— Acho que provavelmente é melhor eu descansar um pouco — digo.

— Parece uma boa ideia.

Sang termina de envolver minha mão com a lavanda e deixa um pouco do que sobrou na minha mesa de cabeceira.

— Deixe isso na mão enquanto dorme. Vai ajudar a diminuir o inchaço.

Eu concordo com a cabeça.

Sang faz carinho na cabeça de Nonó, liga meu ventilador e vai até a porta.

— Ei, Sang?

Ele se vira para olhar para mim. O chão range sob seu peso.

— Obrigada.

Ele sorri e fecha a porta. Sinto sua ausência assim que ele se vai, um peso que me faz questionar o que ele significa para mim.

Mas não posso questionar isso. Ele não pode significar nada para mim.

Estou fazendo progresso com ele, mais do que com qualquer outra pessoa. E é aí que percebo que meu sentimento nada mais é do que gratidão por ele me ajudar a ficar mais forte. Respeito pela paciência que ele tem comigo. Apreço pelas habilidades dele.

É só isso.

Preciso descansar. Fecho os olhos, aliviada por ter desvendado meus sentimentos.

Mas tenho um sono inquieto.

CAPÍTULO

# vinte e um

*"Você é mais do que sua magia. Passe seu tempo com pessoas que sabem disso para que elas possam te lembrar disso quando esquecer."*
— Uma estação para todas as coisas

Semanas se passam. O sr. Burrows não perde o emprego porque eu fiquei "muito mais forte sob sua orientação" e "ele estava por perto durante todo o teste".

O hematoma na minha mão sara.

O chão está coberto de neve.

As árvores estão cobertas de geada.

A temperatura cai abaixo de zero e permanece assim, como se estivesse se protegendo de outra onda de calor.

Meu treinamento volta ao normal, e o sr. Burrows continua fazendo os planos de aula. Odeio saber que ele tem influência sobre o que faço, mas o lado bom são as atualizações semanais que Sang me dá sobre o estado de seu rosto machucado.

Desde que voltei ao campus, fiquei estagnada. Sang não mencionou nada, mas tenho certeza de que ele percebeu. Seria impossível não perceber. Estou preocupada que a onda de calor tenha causado algum tipo de impacto permanente na minha magia, mas não consigo imaginar como isso poderia ter acontecido. E me assusta.

Bruxas continuam morrendo. A Pensilvânia não é o único lugar no mundo que experimenta um clima atípico, e as bruxas fora de suas estações continuam se esforçando para ajudar. Elas morrem de esgotamento enquanto as bruxas da estação permanecem sem poder fazer muita coisa.

E vai piorar. Quanto menos bruxas tivermos controlando a atmosfera, mais instável ficará o clima. Uma coisa são ondas de calor e tempestades de granizo ocorrendo durante as estações cujas bruxas não podem ajudar, mas o que acontecerá quando isso se der com furacões, fome e secas? Se a atmosfera entrar em parafuso, a civilização fará o mesmo.

Talvez seja por isso que não estou mais evoluindo — vi em primeira mão os efeitos das mudanças climáticas e não posso fazer nada a respeito. O fato de eu supostamente poder combinar o poder de dezenas de bruxas em um intenso fluxo de magia não significa nada nesta atmosfera revolta. No momento, sou uma bruxa invernal, mas de que serve um poderoso fio de magia invernal quando a única maneira de lidar com uma onda de calor em fevereiro é com magia do verão? E eu não posso mudar isso.

Talvez seja por isso que Sang não disse nada dobre minha falta de progresso. Por isso que a administração pegou leve comigo — porque os professores sabem que meu poder não adiantaria de nada.

Um ano atrás, isso teria sido um alívio incrível para mim. Mas agora me enche de pavor.

Respiro fundo e solto o ar lentamente. Esta é uma das minhas noites favoritas do ano, e eu quero aproveitá-la.

É a nossa Celebração da Luz e, embora eu ame todos os eventos de fim de ano na Oriental, este é o meu favorito. A sra. Suntile até me deixou participar, com o restante dos invernais, dos preparativos; passamos a última semana construindo uma enorme cúpula de gelo para a ocasião.

Está no meio do campo de treinamento, um lugar onde passei por tanto fracasso, decepção e medo. E, recentemente, um lugar onde experimentei sucesso, alegria e orgulho. Eu gostaria de poder recuperar esses sucessos de alguma forma.

O gelo impede que o som se espalhe muito, um murmúrio baixo de vozes e música é tudo que consigo ouvir. A noite está límpida e o céu está preto. A lua crescente ilumina a cúpula com um suave brilho azul, e as estrelas pontilham a escuridão como agulhas em um tecido, nítidas e brilhantes.

Mas o incrível é que, como a cúpula é fina como vidro, as estrelas também são visíveis pelo lado de dentro. Eu entro e olho para cima e, como esperado, elas estão dando um show junto com a lua. É preciso muita magia para deixar o gelo tão transparente, e estou impressionada com o efeito.

Um grande lustre está pendurado no centro da cúpula, com centenas de cristais esculpidos em gelo. Pequenas bétulas margeiam a área, seus galhos nus e cobertos de uma fina camada branca que reluz. Com a pista de dança no meio da cúpula, parece que estamos em um globo de neve.

A princípio, pensei que era um exagero, uma tentativa de compensar pela semana que perdemos para o calor, mas, vendo o resultado agora, não penso mais isso.

Acho que está perfeito.

Sang fez os arranjos florais em tons de roxo-escuro e branco. A sala está na penumbra, e um quarteto de cordas toca músicas instrumentais. Todos os invernais usam tons de carmesim, e as demais bruxas usam qualquer cor que não essa.

Isso é algo que eu gosto na Oriental: quando é a sua estação, os holofotes são só seus. As diferentes estações nem sempre se entendem, mas certamente respeitam a vez de cada uma com o sol.

Eu vou até o bar e pego uma sidra espumante, tomando cuidado para não arrastar no chão a barra do meu longo vestido de veludo. Encontro uma mesa vazia e me sento.

Sang está de pé no lado oposto da sala, ajeitando alguns arranjos de flores. Ele está de smoking preto, curvado sobre uma orquídea, virando o vaso e depois dando um passo para trás para avaliar seu trabalho. Seus dedos pairam sobre as pétalas de roxo-escuras e, por algum motivo, vê-lo me tira o fôlego. Se eu pudesse escolher dez imagens para guardar na memória pelo resto da vida, acho que talvez essa fosse uma delas.

Alguém se senta ao meu lado, mas mal consigo registrar a presença. Eu quero amar alguma coisa, qualquer coisa, tanto quanto Sang ama suas flores.

— Cuidado, ou você vai abrir um buraco nas costas dele. — Paige está sentada ao meu lado, mas não está olhando para mim. Ela está olhando para Sang. Imediatamente desvio os olhos e observo a toalha de mesa. Não digo nada.

— Ele te afetou — diz ela.

— Quem? — pergunto, não querendo reconhecer suas palavras, mas pareço estúpida. É óbvio que sei de quem ela está falando. Ela também sabe e revira os olhos.

— Você está mais calma. Mais confiante. — Paige fica girando o canudo em sua bebida e finalmente olha para mim. Seus olhos são do tom perfeito de azul. São escuros, quase azul-marinho, a cor do mar quando as águas se tornam profundas.

— Ele é um bom parceiro de treinamento — digo.

Paige balança a cabeça e olha para Sang.

— Só isso?

— Claro que é só isso.

— Você olha para ele como se ele fosse mágico.

— Não olho, não.

Tento manter a voz calma, mas meu tom se eleva, na defensiva.

— Se você diz. — Ela termina a bebida. — A propósito, vê-la socar o sr. Burrows é minha nova lembrança favorita com você.

Paige se levanta, mas faz uma pausa antes de ir embora. Ela se inclina, a boca tão perto do meu ouvido que sinto o calor de sua respiração na pele. Está pesada, com cheiro forte de álcool.

— Bem, quase a minha favorita.

O comentário me pega desprevenida. Eu nunca imaginei o que aconteceria entre a gente, o que é uma das crueldades do amor. Não pude protegê-la. E agora, memórias de seus olhares no meio da noite para mim inundam meus pensamentos.

Ela não se importava com minhas mudanças. Chamava de meus fluxos e refluxos.

Ela dizia que eu era o oceano dela.

Quando começamos a namorar, ela disse que queria se afogar em mim.

Eu queria me afogar nela também.

Então Nikki morreu, e nós nos afogamos no luto, em vez de uma na outra.

Uma sensação fria e espinhosa belisca minha pele, mas não é a lembrança de Paige. É o que ela disse sobre Sang, sua insinuação de que ele significa algo para mim. Paige entrou no meu coração muito antes de eu perceber que ela estava lá, e é por isso que ela foi atingida por um raio no início deste ano. É por isso que não posso deixar minha magia se aproximar dela.

É por isso que tenho que garantir que nunca se aproxime de Sang.

Então percebo tudo de uma só vez, a resposta para o quebra-cabeça que venho tentando resolver desde nosso primeiro treinamento depois da onda de calor: estou estagnada porque temo que tenhamos ficado muito próximos.

Estou estagnada porque ver a preocupação em seu rosto me fez sentir algo.

Porque a maneira como ele passou lavanda na minha mão me fez pensar, por um segundo fugaz, que isso é que é amor.

Estou estagnada porque temo que minha magia saiba sobre todos esses pensamentos passageiros e sentimentos momentâneos e os tenha transformado em algo que não são.

Tenho medo de que ele se machuque por causa disso.

A sra. Suntile diz algo para Sang; ele acena com a cabeça e sai do domo. Termino minha bebida e vou atrás dele. O ar frio do lado de fora me faz estremecer, e eu fecho o xale com mais força, indo correndo ao seu encalço.

— Ei — chamo.

Ele vira e sorri assim que me vê. Suas covinhas aparecem e seus olhos brilham.

— Oi. Você está linda.

Meu coração dispara. Suas palavras não significam nada.

— Você não pode dizer coisas assim para mim.

O sorriso de Sang despenca.

— Sinto muito...? — Sua voz sobe no final, como se ele estivesse fazendo uma pergunta. — Não quis te deixar desconfortável.

— Não estou desconfortável. É só que você está confundindo o que é isso, e eu preciso ter certeza de que você entenda. — Eu gesticulo no espaço entre nós dois.

*Preciso ter certeza de que minha magia entenda.*

— Por que você não me explica, então? — O tom dele é calmo, mas tenso nas entrelinhas.

— Não há nada entre nós. Por acaso você foi a pessoa designada a me treinar. — Dou uma risada, que soa maldosa. — Você foi enganado, Sang. Foi trazido para cá e forçado a trabalhar comigo porque o sr. Burrows pensou que sua magia calmante me ajudaria. Nunca teve a ver com botânica.

A expressão de Sang vacila.

— Vim para cá *por decisão minha*, para continuar meus estudos com o sr. Burrows — ele diz, mas não é convincente. Ele sabe que estou certa.

— Mas que mentor, hein?

Sang balança a cabeça.

— Você nunca sabe quando parar de insistir, né?

— Eu só achei que você deveria saber o verdadeiro motivo pelo qual você não pode ficar mexendo com as suas plantas o dia todo.

Sang olha para mim como se não conseguisse me reconhecer e, no mesmo instante, me arrependo de minhas palavras.

A imagem dele cuidando de suas orquídeas apenas alguns minutos atrás aparece em minha mente, e a dor floresce em meu peito.

— Ficar mexendo com as minhas plantas — ele repete, saboreando as palavras que joguei na cara dele.

Sinto minhas bochechas ficarem vermelhas e quentes, mas não digo nada. Se fizer isso, temo que vou recuar, pedir desculpas, dizer a ele que o sr. Burrows estava errado por enganá-lo. Dizer a ele que, embora seja errado, estou feliz por tê-lo conhecido. Muito feliz por tê-lo conhecido. Mas não posso. Tenho que me certificar de que ele saiba que não existe nada entre nós.

Eu tenho que me certificar de que minha magia saiba que não existe nada entre nós.

— Sempre estive do seu lado, com ou sem meu mentor horrível — diz Sang. Ele não desvia o olhar de mim, nem por um único segundo, e eu me forço a manter meus olhos fixos nos dele.

Não vou ser a pessoa a desviar o olhar primeiro.

Dou de ombros.

— Você nunca teve escolha. Nenhum de nós dois teve.

— Por que você está fazendo isso? Você realmente me seguiu até aqui só para inventar uma briga comigo?

— Eu não estou brigando. Só preciso ter certeza de que você entende. — Minha voz aumenta de volume, e eu tento manter a compostura.

— Entendo perfeitamente. Eu nunca nem quis fazer isso, pelo amor do Sol. Eu me mudei para cá para estudar, não para ser sua babá. — Ele faz uma pausa, olha para mim. — E, de nós dois, Clara, não sou eu quem está confuso. Nunca estive.

Sang se vira e vai embora.

— Eu não estou confusa — grito para suas costas, mas minha voz soa estridente e instável.

Ele joga as mãos para o ar e continua andando.

Não acredito que permiti que Paige me deixasse preocupada com Sang. Se ele fosse mais do que um parceiro de treinamento para mim, vê-lo dar as costas não seria um alívio. Não seria bom.

Mas é.

E, mesmo que eu desejasse não ter que dizer essas coisas para Sang, eu me sinto melhor. Porque agora sei, com certeza absoluta, que nunca haverá uma razão para minha magia procurá-lo.

Podemos continuar treinando juntos.

Eu posso continuar ficando mais forte.

Forte o suficiente para que minha magia nunca mais machuque ninguém.

CAPÍTULO

# vinte e dois

*"Chegará um momento em que você acreditará que não precisa mais ser desafiada. E, quando este momento chegar, você estará errada."*
— *Uma estação para todas as coisas*

Sang está no campo de treinamento quando chego para nosso último treino da estação. Sua postura é rígida, e ele não sorri quando me vê.

Ainda está bravo.

Há uma grande nuvem de chuva escura pairando ao lado dele, e presumo que vamos trabalhar com granizo ou neve. Mas ele não diz nada.

Com um movimento rápido, ele empurra a nuvem para cima de mim, com força, e a energia dela me derruba.

— Mas que merda é essa?

Ele empurra a nuvem novamente.

— Sério, Sang, qual o seu problema?

— Você não é a única capaz de inventar uma briga — diz. — Ou você achou que era um talento só seu?

Agora estou com raiva.

— Nossa, menos. — Eu empurro a nuvem na direção dele com toda a minha força.

Mas ele já estava esperando por isso e não sai do lugar. Fecha os olhos e enche ainda mais a nuvem, essa enorme presença escura entre nós.

Desta vez, ele lança a nuvem acima da minha cabeça e, antes que eu tenha tempo de me mexer, aperta a mão. A nuvem explode em chuva e me deixa encharcada. Eu vou até ele e dou um empurrão no seu ombro com força. Sang tropeça para trás.

— Use sua magia — ele diz. Sua voz é baixa e rouca, e causa uma sensação estranha no meu âmago.

Grito de frustração. O mais rápido que posso, puxo a umidade da grama coberta de neve até que uma nuvem de tempestade jaz pesadamente em minha frente. Leva apenas alguns segundos. Invernais não são tão bons com tempestades, mas consigo controlar um temporal pequeno.

Além disso, não vou usá-lo para gerar trovões ou relâmpagos.

Envio uma intensa corrente de ar direto para dentro da tempestade, empurrando gotículas de água para a parte mais fria até que congelem. Pedras de granizo se formam, dezenas, e eu deixo a tempestade tomar controle. Elas descem para o ar mais quente, acumulam mais água, depois sobem na nuvem e congelam de novo, repetidamente, até que a corrente ascendente de ar não possa mais suportar seu peso.

Jogo a tempestade em Sang no exato momento em que o granizo começa a cair. As pedras são maiores do que eu pretendia e, uma após a outra, elas atingem seu rosto. Ele pula para fora do caminho e cobre a cabeça com as mãos, mas é tarde demais. Há uma enorme ferida em seu lábio, brilhante vermelho com sangue e outro corte em sua testa.

— Sang, me desculpe... — começo, mas antes que eu possa chegar até ele, um pequeno tornado, da altura de uma pessoa, me atinge.

Se estivéssemos na primavera, Sang nunca poderia ter feito isso com segurança. Sua magia estaria muito forte, e o tornado ficaria poderoso demais. Para minha sorte, é inverno.

Ainda assim, é o suficiente para me derrubar. Caio de cara na neve, e meu corpo inteiro fica quente de raiva. Eu me forço para ficar de pé. Com as mãos trêmulas, formo uma pequena bola de neve e a rolo no chão.

Fecho os olhos e mando minha magia persegui-la. A bola de neve ganha velocidade, ficando cada vez maior à medida que avança. Eu a faço correr ao redor do perímetro do campo, juntando camada após camada de neve até ficar mais alta do que eu.

Estou prestes a enviar a bola de neve gigante em direção a Sang, querendo derrubá-lo no chão e enterrá-lo na neve, quando ele faz um gesto para as árvores.

Ao seu comando, elas se curvam e bloqueiam o caminho da bola de neve. Não tenho tempo para mudar o percurso, e ela bate nas árvores e explode, fazendo neve chover para todos os lados.

— Nada mal para alguém que só fica mexendo com plantas, hein?

Eu não respondo. Estou tão irritada que não consigo pensar direito. No tempo que Sang leva para jogar minhas palavras de volta na minha cara, a magia do inverno escorre de meus dedos em uma enxurrada de raiva. Construo uma pequena e intensa nevasca.

Arremesso-a em Sang, sabendo que ele não pode fazer nada contra mim. A magia da primavera não consegue afetar nevascas.

Ele cai no chão quando a nevasca o assola com neve e vento. Logo ele está quase enterrado, e eu me aproximo, encarando-o de cima.

— Também não é bom o suficiente.

Sang rola para fora do caminho e fica de pé, criando uma chuva morna sobre a nevasca. Dissipa a tempestade e me encharca o rosto.

Então penso em nosso exercício, no vento que convoquei várias vezes com ele. Fecho os olhos e o ar responde no mesmo instante, criando uma corrente que envio direto para Sang. Ele se esquiva e dá um passo na minha direção, então rapidamente mudo o caminho do vento. No entanto, está mais forte do que eu pensava e atinge Sang pelas costas, o jogando na minha direção.

Nós dois tropeçamos para trás. Ele cai bem em cima de mim.

Está ventando tanto que a neve no chão sobe, girando no ar ao nosso redor. Sang tenta se afastar de mim, mas ainda não terminei, e logo estamos rolando na neve, eu em cima dele, ele em cima de mim.

A neve se prende no meu cabelo e cai pela gola da minha jaqueta, fazendo com que água fria escorra pelas minhas costas. Meu chapéu caiu há tempos, e minhas mãos estão congelando.

Nossas magias nos seguem como sombras, a dele tentando ajudá-lo, a minha, a mim. Mesmo a calma que está ligada à sua magia não é suficiente para aliviar a raiva entre nós. Nós grunhimos, agarramos e nos enroscamos um no outro, recusando-nos a ceder.

Minha magia pulsa dentro de mim, esperando para ser usada. Com todas as forças, eu rolo e faço Sang cair deitado de costas. Prendo seus braços com meu peito e uso tudo o que me resta para atingi-lo com a magia.

Não paro no topo da cachoeira; eu me jogo dela com uma fúria desenfreada, buscando minha magia para acabar com essa briga. Para ganhar.

Mas quando controlo minha magia, algo não está certo.

Parece diferente. Familiar, mas diferente. Não é agressiva, deliberada ou fria. Está paciente, de certa forma, esperando para fazer qualquer coisa que eu pedir.

Balanço a cabeça e me concentro novamente.

Busco minha magia mais uma vez e envio toda a minha energia, criando a maior inundação de poder que consigo.

Sang grita.

Então, ao nosso redor, mudinhas verdes perfuram a neve.

Eu cambaleio para trás.

Minhas mãos estão tremendo, meus olhos, arregalados.

Sang se senta, tão perto de mim que nossos ombros se tocam. Nossas pernas estão entrelaçadas, mas não nos movemos.

A magia. Parecia primavera.

— O que... — começo, mas minha voz desaparece. Nem sei como perguntar. — Eu te machuquei?

— Não. — Há admiração em sua voz. — Mas eu senti.

Tiro o olhar dos brotos verdes que nos cercam e, em vez disso, me concentro no dourado de seus olhos.

— Eu senti você puxar a magia de mim — completa ele.

— Mas é impossível. — Eu observo Sang com atenção, ciente de cada respiração dele. Não me atrevo a desviar o olhar.

— Eu sei — ele diz, balançando a cabeça. — Mas olhe ao redor. Esses brotos só poderiam vir da magia da primavera, e eu nunca teria força suficiente para cultivar novas plantas tão rápido assim no inverno. Isso só pode ter vindo de você. — Ele faz uma pausa. Em seguida: — Faz de novo.

— Não — digo, balançando a cabeça. Seja o que for, isso me apavora.

— Não — repito.

Não há como tirar magia de um bruxo sem que ele a entregue para você, sem que ele a entrelace com a sua. E, mesmo assim, isso só pode ser feito entre bruxos da mesma estação.

Uma bruxa do inverno puxando a magia de um da primavera é inimaginável.

Sang tira as luvas e pega minhas mãos.

— Faz de novo.

Quase no mesmo instante, sinto a magia de Sang se movendo em suas veias, pulsando sob a pele. Estou desesperada para tocá-la, como se fosse a própria vida, e antes que eu perceba o que estou fazendo, fecho os olhos e puxo.

A magia responde, e eu a puxo dele em um movimento firme.

Sang perde o fôlego.

A terra se move quando uma bétula surge no chão e cresce bem ao nosso lado, alta, pálida e real.

A magia da primavera, elevada ao máximo de sua força, em pleno inverno. Impossível.

Quero estender a mão e tocar a casca lisa e branca da árvore, senti-la contra minha pele, mas tenho medo de que desapareça.

Sang abre os olhos e nos encaramos. Nossos peitos arfam, nossa respiração pesada entre nós.

A magia sob sua pele ainda busca a minha, nossas mãos vibrando com a força dessa ligação.

É diferente de tudo que já senti antes, como se eu tivesse visto sua alma, lido sua mente, tocado cada parte dele.

Ele é tão bom, tão genuíno, quanto eu pensei que fosse, destilado no mais perfeito fluxo de magia.

Não consigo tirar meus olhos dos dele.

Ele engole em seco.

— Clara — ele diz, sua voz rouca com algo que incendeia minhas entranhas. — Se você não quer que eu te beije agora, você vai ter que parar de me olhar assim.

Mas é exatamente isso que eu quero. Não me importo que seu lábio esteja sangrando e que eu esteja sem fôlego. Eu quero tanto beijá-lo que não parece um desejo. Parece uma necessidade.

Mantenho meus olhos nos dele por vários segundos; a ideia de desviar o olhar é tão impossível quanto a bétula ao nosso lado.

Eu me inclino para ele, bem de leve. Ele faz o mesmo.

Então eu paro.

Se eu beijar Sang depois do que aconteceu, não acho que serei capaz de me controlar. E, se não conseguir me controlar, não conseguirei controlar minha magia.

Lentamente, olho para baixo e tiro minhas mãos das dele. Sang se inclina para trás, o corte no lábio brilhando com o sangue.

Estamos em silêncio, nossas pernas ainda emaranhadas, a respiração ainda rasa e acelerada.

A bétula ao nosso lado está tranquila e quieta, como se existisse no centro deste campo desde sempre.

Dá para ver minha respiração se condensando no ar frio do inverno. Eu a vejo se misturar com a de Sang no espaço entre nós.

Sua magia ainda está misturada à minha, inverno e primavera colidindo como se sempre tivesse que ser assim. Eu poderia afastar minha magia, quebrar a conexão.

Mas não quero.

Então não faço isso.

*primrose*

# primavera

CAPÍTULO

# vinte e três

*"E, justamente quando o mundo tem certeza de que não aguenta mais um dia de inverno, o equinócio da primavera chega com uma riqueza de chuva doce e o despertar de cores."*
— *Uma estação para todas as coisas*

O equinócio da primavera já passou. Os dias aqui estão ficando mais longos e a terra está começando a aquecer. O silêncio e a quietude do inverno são substituídos pela agitação da primavera, quando os pássaros voltam para casa e os animais acordam do seu longo sono.

Já faz duas semanas desde a descoberta que fiz com Sang, e não contei a ninguém. Tentamos várias outras vezes antes do equinócio, só para ter certeza, e a cada tentativa confirmamos o fato surreal que é eu ser capaz de invocar magia de fora da estação.

Nem mesmo as memórias de Alice fazem alusão a esse tipo de poder, e não sei bem se é porque ela nunca o descobriu ou se simplesmente se referia a ele como "magia" porque sempre foi capaz de fazê-lo. Ou talvez a Terra fosse mais feliz quando Alice estava viva e ainda não tinha sido levada ao limite. Talvez esse tipo de magia não fosse necessário.

Sang arrancou a bétula e replantou-a em outro lugar do campus, e fez o mesmo com os brotos que surgiram no solo ao nosso redor. O campo de treinamento voltou ao normal. Ninguém mais sabe o que descobrimos naquele dia.

Tento me concentrar no que o sr. Mendez está dizendo na frente da sala de aula, mas só consigo pensar na sensação de como era estar entrelaçada na magia de Sang, como se tivesse passado dezessete anos vagando sozinha e agora, finalmente, tivesse chegado em casa.

A luz do sol atravessa as janelas e reflete nos óculos do sr. Mendez. Seu cabelo preto permanece perfeitamente no lugar quando ele baixa os olhos e fecha o livro. Ele se recosta na mesa e gira a aliança no dedo.

— Tenho um pouco de burocracia para discutir com vocês antes do fim da aula — ele diz. — Os arranjos para o eclipse solar total do próximo verão estão finalizados.

Eu olho para minha mesa e me ajeito na cadeira. Anseio por esse eclipse desde que descobri que ele aconteceria, fazendo anos e anos de contagem regressiva esperando minha fuga.

Mas agora o eclipse me enche de medo em vez de alívio.

*Eu não quero perder meus poderes.*

Absorvo o pensamento, o avalio mentalmente, decido se ele tem um lugar aqui. Sinto que cria raízes e se estabelece em minha pele.

Estou espantada, feliz e aterrorizada por perceber que é verdade. Eu não quero perder meus poderes.

Mas a impossibilidade disso é pesada. Não é só que eu não quero perder meus poderes; não quero perder meus poderes *e* não quero ficar isolada.

Não quero perder meus poderes e não quero que minha magia atinja as pessoas com quem me importo.

Não sei se esses desejos podem coexistir. O eclipse está chegando e, se não puderem, serei forçada a fazer uma escolha.

E isso me assusta.

— Vamos evacuar o campus na noite anterior e ficar no norte do estado de Nova York. Lá, estaremos fora do caminho da totalidade e poderemos ver o eclipse parcial.

— Não te incomoda que a gente nunca vá poder ver um eclipse total? — Ari pergunta, pensativo. — Acho que seria incrível de ver.

— Seria incrível — concorda Mendez. — Alguns sombreados dizem que é uma experiência transformadora. — Sua voz está distante e melancólica, como se ele tivesse esquecido que está dando aula. Ele pigarreia. — Mas ser impossibilitado de ver um eclipse solar é um preço pequeno a pagar por ser uma bruxa.

Todas as bruxas no caminho da totalidade são obrigadas a deixar a área. É ilegal ser drenado de propósito — a atmosfera sairia de controle se bruxos e bruxas fossem drenados de sua magia a cada eclipse total.

Ainda assim, seria notável de se ver.

— Mais alguma pergunta? — o sr. Mendez quer saber. Ele olha ao redor da sala e, quando ninguém levanta a mão, ele nos dispensa.

Eu me levanto e enfio os livros na bolsa. Quando saio da sala, Paige me puxa para o lado. Ela está segurando uma pilha de livros junto ao peito e o cabelo está em um rabo de cavalo.

— Eu me lembro do que você me contou — diz, simplesmente. Ela não tem que se explicar para que eu saiba do que está falando.

Olho para baixo, com o coração disparado.

Foi antes. Antes do nosso término, antes da morte de Nikki. Ela me perguntou como eram os meus pais durante uma longa noite insone, em que compartilhamos segredos, beijos e risos. Contei tudo a ela; como meu pai achava o fato de eu ter nascido bruxa a coisa mais legal da vida. Como minha mãe me pedia para fazer chover no verão só para poder dançar. Ela adorava a chuva.

Contei a ela como eles morreram, como minha magia saiu de mim com um rugido em uma explosão de relâmpagos, sol e calor, incinerando-os imediatamente.

Contei a ela como às vezes acordo no meio da noite e ouço seus gritos.

Isso foi antes que soubesse que minha magia procurava as pessoas que eu amava, indo atrás delas até engoli-las inteiras. Eu não fiz a conexão até Nikki morrer e a sra. Suntile começar a pesquisar. Foi aí que terminei com Paige e me mudei para o chalé nas árvores.

Mas, ainda assim, eu sabia que minha magia era perigosa. Sabia que era um poder que eu talvez nunca aprendesse a controlar.

Então, naquela noite na minha cama, com meus dedos entrelaçados nos de Paige e sua mão no meu cabelo, eu a olhei nos olhos e sussurrei:

— Talvez eu fique para o eclipse.

Ela não engasgou de horror, não me repreendeu nem puxou sua mão da minha. Em vez disso, ela prendeu meu cabelo atrás da orelha e disse:

— Talvez eu tente te impedir.

E foi só. Nunca mais falamos sobre isso.

Eu olho para ela agora, a imagem voltando para o canto da minha mente onde guardo todas as nossas promessas quebradas e memórias vívidas demais para esquecer.

— Eu sei que você se lembra.

— Você ainda está pensando em fazer isso? — ela pergunta.

Penso no que descobri com Sang e como isso poderia impedir que as bruxas morressem. Penso em todo o bem que eu poderia fazer.

E penso em como, se não puder aprender a controlar totalmente minha magia, terei que me isolar pelo restante da vida por causa dela. Essa é uma vida com a qual não sei bem se posso me comprometer.

— Eu não quero ser drenada — digo. Não é uma mentira

Ela me observa, e é evidente que sabe que não estou contando toda a verdade.

— Ainda bem — ela diz finalmente —, porque eu não quero ter que te impedir.

Então vai embora sem dizer mais nada.

Ainda estou tentando afastar aquela memória quando saio do prédio. Sang está encostado em uma parede de tijolos e se levanta quando me vê. Ele abre um sorriso torto que afasta toda a tensão do meu corpo, desfaz todos os nódulos apertados e músculos tensos.

E ele nem está usando magia.

— Ei — diz, caminhando em minha direção.

A primavera o dominou. Tudo nele está mais brilhante, como se eu só o tivesse visto na sombra e ele finalmente estivesse iluminado. Os anéis dourados em seus olhos estão mais ricos e profundos, um oceano de luz do sol do qual não consigo desviar o olhar.

Ele está perfeito.

Se eu fosse o Sol, escolheria viver nos olhos dele também.

Nenhum de nós mencionou seu comentário sobre me beijar, mas penso nisso o tempo todo. Estou convencida de que foi uma coisa de momento, um comentário impulsionado pela intimidade, choque e absoluto maravilhamento do que tínhamos acabado de presenciar. Estranho seria se a gente *não* tivesse sentido necessidade um do outro.

E ainda assim, a sensação perdura. A maneira como seus olhos ficaram presos nos meus, nossas pernas, respirações e magias emaranhadas. A maneira como sua voz parecia uma lixa deslizando de leve pela minha pele, despertando um desejo que eu só tinha sentido no verão.

— Eu queria conversar sobre uma coisa antes do nosso treino de hoje.

Suas palavras me trazem de volta ao presente, e espero que ele não perceba o calor que se instalou na minha pele.

— Claro, o que foi?

Sang espera para falar até que ninguém mais esteja perto o bastante para ouvir.

— Acho que devemos contar à sra. Suntile e ao sr. Burrows o que você pode fazer.

Eu sabia que isso ia acontecer. Claro que ia. Precisamos descobrir a extensão desse poder, saber se é algo que posso fazer em todas as estações, com todos os bruxos.

Mas o pensamento de contar a eles faz meu estômago se contorcer de preocupação. Eu estaria abrindo mão do controle em prol de pessoas em quem não sei bem se confio. A Oriental fez muito por mim, mas considerando a maneira como a sra. Suntile agiu em nossa sessão de treinamento com o sr. Hart e o fato de que o sr. Burrows continua aqui depois daquele teste, eu me pergunto se eles realmente se preocupam comigo ou se tudo com o que se importam é meu poder.

— Eu sei — começo.

— Mas?

— Mas a sensação é de que vou entregar uma coisa que nunca poderei recuperar.

Sang acena com a cabeça.

— Acredite ou não, eu entendo totalmente a sensação.

— Entende?

— Aham.

Quero perguntar o que ele quer dizer, mas as palavras ficam presas na minha garganta. Não precisamos de mais nada nos unindo, outro segredo compartilhado que faz com que Sang pareça essencial na minha vida.

Quando chegamos ao campo de treinamento, coloco minha bolsa no chão e espero que ele pegue um plano de aula. Mas Sang faz uma pausa e olha em volta como se estivesse pensando.

— O que você acha de matar o treino de hoje? Tem uma coisa que eu quero te mostrar.

Meu cérebro grita, me mandando dizer não. Me mandando seguir o plano de aula. Me mantando garantir que nosso relacionamento não se transforme em algo que minha magia possa sentir.

Mas uma vozinha me diz para ir. Me diz que está tudo bem. Me lembra que serei forte o suficiente para controlar a magia.

Sang me enche de contradições. Estou dividida entre querer provar um pouco da sua franqueza e querer fugir dela o mais rápido possível. Parte de mim acha que ele é fraco e tolo por se expor tanto.

Mas, quanto mais o conheço, mais me pergunto se talvez esse seja um dom que poucos de nós temos. Talvez não seja uma fraqueza.

*Diga não.*

*Vá com ele.*

Eu paro. Não sei bem quantos momentos são necessários para criar uma proximidade que é próxima *demais*, mas tenho certeza de que não estamos nem perto disso.

E é por isso que digo:

— Vamos.

Pego minha bolsa na grama e o sigo para fora do campo.

CAPÍTULO

# vinte e quatro

*"Quando a magia percorre meu corpo e transborda para o mundo, sei que essa sempre foi a única opção para mim. Estava destinada a isso."*
— *Uma estação para todas as coisas*

Sang atravessa os jardins e eu vou atrás. Um grupo de vernais está ajoelhado no chão, enfiando os dedos na terra. Eles são capazes de plantar suas emoções, que crescerão como flores. É minha parte favorita da magia da primavera, porque não tem nada a ver com controle; seu único propósito é trazer beleza ao mundo.

Sang continua andando até entrar na floresta que circunda o campus, tão longe dos prédios da Oriental que não consigo mais vê-los. Coníferas e carvalhos se estendem por quilômetros em todas as direções, e eu sigo, passando por cima das raízes das árvores e me agachando por baixo dos galhos.

Os pássaros cantam bem acima de nós, e uma leve brisa sopra pelas folhas como se estivessem sussurrando segredos enquanto passamos. A luz do sol atravessa as copas das árvores e banha o chão da floresta com faixas douradas.

Sang e eu caminhamos em um silêncio confortável que me parece estranho. Até mesmo com Paige o silêncio estava sempre sendo preenchido com algo, mas Sang me faz sentir como se minha presença fosse tudo o que ele quer.

Ele para quando chegamos a um velho prédio de tijolos coberto de hera e tomado pela vegetação rasteira. É quadrado e pequeno. As paredes de pedra estão desmoronando e parte do lado direito já desabou. Musgo cobre o telhado e samambaias repousam na fundação.

— Chegamos — diz Sang, abrindo a porta desgastada com um rangido.

A primeira coisa que noto é o cheiro. Não é de mofo, como imaginei. É doce e forte, como se alguém tivesse pegado todas as flores do mundo e colocado neste prédio antigo e abandonado.

Eu entro. Raios de sol atravessam os buracos no telhado e nas paredes, iluminando o lugar com um brilho suave. Todas as cores do arco-íris aparecem, centenas de flores e plantas alinhadas nas mesas subindo pelas paredes e penduradas no teto. Há mais espécies do que eu jamais poderia identificar e, por um momento, fico sem palavras.

Há uma passagem estreita no centro da sala, o único espaço que não está coberto por algo vivo. Parece que atravessei um portal para outro mundo, uma floresta tropical, estufa e jardim encantado, tudo ao mesmo tempo.

— Que lugar é este?

— É uma casa de imersão abandonada, e a sra. Suntile concordou em me deixar utilizá-la para minha pesquisa.

Sang estende a mão e toca as folhas de uma planta próxima.

— Mas também venho aqui para pensar. Para ficar sozinho. Eu queria manter a história do lugar intacta e é por isso que muitas plantas aqui não têm nada a ver com minha pesquisa. Quero que pareça uma das antigas casas de imersão.

— Você não acredita de verdade em imersão, acredita?

— Por que não? Os sombreados têm poços dos desejos e trevos de quatro folhas. Eu meio que gosto de acreditar que este lugar pode realizar todos os meus sonhos.

Olho ao redor da sala. As bruxas de antigamente acreditavam que dava sorte ficar imersa em um espaço com tantas plantas e flores, então criaram as casas de imersão. Com o tempo, essas casas se tornaram um tipo único de igreja, onde bruxos e bruxas se reuniam com seus medos, desejos, esperanças e sonhos.

Estando aqui com Sang, eu entendo perfeitamente.

— Talvez possa — digo.

Nesse momento, Sang olha para mim, um pequeno sorriso puxando seus lábios. Meu coração bate mais rápido, e meu corpo está inquieto, de pé neste espaço apertado com ele. Desvio o olhar.

Papéis soltos estão empilhados nas beiradas das mesas e no chão, embaixo de vasos, manchados de sujeira. Eu pego uma folha e a examino. É uma ilustração linda, pintada à mão, de uma esporinha-silvestre. O nome da espécie está escrito em letra cursiva, e diferentes partes da flor têm ilustrações ampliadas próprias. Frascos de vidro com pincéis e tintas de aquarela estão amontoados entre plantas e flores ao redor da sala, e vejo um grande estojo de lápis de cor embaixo de uma mesa.

— Você fez tudo isso? — pergunto, segurando a ilustração.

Sang concorda com a cabeça.

— Eu gosto muito de ilustração botânica desde criança. Acho relaxante — diz.

*Então é por isso que sua mão está sempre manchada de cores diferentes.* Sorrio para mim mesma.

As imagens são todas tão intrincadas e detalhadas, lindas, mas cientificamente precisas.

— São incríveis. Você poderia publicar um livro com elas.

— Talvez um dia — diz ele. — Eu faço principalmente por amor.

— Você é muito talentoso.

Sang desvia o olhar, mas noto o rubor em suas bochechas.

— Mas então, que tipo de pesquisa você está fazendo aqui?

Sang me leva a uma mesa no canto dos fundos. Inúmeros girassóis estão enfileirados sob luzes ultravioleta. Dezenas de plantas mortas estão em uma lixeira ao lado deles.

— Estou buscando uma maneira melhor de me livrar de plantas nocivas e ervas daninhas. Bruxos são tão ligados à natureza que dói fisicamente arrancar plantas da terra, e mesmo que a gente esteja acostumado, esse tipo de estresse tem seu preço. A mesma coisa acontece com as plantas; elas ainda estão vivas quando são arrancadas da terra, e é incrivelmente chocante para elas. Pulverizá--las com produtos químicos não é nem um pouco melhor. Esta é basicamente uma alternativa mais humana para matar essas plantas.

— Se o Sol tivesse favoritos, tenho certeza de que você ganharia — digo.

— Olha a Atemporal falando.

— O que você inventou? — pergunto, olhando para as flores.

— É basicamente uma fotossíntese reversa. Se você extrair a luz do sol antes que ela seja convertida em energia pela planta, você interrompe o ciclo de crescimento dela. A planta morrerá, mas pacificamente; é o equivalente a um humano não receber oxigênio suficiente e simplesmente adormecer.

— Como você extrai a luz da planta?

— Essa é a parte complicada. Você tem que ignorar toda a luz solar na área e isolar apenas o que está nas folhas. Depois de encontrá-la, você consegue extraí-la aos poucos. Mas, para funcionar, a força da extração deve ser exata; a menor variação pode fazer com que a luz volte com tudo para a planta. Ainda estou trabalhando nisso.

— Incrível — digo, estudando os girassóis.

— Um dia gostaria de publicar minha pesquisa pela Associação de Magia Solar para que outros bruxos possam adotar essa prática. Isso daria uma maneira de remover plantas sem a dor e o estresse que acompanham o processo. Também estou vendo muitos indicativos de que o solo fica mais saudável com esse tipo de capina. Quando uma planta morre dessa forma, todos os seus nutrientes são reabsorvidos pela terra, criando um ambiente mais rico; a planta se torna um tipo de fertilizante. Ainda é cedo, mas estou animado com as possibilidades. — Ele se afasta da mesa e olha para mim. — Eu não contei isso para ninguém além de você.

Agora entendo por que Sang me trouxe aqui. Ele quer proteger seu projeto de fotossíntese reversa do mesmo jeito que eu quero proteger minha habilidade de invocar magia fora da minha estação.

— Obrigada por me mostrar isso. Estou impressionada, de verdade.

— Valeu. É um trabalho de amor — ele diz com um sorriso.

A sala é tão pequena e Sang está tão perto de mim. Seria fácil deixar as costas da minha mão roçarem na dele, deixar meu corpo se inclinar em sua direção. Sou atraída para Sang como um ímã, e é preciso muito esforço para não soltar e me grudar nele.

— Você sabe qual era o uso mais comum para essas casas?

Seus olhos encontram os meus, e não consigo desviar o olhar.

Balanço a cabeça. Tento me lembrar do que aprendi na aula, mas estou distraída demais.

— As pessoas vinham aqui para se apaixonar — diz ele.

Seus olhos estão mergulhados nos meus, enviando palpitações de calor por cada centímetro quadrado do meu corpo. Eu pigarreio e olho para baixo.

— Eu fiz uma coisa para você. — Sang caminha até uma mesa no canto da sala e pega um frasquinho de líquido, que traz de volta para mim.

— Isso é algum tipo de poção para fazer eu me apaixonar por você?

As palavras saem de meus lábios antes que eu possa detê-las. Um sorriso puxa os cantos da boca de Sang.

— Por quê? — ele pergunta. — Iria funcionar?

Ele está tentando segurar o sorriso, mas suas covinhas o denunciam.

— Eu sou bem determinada.

— É mesmo? — ele questiona, chegando tão perto que sinto sua respiração na pele.

Eu quero acabar com o espaço entre nós, me aproximar cada vez mais até a gente encaixar um no outro. Então penso em Paige e no raio que a atingiu. Em Paige e no jeito que ela me olhou quando terminei com ela, traída, furiosa e destruída.

Não posso fazer isso.

Afasto o olhar e dou um passo para trás.

— Você vai me dizer o que está no frasco ou não? — pergunto.

— É um elixir dos sonhos — diz. — Nós não usamos muito essas coisas hoje em dia, mas os antigos bruxos acreditavam que havia elixires para tudo. Talento, coragem, força. Diferentes plantas criam diferentes elixires, que você pode usar como perfume.

Sang segura o frasco entre nós, o líquido âmbar brilhando na luz.

— Você não precisa de um elixir de talento — diz ele. — Você já é talentosa.

Quero me forçar a olhar para qualquer outro lugar que não seu rosto, mas não consigo.

— Você não precisa de um elixir de coragem — ele murmura. — Você já é corajosa.

Ele me entrega o frasco, colocando-o suavemente na palma da minha mão. Eu estremeço quando seus dedos roçam nos meus.

— Você não precisa de um elixir de força. Você já é forte.

— Então para que serve? — pergunto, forçando minha voz a ficar firme.

— Existe uma velha crença de que, se você pegar uma pequena amostra de cada planta de uma casa de imersão e falar seus sonhos mais audaciosos em voz alta enquanto aplica o elixir, eles se tornarão realidade.

Olho ao redor da sala, para as centenas de plantas que nos cercam.

— Tem uma amostra de cada planta neste elixir?

— Sim, estou trabalhando nisso já faz um tempo.

A voz dele é calma, tímida. Sua confiança de antes se foi, e suas bochechas o traem, tingidas de vermelho-escuro.

Eu rolo o frasco na mão. É o melhor presente que já ganhei.

— Nem sei o que dizer. Eu amei. Obrigada.

— Não consigo nem imaginar como este ano foi difícil para você. Eu e os outros bruxos podemos tentar e falhar em particular, mas espera-se que você faça tudo na frente dos outros. E sabe-se lá como as coisas vão mudar quando a escola descobrir sobre seu novo poder.

Eu engulo em seco.

Sang se apoia em uma mesa, mas sem tirar os olhos dos meus.

— Acho que eu só queria que você soubesse que não está sozinha. Eu queria me expor do jeito que você é forçada a fazer diariamente.

Não digo nada. Dói engolir, e minha garganta se aperta com todas as palavras que estou tentando engolir. Estou sobrecarregada, com medo de chorar se falar.

Sang parece tomar meu silêncio como um desagrado da minha parte, porque acrescenta rapidamente:

— Eu sei que não é a mesma coisa, nem de longe. Só pensei...

— Obrigada — digo, interrompendo-o.

Devagar, vou até Sang e passo meus braços em volta do pescoço dele.

— Obrigada — repito, minha voz nada além de um sussurro. Minha respiração toca seu pescoço, e arrepios sobem por sua pele.

Sang envolve minha cintura com os braços e me puxa mais para perto, tanto que nossos corpos se alinham perfeitamente, se tocando em todos os pontos. Ele tem cheiro de chá preto e mel, e eu descanso a cabeça em seu ombro e fecho os olhos.

— Eu gosto de você, Clara Densmore. — Seu tom é derrotado, como se tivesse feito algo errado, como se estivesse com medo de que eu fosse ficar decepcionada com ele. — Eu gosto tanto de você.

Lágrimas ardem nos meus olhos. Eu me forço a não chorar e luto contra as palavras subindo pela minha garganta. Nós nos abraçamos por muito tempo, sua confissão pairando no ar como a neblina ao amanhecer.

E, neste momento, estou cansada demais para lutar. Estou cansada demais para nadar contra a corrente.

Eu me inclino para trás e encaro seus olhos perfeitos. O ar entre nós está carregado e, antes que eu possa me convencer a desistir, antes que eu possa me maravilhar com um desejo que só senti no verão, me deixei levar.

Eu beijo Sang.

No começo, ele está atordoado, ainda. Então seus braços se apertam ao redor do meu corpo, e estamos caindo e caindo pela borda da cachoeira, suas mãos no meu cabelo e seus lábios nos meus.

Ele me beija como se isso pudesse nunca mais acontecer, lenta, profunda e deliberadamente. Há uma gentileza na maneira como ele abre a boca e gira a língua na minha, como ele passa as pontas dos dedos pelas laterais do meu rosto e no meu pescoço como se estivesse memorizando minhas formas. Ele me toca como toca suas flores, com confiança, admiração e adoração. Me banha de calor, e eu me jogo nele, tentando chegar mais perto ainda.

Nós tropeçamos em direção à mesa atrás dele, vasos balançando com o movimento, mas nossos lábios nunca se separam. Estou sem fôlego com um desejo que não sabia que tinha. Beijá-lo parece fome e ficar de pé na chuva e cair do topo de uma montanha-russa, tudo de uma só vez. Estou desesperada por ele e me jogo nele ainda mais, sem nunca chegar perto o suficiente. Um vaso cai da mesa e se estilhaça no chão, mas não paramos.

Se eu fosse capaz de derreter, acho que derreteria bem aqui no chão desta casa de imersão, porque não há uma única preocupação me sustentando.

As preocupações virão depois. Eu sei que vão.

Mas agora, com a boca de Sang na minha e seus braços em volta de mim, eu me deleito com a queda.

CAPÍTULO

# vinte e cinco

*"Adoro o jeito como a chuva é aceita em todas as suas formas. Às vezes como tempestade. Às vezes como garoa. E como às vezes descansa e observa o mundo antes de cair."*
— *Uma estação para todas as coisas*

Não consegui dormir ontem à noite, despertada pelo fantasma dos lábios de Sang nos meus, pelo sensação de sua mão segurando minha lombar. Pelas preocupações que cresciam a cada segundo que passava. Estou com tanta raiva de mim mesma por deixar isso acontecer, e ainda assim não consigo desejar que não tivesse acontecido.

Sang está em perigo. Ele já estava antes de nos beijarmos, e está agora. A única diferença é que não posso mais negar.

Há uma pequena esperança no fundo da minha cabeça de que talvez eu esteja no controle agora. Estamos treinando juntos há muito tempo. Minha magia o conhece. Se fosse atacá-lo, já teria feito isso. Nós trocamos socos na neve, pelo amor do Sol. Se fosse machucá-lo, essa teria sido a chance perfeita.

Mas não foi o que aconteceu.

Em vez de machucá-lo, nos mostrou um novo tipo de magia.

E talvez Sang seja isso: um novo tipo de magia.

Dou comida para Nonó e corro para encontrar Sang no prédio da administração. Ele já está esperando por mim do lado de fora, e não posso impedir meus olhos de se dirigirem para seus lábios, a minha mão de roçar na dele. Eu desvio o olhar para me impedir de eliminar o espaço entre nós.

A primavera deixou tudo mais colorido, como se as árvores, as flores e a grama estivessem cobertas de um plástico que agora foi arrancado. Tudo ainda está aqui, mesmo depois da geada, da terra congelada e dos ventos fortes que quebraram galhos. Tudo sobreviveu e está acordando novamente, sendo tirado do sono pela chuva suave e pela terra mais quente.

— Preparada? — pergunta Sang.

Concordo com a cabeça e entramos juntos no prédio da administração.

— Entrem — diz a sra. Beverly.

Sang e eu nos sentamos na frente da sra. Suntile e do sr. Burrows; é bom tê-lo do meu lado da mesa em vez de do deles.

Sang começa, contando sobre seu projeto de fotossíntese reversa e o progresso que fez na pesquisa. Conta como conseguiu extrair a quantidade exata de luz solar das plantas para fazê-las morrer de forma pacífica. Ele explica como esse método de capina elimina a dor sentida pelos bruxos, como é menos exaustivo para a bruxa, para a planta e para a terra. Sua voz fica mais rápida à medida que ele fala, sua empolgação e amor pelo que faz enchendo a sala com uma leveza que é inegavelmente primaveril.

A sra. Suntile se recosta na cadeira, ouvindo, e me surpreendo quando ela sorri, um sorriso verdadeiro que chega aos olhos e mostra seus dentes. Nunca a vi sorrir dessa forma desde que a conheço, o que quase me faz rir; eu não sou a única afetada pelo efeito Sang.

— Eu gostaria muito de ver sua pesquisa, sr. Park. Parece notável.

— Estou ansioso para mostrá-la a vocês.

Há alívio em sua voz, e Sang relaxa ao meu lado.

— Parece que você conseguiu continuar exatamente de onde paramos na Ocidental — diz Burrows.

*Não graças a você*, quero dizer, mas fico de boca fechada.

Sang acena com a cabeça.

— Estou feliz por ter conseguido encontrar tempo para isso.

Sang fez isso por mim. Ele contou a eles sobre sua pesquisa antes do que gostaria, para que eu não fosse a única vulnerável hoje. Para que eu não ficasse sozinha. Isso me faz querer abraçá-lo bem aqui, bem neste segundo, na frente da sra. Suntile e do sr. Burrows.

Mas tem outra coisa também, uma sensação quente e espinhosa que percorre minha coluna. Meu estômago parece cair três metros. Estou com ciúmes. Com ciúmes de não ser mais a única pessoa que viu a casa de imersão e o projeto de Sang. Ciúmes de que meus olhos não serão mais os únicos em suas ilustrações botânicas. Ciúmes de que o segredo que compartilhamos não seja mais segredo.

E agora tenho que contar a eles o outro segredo, a outra corda invisível que me prende a Sang. Tenho medo de que contar apague nossos momentos, apague as coisas que nos fazem *nós*.

— Agora, vocês têm mais alguma coisa a dizer? — sra. Suntile pergunta, sua voz retornando à sua severidade habitual.

Sang olha para mim com expectativa. Torço as mãos no colo e meu coração martela dentro do peito.

— Sim. Mas é algo que preciso mostrar a vocês.

— O que é? — Impaciência surge em sua voz, mas quero fazer isso do meu jeito. Manter pelo menos uma aparência de controle.

— É algo pelo qual vale a pena sair do escritório.

A sra. Suntile bufa, sem se preocupar em esconder sua irritação.

— Bem, então vamos ver.

Ela se levanta, e nós quatro saímos do prédio da administração em direção à fazenda nos arredores do campus. O ar está fresco e o céu está claro, um tom perfeito de azul convencendo as plantas a voltarem à vida.

O sr. Burrows conversa com Sang sobre seu projeto enquanto caminhamos, sua voz entusiasmada e solidária, fazendo perguntas e apresentando hipóteses. É um vislumbre de como a relação deles deve ter sido na Ocidental, o que me deixa com raiva pela experiência de Sang aqui ter sido tão diferente do que lhe foi prometido.

E, no entanto, sou muito grata por isso, grata por ele estar esperando por mim no campo toda vez que treino, grata por ele estar ao meu lado quando vou mal e quando vou bem e tudo mais.

Grata por ele.

A fazenda está silenciosa quando chegamos lá, hectares de terra esperando pacientemente pela colheita do outono. Se a sra. Suntile está surpresa por estarmos aqui em vez de no campo de treinamento, ela não demonstra.

— Tudo bem, srta. Densmore, o palco é seu.

O sr. Burrows está ao lado dela e os dois esperam com expressões de expectativa no rosto. Olho para Sang, que me dá um aceno encorajador. Mas me sinto congelada no lugar, tudo travado, exceto as fortes batidas do coração.

Nunca poderei reverter essa situação. Assim que eles virem o que posso fazer e perceberem o que significa, tudo vai mudar.

E a coisa que passei minha vida evitando se tornará *toda a minha vida*.

Respiro fundo e fecho os olhos. Tomei minha decisão há muito tempo, quando o sr. Hart morreu e o sr. Burrows me fez passar por aquele teste. Quando Paige me chamou de desperdício e Sang me disse que fui feita para isso.

Quando comecei a acreditar nele.

— Sra. Suntile, você poderia, por favor, se preparar para usar sua magia? Não faça nada de fato, apenas chame-a à tona.

Não abro os olhos; não quero ver o olhar em seu rosto ou o jeito como o sr. Burrows me observa com dúvida.

A sra. Suntile não diz nada, mas sinto o fluxo lento e um tanto triste da magia do outono, e sei que ela está fazendo o que pedi. Mas, quando tento alcançá-la, não consigo.

Eu consigo senti-la, mas não alcançá-la.

Tento várias e várias vezes, mas nada acontece.

Abro os olhos e vejo a sra. Suntile me encarando com um misto de pena e aborrecimento. Eu nunca vou conseguir tirar um sorriso dela.

— Então?

É aí que entendo. Não posso pegar sua magia, amarrar nossas estações, porque não confio nela.

— Só um segundo — peço. Puxo o braço de Sang para o lado, ignorando o sr. Burrows quando ele se inclina para a sra. Suntile e sussurra algo. — Eu estou sentindo a magia dela, mas não posso criar o nó de que preciso porque não confio nela.

Tinha a expectativa de que Sang listasse as razões pelas quais eu deveria confiar nela ou explicar como esse poder é bom para todos nós, mas ele não diz nada disso. Depois de pensar um pouco, ele diz:

— Existe algum outonal em que você confia?

— Eu confiava no sr. Hart.

— Tente pensar nele. A mesma magia que estava nele está na sra. Suntile também, então finja que você está lidando com ele.

A sra. Suntile olha para o relógio.

— Não tenho o dia todo, srta. Densmore. Tenho uma escola para administrar.

Eu me aproximo dela de novo.

— Estou pronta agora. Por favor, chame sua magia — digo.

Fecho os olhos e começo de novo. Imagino o sr. Hart e sua calma, como ele nunca perdia a paciência nem exigia mais do que eu era capaz de fazer. Como ele sempre respeitou meus limites e nunca perdeu a fé em mim. Como ele pensava que o meu mudar com as estações me tornava poderosa em vez de fraca, extraordinária em vez de volátil.

Lentamente, mando minha magia pelo ar e, desta vez, ela se agarra à da sra. Suntile. Eu puxo e puxo e puxo. A sra. Suntile fica rígida e luta contra mim, resistindo com todas as suas forças. Mas eu continuo puxando, indo com a corrente.

Quando tenho um fluxo sólido de magia de outono, eu a envio para a terra abaixo de nós e envolvo as sementes de abóboras-morangas. Com gentileza, digo para as sementes crescerem, encharcando-as com a magia que as faz brotar do chão.

Os brotos se tornam trepadeiras, longas e densas, com grandes folhas verdes que cobrem a terra. As trepadeiras serpenteiam entre nós e envolvem nossas pernas. As abóboras crescem sem parar, até estarem maduras para a colheita. Mesmo o frio do início da primavera não consegue segurar a magia do outono.

Abro os olhos e lentamente solto o poder da sra. Suntile. Ele volta para ela em um fluxo constante, depois desaparece.

A sra. Suntile está olhando para o chão. Ela se inclina e toca as folhas, passa os dedos sobre as abóboras que deveriam ser impossíveis de colher na primavera. Seus olhos brilham com lágrimas e suas mãos tremem.

— A razão pela qual você ficou decepcionada com o meu desempenho durante o treinamento do incêndio florestal é que minha função não é usar a magia dos bruxos que estão em sua estação. Eles já estão fazendo o que nasceram para fazer; por que tirar a magia deles e me dar?

Eu me curvo e puxo uma abóbora pequena do caule, depois a jogo para Sang. Ele pega, seu rosto cheio de admiração, adoração e espanto, embora eu não saiba bem se é pela abóbora ou por mim. Provavelmente ambos.

Pego outra abóbora e entrego para o sr. Burrows, que fica boquiaberto, depois mais uma para a sra. Suntile. Ela a segura com cuidado.

— As bruxas que estão esperando sua vez com o sol, cuja magia está fraca e ineficaz por não estarem na estação certa... é aí que posso ajudar.

— Clara, você entende o que isso significa? — Eu me arrepio com o som do meu nome em sua boca. — Todas as bruxas morrendo de esgotamento, o clima atípico com o qual não conseguimos lidar... — Sua voz vai sumindo.

— Eu entendo.

— Nunca poderíamos ter previsto esse tipo de magia — diz Burrows, olhando para a abóbora madura, com a voz calma. Reverente. A sra. Suntile se assusta quando ele fala, como se tivesse esquecido sua presença. — Como você descobriu isso?

Penso na minha briga com Sang, quando jogamos magia um no outro e rolamos na neve. Como estávamos com raiva. Como estávamos desesperados. Calor sobe pelas minhas bochechas, e baixo os olhos.

— Nós brigamos — Sang responde simplesmente, e eu olho para ele. Seus olhos se prendem aos meus, e há algo neles que me faz amaldiçoar o fato de não estarmos sozinhos. Quero me atirar em cima dele bem aqui, neste campo, entre as abóboras, e sentir sua boca na minha. Pelo jeito que ele olha para mim, sei que está pensando a mesma coisa.

— Uma briga? — Sra. Suntile pergunta, interrompendo nosso momento.

— Estávamos bravos um com o outro — digo, mantendo meus olhos em Sang. — Eu tentei jogar uma tempestade nele e, quando estava buscando a minha magia, de alguma forma acabei pegando a dele.

Um arrepio percorre minha coluna. Preciso que a sra. Suntile e o sr. Burrows saiam.

— Incrível — diz ela, voltando a estudar a abóbora em suas mãos.

— Gostaria que você fizesse uma demonstração comigo, para que eu saiba qual a melhor forma de estruturar seu treinamento daqui para frente — diz Burrows depois de ficarmos quietos por um tempo.

Eu me aproximo dele para começar a fazer isso, mas então paro. Não tenho que fazer isso por ele. Dou um passo para trás.

— Não, acho que não. Não é necessário que você tenha essa experiência em primeira mão para fazer planos de aula eficazes. Eu entendo que você saiba mais sobre atemporais do que qualquer outra pessoa da escola e vou seguir seus planos de treinamento, mas não devo isso a você — digo, do modo mais neutro possível. Não pareço irritada nem chateada, e meu coração bate no ritmo normal.

Isso me faz sentir como se minha magia não fosse a única coisa que está ficando mais forte.

A sra. Suntile levanta as sobrancelhas, mas não diz nada. Se eu não a conhecesse, diria até que ela parece orgulhosa. O sr. Burrows começa a responder, mas a sra. Suntile fala por cima dele.

— Me parece adequado.

Para ser justa, o sr. Burrows se recupera do fora rapidamente.

— Talvez outra hora, então — diz ele. — Sang é um vernal, então precisaremos que você comece a praticar com bruxos de outras estações imediatamente. — O sr. Burrows se vira para Sang. — Eu quero que você supervisione enquanto ela começa a treinar com outras pessoas. Claramente há algo na parceria de vocês que ajudou a srta. Densmore a alcançar todo o seu potencial.

A sra. Suntile acena com a cabeça. O sr. Burrows não está errado, mas algo na maneira como ele diz parece que está invalidando todo o meu esforço.

— Fico feliz em supervisionar — diz Sang —, mas foi ela que fez todo o trabalho.

— Sang, se eu for praticar com outras bruxas, tem certeza de que não quer voltar aos seus estudos? — Viro para o sr. Burrows. — Você trouxe o Sang para estudar botânica e fazer pesquisa, não para treinar comigo.

— Acho que ainda tenho gás para mais algumas sessões — responde Sang, e dou a ele um olhar agradecido. Quero que ele faça sua pesquisa e estude o que ama, mas não estou pronta para treinar com alguém novo.

— Então está resolvido — diz a sra. Suntile. — Sr. Park, venha conosco. Precisamos criar um novo cronograma de treinamento. Você sabe mais sobre as capacidades da srta. Densmore do que nós.

A sra. Suntile deixa sua abóbora cair no chão, assim como o sr. Burrows, e eles saem do campo juntos, falando um por cima do outro.

Mas a memória da minha briga com Sang — e o que veio depois — ainda não desapareceu, e nos nós olhamos com a mesma necessidade. A mesma vontade.

— Mais tarde — ele sussurra, me beijando suavemente antes de seguir a sra. Suntile.

A abóbora que dei a ele continua em segurança sob seu braço, e perceber isso me deixa tão atarantada que é aí que sei que estou mais envolvida do que deveria.

Porque, se eu estiver errada, se não estiver totalmente no controle da minha magia, ela o encontrará.

E eu serei incapaz de impedir.

CAPÍTULO

# vinte e seis

*"Na dúvida, plante algo."*

— *Uma estação para todas as coisas*

São seis e meia da manhã. Cedo o suficiente para ter o campus só para mim, tarde o bastante para ouvir os pássaros cantando e os animais acordando. Todos os dias, há novas flores para ver e diferentes aromas no ar, grama mais longa para percorrer e sebes mais espessas para circundar.

O treinamento está indo bem, e a sra. Suntile está exultante com o que posso fazer. Sua crença de que posso estabilizar a atmosfera e evitar que as bruxas morram de esgotamento enquanto trabalhamos com os sombreados para curar a Terra me assusta.

Eu penso na citação de Alice, sobre ter certeza de que sua magia valeu alguma coisa. E sei que me certifiquei de que a minha vale.

Cada vez que a uso, cada vez que convoco magia fora de estação, cresce dentro de mim a esperança de que encontrei meu controle. Que minha magia nunca mais vá machucar outra pessoa. A esperança é tão densa, tão plena, que é como se meus órgãos estivessem envoltos em hera, como se hortênsias tivessem crescido dentro de mim até meu corpo inteiro florescer.

Mas um novo pensamento, mais sombrio, me encontra em momentos de medo e incerteza: se eu não tiver controle sobre meu poder, se Sang nunca estiver seguro enquanto eu for uma bruxa, eu ainda posso ficar para o eclipse. Posso ter minha magia drenada. E Sang e eu poderíamos ficar juntos, sabendo que ele estaria em segurança.

É um pensamento egoísta, ao qual não me detenho, mas que está lá, à espreita, no fundo da minha mente. E traz consigo uma pergunta que dói tanto que me rouba o fôlego a cada vez que penso: se eu não fosse mais uma bruxa, Sang ainda me quereria?

Eu solto o ar. Preciso fugir dos pensamentos que se recusam a ficar quietos.

Sigo o caminho na floresta, longe do centro do campus. Tenho a trilha só para mim, embora tenha certeza de que Paige está aqui em algum lugar, os pés na terra molhada, a respiração pesada. Ela é corredora desde que a conheço, acordando antes de todo mundo do campus e correndo quilômetros, não importa o clima.

Uma camada baixa de neblina paira nas árvores. É irregular, dando lugar a troncos de árvores e arbustos ao longe. O nevoeiro é uma das minhas condições meteorológicas favoritas. Na maioria das vezes, são os bruxos que entram em contato com o clima. Nós puxamos as nuvens para mais perto de nós ou formamos nossas próprias. Mas o nevoeiro é a maneira de a atmosfera entrar em contato conosco, se aproximando o suficiente para que possamos tocá-la, senti-la em nossa pele e respirá-la em nossos pulmões.

Tudo está calmo. Pacífico.

Corro por cima de raízes e pedras, samambaias se estendem e beliscam meus tornozelos. A trilha começa a se inclinar e eu subo com ela, minha respiração ficando mais rápida. Quanto mais eu subo, mais frio fica o ar, um frescor que me impulsiona adiante. A neblina fica densa e eu a atravesso até ficar acima das nuvens. Então a névoa espessa é substituída pela luz do sol que passa por entre os galhos e cobre o ar com linhas douradas. O som nítido de suspiros é levado pela brisa, o barulho que as flores fazem quando desabrocham. Fica cada vez mais alto, e eu corro em direção ao som até ver uma clareira ao longe.

A trilha agora não está muito bem definida. Eu salto por cima de galhos e atravesso a vegetação rasteira até escapar das copas das árvores. A clareira é grande, com vários acres de extensão, a parte mais próxima de mim coberta de flores silvestres. Cardos-roxos e miosótis, rosas-caninas e sanguinárias, lírios--do-bosque e flores de chicória cobrem a terra como tinta em uma tela. Tons de rosa, azul, branco e vermelho flutuam sobre a grama verde e a terra úmida.

A luz do sol encharca o campo de amarelo, secando o suor da minha pele. Eu paro e coloco as mãos nos quadris, esperando minha respiração desacelerar.

No meio do campo, uma grande bétula branca se ergue do mar de flores. Folhas verde-claras pendem de seus galhos e farfalham na brisa, e eu não tenho dúvidas de que é a nossa bétula. Minha e de Sang, a que cresceu quando usei sua magia pela primeira vez.

Está maior agora e coberta de folhas, mas é a nossa.

Eu sabia que ele havia arrancado a árvore do campo de treinamento e a replantado em outro lugar, mas não consigo imaginar como ele conseguiu trazê-la aqui para cima. Quero ir até a árvore, tocá-la e provar a mim mesma que é real, mas estou presa na beira do prado. Está tão cheio de flores que não tenho como andar sem esmagar algumas. Eu me sinto inexplicavelmente atraída por este lugar, como se as flores estivessem suspirando só para me chamar. O ar está fresco e perfumado, então me sento na terra, sem me importar que esteja úmida o suficiente para encharcar minha legging.

Estudo na Oriental há dez anos e, embora nossos jardins sejam lindos, isso é algo completamente diferente.

Um zumbido me assusta e me levanto rapidamente, dando um passo para trás em direção às árvores até que fique escondida nas sombras. Fico perfeitamente imóvel.

O zumbido fica mais alto e reconheço a voz de Sang instantes antes de vê-lo. Ele subiu por um caminho diferente e entrou na clareira muitos metros à minha direita. Ele caminha para o lado oposto de onde estou e, instintivamente, dou outro passo para trás.

Quero correr na direção dele e passar meus braços ao redor de sua cintura e beijá-lo sob os galhos da nossa árvore, mas algo me mantém enraizada no lugar. Ele anda de um jeito que me diz que conhece esse campo, que é dele.

Sang larga a bolsa carteiro em uma pedra e se senta na grama. Ele parece tão perfeito aqui, cercado por flores, grama e árvores, que isso me faz sentir culpada, sabendo que está sendo tirado de algo que ama tanto só porque sua magia flui em uma torrente de calma. Ele é incrível com o clima; sua magia é melhor do que a de qualquer outra pessoa que eu conheça. Mas é aqui que Sang está em casa, e isso o preenche de uma maneira única.

Eu sei que deveria dizer alguma coisa, me anunciar de alguma forma, mas a curiosidade me mantém no lugar. Ele se inclina e enfia as mãos na grama. Prímulas se erguem e florescem bem na sua frente. As flores cobrem a parte mais distante da clareira com delicadas pétalas amarelas que estão no topo de folhas verde-escuras.

As prímulas crescem com contentamento, e percebo com espanto que este campo veio inteiramente da magia de Sang, plantando suas emoções na terra e vendo-as se transformarem em flores silvestres.

Penso em todas as vezes que ele deve ter vindo até aqui para conseguir preencher a clareira desta forma. Suas flores vão do amor à solidão, da felicidade à raiva, do desejo à frustração. Olhar para elas me deixa impressionada, este mapa do coração de Sang traçado diante de mim como estrelas no céu.

Sinto um calor subindo pelo meu pescoço e dou um passo para trás o mais silenciosamente possível. Este lugar é inegavelmente de Sang, cada flor, cada suspiro, cada cor representando uma parte oculta dele mesmo. Quero tanto saber o que motivou cada flor — o que ele ama, o que o deixa louco, o que o deixa feliz e frustrado. Quero saber de tudo.

Mas nada disso é para mim e, se eu conhecesse todas as emoções que deram vida a este campo, nunca poderia me afastar dele. Este prado é Sang quando está sozinho, quando tem certeza de que ninguém mais está olhando, e a beleza disso me tira o fôlego.

Eu não deveria ficar aqui. Cada movimento que ele faz — como ele planta seus sentimentos na terra como sementes, como seus olhos brilham a cada nova flor que desabrocha, como ele suspira quando olha para o campo — é demais.

É tudo.

Ele se levanta e pega uma garrafa térmica, um bloco de desenho e um estojo de plástico de sua bolsa, então lentamente vai até a bétula. Ele pisa com cuidado sobre as flores e se senta na base da árvore, então se reclina no tronco, toma um gole do que tenho certeza que é chá preto e fecha os olhos. Depois de alguns momentos, ele abre seu caderno de desenho, pega um lápis do estojo e começa a desenhar. Eu me pergunto que espécie ele está ilustrando hoje, que planta vai ganhar vida com os movimentos de sua mão.

O mais silenciosamente possível, me afasto e começo minha descida pela floresta. E, quando tenho certeza de que Sang não vai me ouvir, começo a correr. Corro forte e rápido, lutando contra os músculos doloridos e o peito queimando, lutando contra meus próprios desejos, minhas frustrações, meus medos. Corro pela trilha e atravesso o campus, até meu pequeno chalé na floresta, o lugar que deveria evitar que algo assim acontecesse.

Esse sentimento é totalmente novo para mim. Tudo o que eu já vivi em relação a romances são corações acelerados e noites apaixonadas, altos e baixos, inquietação, impaciência e ansiedade. Tudo que eu tinha com Paige.

Tudo que sempre só aconteceu no verão.

E é aí que um novo medo me domina, algo que não tem nada a ver com a minha magia. Vou me apaixonar ainda mais por Sang no verão — é o que a estação sempre significou para mim. Mas o primeiro dia de outono suga todos esses sentimentos e os joga fora como se fossem folhas ao vento.

É o fim.

O pavor que percorre meu corpo é muito parecido com o pavor de me apaixonar por ele e não poder fazer nada a respeito.

Mesmo que eu tenha minha magia sob controle, mesmo que ela nunca vá atrás dele, nunca o machuque, meus sentimentos são algo completamente diferente.

E, quando chegar o outono, não terei controle algum.

CAPÍTULO

# vinte e sete

*"Pessoas, tanto sombreadas quanto bruxas, vão te surpreender se você permitir. Algumas surpresas vão ser ruins, mas outras... outras serão incríveis."*

— *Uma estação para todas as coisas*

Uma semana depois, estou seguindo em direção ao campo de treinamento para o primeiro teste usando minha nova magia. É um dia perfeito de primavera, o sol brilhante encharca o campo e a terra está úmida pela recente chuva. Tudo está colorido, em tons de verde, azul, rosa e amarelo. O inverno já foi praticamente esquecido.

Sang está esperando no campo quando chego lá, mas o sr. Burrows e a sra. Suntile não estão junto.

— Oi — digo, largando minha bolsa e estendendo os braços para ele. Ele pega minha mão, mas está tenso e distraído. — Qual o problema?

Ele beija minha mão e me lança um olhar de desculpas.

— O sr. Burrows achou que estava na hora de você fazer outro teste fora do campus. Ele está esperando com a sra. Suntile, vamos encontrá-los lá.

O pavor agita meu estômago, mas eu me forço a engolir o medo. Sang estará lá. A sra. Suntile estará lá. E agora, mais do que nunca, estou no controle da minha magia.

— Onde?

— Eu fiz um mapa: toda a área é terra de cultivo.

— Ótimo — digo, pegando minha bolsa do chão. — Vamos acabar logo com isso.

Sang entrelaça seus dedos aos meus e caminhamos até o estacionamento. É uma coisa tão simples, andar pelo campus de mãos dadas com o garoto que eu gosto, mas parece monumental, significativo de uma maneira que não consigo explicar.

Ele não se importa de segurar minha mão na frente de todos porque acredita que isso vai continuar acontecendo. Mesmo conforme nossa conexão fica mais forte e minha magia reconhece o que temos. Mesmo conforme as estações mudam e o eclipse se aproxima.

Eu engulo em seco e seguro sua mão com mais força. Ele deve pensar que estou preocupada com o teste, porque para e olha para mim.

— Você vai se sair muito bem — ele diz, e eu assinto, porque não quero que ele saiba que estou distraída com o que o futuro, com o que a minha magia, guarda para nós.

Estou distraída por uma decisão que não me sinto pronta para tomar.

Mas sei que estou ficando mais forte. Estou demonstrando um nível de controle que seria impensável um ano atrás. Talvez eu não tenha que escolher, no final das contas.

Hoje é a oportunidade perfeita para provar a mim mesma que a esperança que sinto crescendo dentro de mim é justificada.

Entramos na caminhonete de Sang e seguimos para as fazendas a leste. A luz do sol reflete no para-brisa e banha os campos ao redor com seu calor, chamando as plantas para fora da terra.

Sang sai da rodovia e entra em uma estrada de terra estreita onde a sra. Suntile e o sr. Burrows estão esperando. Há uma casinha vermelha ao longe e infinitas fileiras de cevada se estendendo dos dois lados. Montanhas delimitam a fronteira norte da fazenda, os últimos rastros da neve do inverno cobrindo seus picos.

Sang desliga o motor e aperta minha mão.

— Você consegue. Eles ficarão encantados, exatamente como eu.

Eu levanto uma sobrancelha.

— Espero que não *exatamente* como você.

Ele ri.

— Você nunca consegue manter as coisas estritamente profissionais, né?

— Isso parece ser uma fraqueza minha quando se trata de você.

Sang se inclina para mim.

— Que bom — sussurra. Então abre sua porta e sai da caminhonete.

— Bem-vinda ao seu segundo teste fora do campus — diz o sr. Burrows quando me aproximo, como se isso fosse algo pelo qual eu ansiava. Como se o primeiro teste não tivesse sido completamente ultrajante. — Temos um teste bem simples para você hoje — continua ele. — Se conseguir se sair bem, será o último até a entrada do verão.

Isso por si só é suficiente para me fazer ficar mais atenta e concentrada.

— Me parece uma boa ideia — digo, esperando que ele perceba o significado das minhas palavras.

— Mas você não vai gostar — ele continua, como se eu não tivesse falado.

Meu coração bate mais rápido, e eu olho para a sra. Suntile em busca de algum tipo de segurança, mas sua expressão não revela nada.

— Por quê? — pergunto, mantendo meu tom estável. Calmo.

— Porque requer o uso de magia invernal.

— Sério? Você não acha um pouco patético usar um teste para conseguir o que quer? Eu te disse que não usaria sua magia e estava falando sério.

— A escolha é sua — ele diz casualmente. — Você não precisa participar.

Eu olho dele para a sra. Suntile e de volta.

— Não?

— Não — repete ele. — Vamos pensar em outro teste se você optar por não fazer este. — Ele faz uma pausa. — Mas você nem sempre vai gostar dos bruxos com quem tem que trabalhar. Se quiser passar para o próximo nível do treinamento, preciso saber que podemos ter confiança de que você pode trabalhar com qualquer pessoa. Caso contrário, não faz sentido Sang e eu estarmos mais aqui.

Fecho os punhos ao lado do corpo.

— O trabalho que você está fazendo com Sang levou a isso. Você sabe como controlar sua magia em um ambiente calmo e confortável. Agora é hora de controlá-la quando está com raiva e chateada — diz Burrows.

Ele gesticula para a montanha.

— Aquela neve está no limite, pairando bem em torno do ponto de congelamento. Não será preciso quase nenhuma magia para aquecê-la poucos graus. A neve deságua em um rio à medida que derrete gradualmente, mas se derreter toda de uma só vez, o rio vai transbordar. E, se o rio transbordar, este campo será inundado também, afogando a plantação. Quando isso acontecer, você será a única forte o suficiente para impedir o desastre.

— Quando isso acontecer? Você disse que eu não tenho que participar.

— E é verdade — responde o sr. Burrows simplesmente.

Mas ouço as palavras que ele não diz: *Este campo vai ser inundado de qualquer maneira.*

— Estas plantações são o sustento de alguém.

Meus olhos ardem e minha garganta dói pelo esforço que faço para não chorar. Odeio o quão chateada pareço.

Não posso deixá-lo ganhar.

— Vamos — digo para Sang.

Volto para a caminhonete e abro a porta, mas algo me impede de fechá-la. Fico parada e ouço. Então o ar se enche com o som de água correndo. Ela desce a montanha, derrubando plantas e árvores à medida que avança, e destruirá as plantações dos agricultores se eu não fizer algo.

Salto da caminhonete e corro para o lado do sr. Burrows. Fecho os olhos e encontro sua magia surgindo na superfície. É fraca, mas é o suficiente para eu seguir suas instruções.

Eu me agarro à magia e a puxo para fora dele com toda a força que consigo, um poder congelante cortando o ar quente da primavera. O sr. Burrows arfa, um inspirar rápido e superficial, então tropeça para trás.

Com toda a força do inverno, lanço sua magia nas nuvens e reúno o máximo de ar frio que posso. Fico trêmula e minhas mãos tiritam. Quando meu fio de magia está cheio de cristais de gelo, eu o envio em direção à encosta da montanha e o jogo na água corrente, congelando-a assim que faz contato.

Estendo as mãos, mantendo a magia exatamente onde está, garantindo que cada gota de água tenha se transformado em gelo.

A torrente para, e tudo fica em silêncio.

Permaneço onde estou por vários segundos, respirando pesadamente, certificando-me de que não há mais água derretida e nenhuma árvore caindo.

Olho para a montanha, para a trilha de água congelada ao lado, livre das árvores e arbustos que estavam ali momentos atrás. Lentamente libero a magia do sr. Burrows e a jogo de volta para ele em um golpe que o faz perder o equilíbrio.

A cevada parece dourada à luz do sol e balança na brisa leve, sem perceber o quão perto chegou da morte.

A primavera me cerca novamente, e não estou mais com frio.

— Isso foi realmente impressionante — diz Burrows quando recupera a compostura.

— Não fiz isso por você — digo.

— Clara, você pode me achar a pior pessoa do mundo, mas esses testes são feitos para fortalecer sua magia, desafiar seu controle. E funcionam. Veja como você progrediu.

Ele começa a dizer mais alguma coisa, mas saio correndo em direção à caminhonete e bato a porta atrás de mim. Sang entra um momento depois e liga o motor, deixando o sr. Burrows e a sra. Suntile para trás.

Depois de quilômetros sem que nenhum de nós dissesse uma palavra, ele pega minha mão e olha para mim.

— Tá, mas aquilo foi *mesmo* impressionante — ele diz.

Eu dou um empurrão nele, mas então paro.

— Foi, não foi?

— Foi — diz Sang.

Ele olha nos meus olhos pela duração de um suspiro.

E, antes que eu saiba o que está acontecendo, ele encosta na beira da estrada, e diminuo a distância entre nós, deslizando para o seu colo e passando meus braços em volta do pescoço dele. Eu o beijo com a urgência da água rugindo pela encosta da montanha e da minha magia que correu para encontrá-la.

Os braços dele apertam a minha cintura e nós respiramos o ar um do outro, o desejo superando toda a minha raiva de antes. Suas mãos encontram meus quadris e seus lábios deslizam pelo meu pescoço. Minha cabeça cai para trás e eu arqueio as costas antes de devolver minha boca para a dele.

Eu o beijo até o sol se pôr e a lua nascer, até meu corpo inteiro borbulhar de desejo. Até ficar tão escuro que eu o sinto mais do que vejo, dedos percorrendo pele, lábios seguindo em seu rastro.

E, quando nós dois já estamos sem fôlego, nossos corpos doendo por causa do espaço apertado, nos encolhemos na caçamba da caminhonete e observamos as estrelas.

CAPÍTULO

# vinte e oito

*"As plantas conseguem discernir entre o bem e o mal. Elas não vão crescer e florescer para qualquer pessoa."*

— *Uma estação para todas as coisas*

Os dias ficam cada vez mais quentes. O campus está tão vibrante com cores e fragrâncias que é difícil acreditar que o inverno chegou a nos tocar em algum momento. As flores estão desabrochando, a grama está crescendo e o ar está carregado com o doce, fresco e terroso cheiro inconfundível de chuva, o petricor.

Durante os períodos de seca, as plantas secretam óleos que se acumulam na terra e nas rochas e, quando a chuva finalmente chega, esses óleos se misturam e se soltam no ar, enchendo-o com um cheiro que lembra o chão da floresta. É por isso que a primavera tem um perfume tão fresco e novo. O aroma gruda na minha pele e nas minhas roupas.

Quando entro na estufa para a aula, a sala já está cheia. Olho em volta e encontro um lugar ao lado de Paige. Deixo minha bolsa no chão e tiro o moletom. O sr. Mendez vai para a frente da sala e mergulha em uma discussão sobre capina e extração vegetal.

A porta da estufa se abre, e Sang caminha até o sr. Mendez, sorrindo, e aperta sua mão. Eu sabia que ele viria e, ainda assim, meu coração dispara. Sinto o rosto aquecer com a memória do corpo dele sob o meu, seu rosto se inclinando para mim, sua boca no meu pescoço e suas mãos no meu cabelo. Sinto que Paige me encara e finjo não notar.

— Ótimo, nosso convidado especial chegou — diz Mendez. — Este é Sang, nosso aluno de estudos avançados. Vocês provavelmente já o viram no campus ou treinando com Clara. — Sang olha para mim e sorri, e essa troca de olhares parece tão íntima, mesmo com todos os meus colegas ao redor. — O que vocês provavelmente não sabem é que, embora ele seja inquestionavelmente talentoso no campo, sua paixão está na botânica.

A botânica em geral é desprezada pelos bruxos e bruxas que se concentram no clima, mas a alegria inegável de Sang com o que faz torna qualquer tipo de desdém impossível. Até Paige fica bem quieta, sentada ao meu lado. Ela respeita pessoas que são excepcionais no que fazem, independentemente do que seja. Espero que ela não escute meu coração, que disparou quando Sang entrou na estufa. Espero que ela não sinta a eletricidade irradiando da minha pele, do mesmo jeito que costumava acontecer por causa dela.

Respiro fundo e tento relaxar.

— Meu Sol, Clara, se controle — Paige diz pelo canto da boca. — Você também fica tão louca assim quando ele treina com você?

— Srta. Lexington, você quer compartilhar alguma coisa com a classe? — o sr. Mendez pergunta enquanto eu morro de vergonha.

— Não, senhor — diz Paige.

Sang arqueia a sobrancelha para mim, e eu balanço a cabeça. Estou tão constrangida. Quero dizer a Paige que, para constar, eu não ficava tão louca assim antes. Só começou a acontecer recentemente, quando ecos dos lábios dele nos meus, seus dedos na minha pele e a maneira como ele suspira quando beijo seu pomo de adão começaram a inundar minha mente sempre que o vejo.

E ainda estamos na primavera. Não consigo imaginar como será no verão.

O sr. Mendez continua:

— Sang está trabalhando em um projeto que vai revolucionar a forma como arrancamos ervas daninhas e outras plantas invasoras. Vocês são o primeiro grupo de bruxos a ver o método dele, então prestem atenção. Um dia será algo enorme e todos vocês vão poder dizer que se lembram da vez em que viram a primeira demonstração desse método na Oriental. É com você, Sang.

Tento ignorar o rubor que tomou as bochechas de Sang, o sorriso tímido que se forma em seus lábios com o elogio do sr. Mendez. Sang é a personificação perfeita da primavera, gentil e caloroso, com uma confiança silenciosa que irradia.

Ele começa sua demonstração, primeiro falando sobre o custo emocional de arrancar plantas da terra. Os vernais ficam devastados quando as plantas morrem, porque grande parte da nossa magia é focada na vida. A morte é, para nós, o que o calor é para os invernais e o gelo para os estivais: algo com que não estamos preparados para lidar.

Sang se vira para a mesa na frente da sala, onde um girassol saudável está em uma panela de barro.

— Quando arrancamos plantas do chão, é muito chocante para elas. Elas deixam para trás um tipo de estresse que permeia o solo e cria condições de crescimento que não são as ideais. É agressivo para as plantas, agressivo para a terra e agressivo para nós. Mas imagine se fosse possível simplesmente colocá-las para dormir e deixar que sua energia e nutrientes penetrem no solo, criando um ambiente mais rico do que antes, sem causar o trauma de serem arrancadas do solo ou pulverizadas com veneno.

Sua voz faz com que o mundo inteiro fique mais lento, como se fosse o som do mar ou da chuva caindo em folhas de palmeira.

Suas mãos estão cobertas de terra, mas mesmo daqui vejo a leve mancha de aquarela na pele dele. A sala fica totalmente em silêncio enquanto Sang esfrega as pétalas amarelas com os dedos e fecha os olhos. A princípio, parece que nada está acontecendo, mas então um rastro de luz dourada irrompe do girassol e se estende até as mãos de Sang. A classe arfa em uníssono enquanto ele gentilmente tira a luz do sol da flor. A luz pulsa, diminui e enfim desaparece.

Sang se vira para a sala.

— Agora que a luz do sol foi extraída da planta, ela não tem mais energia. Podemos remover a luz mais rápido do que a planta consegue absorvê-la, enfraquecendo-a a tal ponto que não é mais capaz de crescer. — Comprovando suas palavras, o girassol já começou a murchar.

— Isso é incrível — Paige diz ao meu lado.

— Como você diferencia entre a luz do sol na planta e a luz do sol em qualquer outro lugar? — Ari pergunta.

— Com muito treino — diz Sang com uma risada. — Estou trabalhando nisso há oito meses e foi um processo com muitas tentativas e erros. É por isso que estou demonstrando em um girassol: o caule é bem grande, tornando mais fácil encontrar a luz do sol nela. Ainda estou tentando fazer isso com plantas e flores menores.

Vários outros alunos fazem perguntas e Sang responde com entusiasmo e simpatia. Quero pular e gritar que vi isso antes de qualquer outra pessoa, que era nosso segredo primeiro. Eu me pergunto se ele se sente assim quando treino com outros bruxos, usando a magia deles em vez da sua.

Paige se inclina em minha direção, interrompendo meus pensamentos.

— Entendo por que você gosta dele — ela diz.

Quero dizer que ela está errada, que eu não gosto dele desse jeito, mas mentir para Paige nunca fez sentido. Ela sempre foi capaz de me ler perfeitamente.

— Pois é — confirmo com um suspiro.

A porta da estufa se abre e o Sr. Burrows entra correndo.

— Perdoe a interrupção, Vincent — diz ao sr. Mendez. — Clara, por favor, venha comigo.

Há algo em sua voz que me preocupa, e isso me faz querer ficar aqui, segura na estufa, com Sang e seu girassol. Estou ignorando completamente o sr. Burrows desde o teste da semana passada, mas ele fala com uma urgência que me força a levantar. Lanço um rápido olhar para Sang antes de caminhar em direção à porta.

— Pegue suas coisas — diz Burrows.

Volto para o meu lugar e pego meu moletom e minha bolsa. Encontro o olhar de Sang novamente ao sair.

— Tudo bem? — ele murmura, e eu aceno com a cabeça.

Faz muito tempo desde que alguém cuidou de mim dessa maneira, e isso me deixa toda quentinha por dentro. São esses pequenos momentos que tenho pavor de perder, pavor de que minha magia destrua no espaço de um único batimento cardíaco.

Não quero perdê-lo e, em meus momentos mais fracos, me sinto oprimida pelo fato de que isso pode muito bem acontecer.

Afasto meus olhos dos dele e saio da estufa.

— Acho bom que não seja outro teste seu — digo ao sr. Burrows.

— Não é.

Quando saímos, entendo o que está acontecendo. O céu ensolarado foi substituído por camadas de nuvens escuras, e a temperatura caiu quinze graus, algo que eu achava impossível de acontecer antes da nossa onda de calor no inverno.

— Como tenho certeza de que você pode ver, estamos prestes a ser atingidos por uma nevasca substancial que não criamos. Estamos trabalhando para que todos fiquem em lugares seguros pelo menos até o fim da noite.

O sr. Burrows me leva até o relógio de sol, onde a sra. Suntile está esperando por nós. Passo os braços em volta do peito.

— Vou entrar em contato com os bruxos da área e me certificar de que sigam nossas ordens enquanto a nevasca estiver no campus. Podemos não ter planejado isso, mas é uma oportunidade para você experimentar sua magia em uma situação real e ver como se sai. Não vamos forçá-la, mas acho que vale a pena usar essa chance para ver do que você é capaz — diz Burrows.

No mesmo instante, me lembro do tornado que não consegui parar, do tornado que matou o sr. Hart, e mesmo que meu coração esteja acelerado e que eu esteja apavorada, quero tentar. Não apagará meu fracasso no outono, mas talvez me traga um pouco de paz, sabendo que consegui alcançar o que me propus: ficar mais forte.

— Ele está certo — diz a sra. Suntile, mas eu a interrompo.

— Vou tentar — replico. — Mas não com ele.

A sra. Suntile assente.

— Entendido. O sr. Burrows coordenará com os bruxos da área. Você tem algum invernal em particular com o qual gostaria de trabalhar?

— Paige — digo sem hesitação. Imagens dela sendo atingida por um raio enchem minha cabeça, mas eu as afasto.

Tenho que começar a confiar em mim mesma e na minha magia.

Preciso parar de viver com medo de machucar as pessoas com quem me importo.

— Tem certeza? — A sra. Suntile pergunta.

— Tenho. E eu gostaria que Sang estivesse presente também, se possível.

— Claro. Vá pegar um casaco e o que mais for precisar e encontre o sr. Burrows no campo de treinamento em quinze minutos. Vou acionar o sistema de emergência e garantir que todos estejam protegidos antes de encontrá-los lá.

Corro de volta para o meu chalé e encontro Nonó afiando as garras na bainha dos meus lençóis. Suspiro aliviada e acaricio a cabeça dele antes de trancar a portinhola de gato. Coloco meu casaco mais pesado e um chapéu e, assim que saio do chalé, cinco sinos ressoam ao longe.

Lá vamos nós de novo.

CAPÍTULO

# vinte e nove

*"Confiar nas pessoas é difícil. Não confiar em ninguém é mais."*
*— Uma estação para todas as coisas*

O sr. Burrows já estava esperando por mim no campo de treinamento quando cheguei. Sinto a temperatura cair a cada segundo que passa. Observo as nuvens nimbo-estratos enquanto elas se movem sobre o campus e cobrem todo o céu, um grosso cobertor cinza que bloqueia o sol. Estremeço quando o primeiro floco de neve toca minha pele.

O vento está ficando mais forte. As flores da primavera e os campos verdes que deram vida ao nosso campus estão desaparecendo sob a neve, os caules tremendo de frio. Em breve, não poderei ver muito à minha frente, porque a visibilidade diminui à medida que a neve fica mais pesada e os ventos sopram mais rápido.

Espero que a sra. Suntile consiga levar todo mundo para o abrigo.

O sr. Burrows não parece preocupado. Ele observa o céu e caminha pelo campo como se estivesse ansioso.

Paige e Sang chegam correndo, e vê-los juntos faz algo estranho com meu coração. Um cachecol enorme está enrolado no pescoço de Paige, esvoaçando atrás dela com o vento.

— A sra. Suntile nos mandou vir para cá. O que está acontecendo? — Com a mandíbula tensa, ela olha a neve caindo.

Sang para ao lado do sr. Burrows e aperta minha mão ao passar. Não entendo como, mesmo nas piores condições, ele consegue fazer tudo parar — minhas preocupações, meus medos, o mundo inteiro.

Eu olho para Paige.

— Vamos tentar parar a nevasca.

— E como você propõe que façamos isso? Você consegue lidar com uma geada, mas nada desse tamanho — ela diz, gesticulando para os nossos arredores. — E eu estou fraca demais e preferiria não morrer de esgotamento.

O vento está ficando mais rápido e a neve está soprando em todas as direções. Não consigo mais ver o fim do campo, e meu rosto está ficando mais frio a cada segundo. Eu puxo o capuz do casaco sobre as orelhas para me manter aquecida.

— Vou tirar magia de você e usá-la eu mesma.

Paige ri.

— Ah, é? Você também vai amadurecer todas as nossas colheitas e causar uma onda de calor enquanto isso?

Estou prestes a responder quando a sra. Suntile chega correndo ao campo. Ela está sem fôlego e dizendo alguma coisa, mas não consigo entender as palavras.

— O que houve? — pergunto quando ela finalmente se aproxima o suficiente. O sr. Burrows e Sang param ao meu lado.

— Os alunos do primeiro ano — responde Suntile. — A turma inteira está estudando árvores nas colinas. Não vão conseguir descer a tempo. Consegui falar com Stephanie pelo telefone; estão todos juntos, mas a visibilidade é baixa. Se tentarem descer, ela não conseguirá ficar de olho em todo mundo. As crianças não estão com roupas adequadas para esse frio nem têm provisões.

Meu estômago se retorce de horror enquanto imagens de Angela e seus filhos inundam minha mente. Fecho os olhos e tento me acalmar. Não deveria haver nenhum risco nessa situação — deveria ser apenas uma maneira de eu praticar em uma tempestade que não criamos. A pressão pesa no meu peito.

— O sr. Mendez e o sr. Donovan estão tentando chegar até eles, mas estão bem longe. — A sra. Suntile dá um suspiro trêmulo, e me assusta ver dúvidas em seu comportamento sempre sob controle. — Mesmo com todo o progresso que você fez, não esperamos que consiga dissipar essa tempestade. Aqueles alunos não são sua responsabilidade, são minha, e eu falhei em trazê-los para cá a tempo. Mas, se você vai tentar, srta. Densmore, agora é a hora.

— Não sei se consigo — digo, minha voz falhando no final. Tenho pavor de piorar as coisas, como piorei para o sr. Hart.

— Você pode tentar. Isso é tudo que você precisa fazer — diz Sang, parando na minha frente. — Apenas tente.

— Mas foi minha tentativa que matou o sr. Hart — digo, bem baixo, para que só ele possa me ouvir.

— Um tornado matou o sr. Hart — responde Sang —, e a nevasca já está aqui. Já está em cima deles.

Ele olha para mim tão atentamente, de forma tão gentil e segura, que todos os outros desaparecem. Eu me concentro em seus olhos, no sol dentro deles, e assinto.

Então o vento me atinge, jogando neve em todas as direções, até que ele se torna apenas um borrão.

Encontro Paige ao meu lado, com os olhos arregalados. Assustada.

— Não vai doer — falo. — Mas vai ser estranho, e sua reação inicial será lutar contra mim. Não lute.

Ela olha para a sra. Suntile, que acena com a cabeça.

— Ok — Paige diz, a voz vacilante. Eu mal a ouço por cima do som do vento.

A nevasca está totalmente formada agora, fazendo nevar tanto que o mundo ao meu redor fica puramente branco. Os verdes, rosas e azuis da primavera foram todos escondidos mais uma vez sob o inverno. O vento está uivando, rajadas soprando tão rápido que tenho que plantar os pés mais afastados para não cair para trás.

Eu me preocupo com as crianças presas na floresta com a professora, todas juntinhas, morrendo de frio. Os galhos fornecerão algum abrigo, mas com ventos chegando a oitenta quilômetros por hora, as árvores não são o lugar mais seguro para se ficar. E como elas saíram do colégio com um clima de primavera, em um dia agradável de quase vinte graus, suas roupas não vão protegê-las da nevasca de forma alguma.

— Preparada? — pergunto para Paige. Seu corpo está tenso, e ela está tremendo.

Ela acena com a cabeça, e é a primeira vez que eu a vejo realmente assustada.

Fecho os olhos e a magia de Paige corre para a superfície de sua pele, ansiando para ser libertada, para ajudar de alguma forma. Eu a reconheço instantaneamente: o gelo do inverno, agressivo e determinado. Está fraca, mas é o suficiente para que eu consiga agarrá-la, então envio meu poder atrás dela.

Paige arfa, e eu sei que está sentindo isso agora. Ela dá um passo para longe de mim e tenta esconder sua magia, mas eu me aproximo e pego sua mão.

— Está tudo bem — garanto, esperando que minhas palavras a encontrem mesmo com o vento. — Não lute.

— Isso é tudo que eu sei fazer com você — ela diz.

As palavras atingem meu peito e apertam meu coração, ameaçando quebrá-lo. Mas eu sei exatamente o que ela quer dizer, porque sempre foi assim. Lutamos contra nossa atração uma pela outra, nosso desejo, amor e necessidade. Brigávamos quando estávamos juntas, uma sempre querendo mais do que a outra podia dar. Lutávamos contra o sono para ficarmos acordadas para mais um beijo, mais uma frase, mais um toque.

E, quando terminamos, lutamos contra os sentimentos que não entendíamos, que permaneceram mesmo depois que nós já havíamos partido.

— Eu sei.

Assim que digo isso, sua mão para de tentar se afastar da minha e seu corpo relaxa, deixando a magia fluir em minha direção em uma onda sólida de poder.

Penso na laranja sonolenta de Sang e como talvez isso seja tudo que as pessoas realmente querem: serem vistas por alguém, serem validadas mesmo quando nos esforçamos tanto para esconder certas partes de nós mesmos. Talvez ainda mais nesse caso.

Solto a mão de Paige. Ela ainda está tremendo, mas sua magia responde de imediato. Puxo-a com toda a força que tenho, a natureza gentil e paciente da primavera substituída pela precisão e força do inverno. Magia envolve magia, a primavera convoca o inverno, e, quando não consigo mais conter sua força, direciono tudo para a tempestade.

A nevasca muda, tentando fugir, mas eu agarro o vento e o envolvo em uma magia congelante que o acalma. Ele luta, movendo-se para a esquerda e para a direita, para cima e para baixo, tentando se libertar, mas me mantenho firme.

A emoção do frio corre pelas minhas veias; eu me vejo no rio, calmo, pacífico e firme. Quando chego à cachoeira, não hesito nem tento nadar contra a corrente.

Eu me jogo.

Magia corre em direção à nevasca e mergulha com força. Enfim, ela responde. Envolta em poder, a tempestade se acalma e os ventos diminuem. Em um movimento rápido, puxo mais magia e a envio atrás da umidade, absorvendo-a completamente até que a terra e o ar estejam secos.

Eu me concentro na água, erradicando cada gota que encontro. Sem umidade, não pode haver nuvens, nem chuva, nem nevasca.

Nunca usei tanta magia na minha vida e, mesmo que eu esteja puxando de Paige, tremo inteira e fico tonta. A tempestade luta contra mim e eu revido.

Revido porque, por muito tempo, eu odiei quem era, odiei meu poder, odiei como me transformava de estação para estação. Mas parada aqui, com as mãos trêmulas, usando magia que não é minha? Não é uma sensação ruim. Parece uma purificação.

Há tanto vento e neve que não consigo ver mais ninguém no campo. A nevasca uiva ao meu redor como se me implorasse para parar, me implorando para deixá-la em paz.

Apenas uma de nós pode vencer.

Com um impulso final, envio um fluxo rápido de magia congelante pelo ar, atraindo o frio direto para ele, abrindo caminho para o calor.

A temperatura começa a subir.

A neve para de cair.

O vento diminui.

Então acaba.

A visão está livre até a borda do campo.

Tudo está em silêncio, o mundo tão chocado quanto eu.

— Puta merda, Clara — Paige solta, a voz soando distante e confusa.

— Isso foi extraordinário — diz o sr. Burrows, caminhando na minha direção.

Estreito os olhos, tentando enxergá-lo melhor, mas não consigo. Ele está todo embaçado.

O ar fica mais quente, derretendo a neve que começou a se acumular. A primavera assume novamente, grama verde e flores brilhantes espreitando através da camada branca.

Caio no chão, incapaz de suportar meu próprio peso.

Vejo os flocos de neve restantes derreterem e o sol atravessar as nuvens como se nunca tivesse sido escondido.

— Você está bem?

Sang se ajoelha ao meu lado, erguendo meu queixo para que eu olhe para ele. Estou tonta, fraca e totalmente exausta. Mas também estou impressionada e cheia de orgulho.

Costumava pensar que ficar sozinha era a resposta, que deixar a Oriental me isolar era a única maneira de proteger todos os outros. Mas aqui neste campo com Paige, Sang e meus professores, sei que estávamos errados. Ser mantida longe de outras pessoas foi precisamente a razão pela qual levei tanto tempo para aprender sobre esse poder, um poder que depende totalmente da força dos outros.

Eu me convenci de que estava bem sozinha, que as coisas eram melhores assim.

Mas não estou bem.

Uma vida de isolamento é um preço muito alto para se pagar pela magia. Uma vida de preocupação constante com aqueles que amo é um preço muito alto.

E não quero pagá-lo.

Sang entrou na minha vida e me abriu para uma magia que eu nunca teria conhecido sem ele, e me recuso a desistir dele. Vou mantê-lo em segurança, custe o que custar.

— Paige diz que eu olho para você como se você fosse mágico — digo a ele, sem me importar com quem me ouve.

Ele ri, e seus olhos ficam marejados. Sang observa meu rosto, toca minha pele, e sei que, enquanto ele estiver no mundo, quero que esteja ao meu lado.

— Você é meu sol — digo.

Então desmaio.

CAPÍTULO

# trinta

*"Não há nada mais arriscado que dar o seu coração para outra pessoa e confiar nela para mantê-lo seguro."*
— *Uma estação para todas as coisas*

Quando acordo, o campo está quente e não resta um único cristal de gelo. Sang está me chamando, e o sr. Burrows vem correndo com uma garrafa de água. Eu ouço a sra. Suntile falando freneticamente com alguém, e Paige está parada a vários metros de distância, observando.

— Oi — diz Sang quando o mundo entra em foco e meus olhos encontram os dele.

Eu pisco várias vezes.

— Oi.

Ele afasta os cabelos do meu rosto e me ajuda a sentar.

O sr. Burrows me entrega uma garrafa de vidro cheia de água e eu tomo vários goles longos. Não sinto mais dor e minha visão voltou ao normal; só estou extremamente cansada.

— Está machucada? — pergunta o sr. Burrows.

— O que te importa?

Sei que pareço imatura, mas falo mesmo assim.

O sr. Burrows parece aflito.

— Clara, eu sei que você não concorda com meus métodos, mas tem que perceber que tudo que fiz é por causa da sincera crença que tenho em você e na sua capacidade de fazer a diferença no mundo.

Mas não concordo e, quando não respondo, o sr. Burrows continua falando.

— Vamos levá-la de volta ao seu quarto para que você possa descansar. O que você acabou de fazer... — ele começa, então para. Balança a cabeça.

— Foi foda — diz Paige.

O sr. Burrows olha para ela.

— Sim. Exatamente.

Paige olha para mim.

— Você está bem?

— Estou.

— Que bom.

Então ela se vira e vai embora.

O momento se aloja na minha garganta, tornando doloroso engolir. A maneira como ela se certificou de que eu estava bem, embora se mantivesse a vários metros de mim, reservada, mas não totalmente, fica gravada em minha mente. A maneira como ela esperou tempo suficiente para perguntar, embora Sang esteja ao meu lado, com a mão nas minhas costas. Ela fez isso mesmo não querendo, e isso significa alguma coisa.

— Você pode me ajudar a levantar? Quero chegar ao meu chalé e tirar uma soneca — digo.

Sang me ajuda a ficar de pé, e ouço a sra. Suntile dizer a alguém para pegar um carrinho.

— Posso te levar nas costas — sugere Sang, sua voz leve.

— Isso não será necessário, sr. Park — a sra. Suntile responde por mim, mas juro que ela aperta os lábios para não sorrir. A sra. Temperly aparece e para o carrinho ao meu lado. Eu subo na parte de trás.

— Srta. Densmore, gostaríamos que alguém ficasse com você por um tempo para se certificar de que não tenha nenhuma reação posterior. Você utilizou uma quantidade significativa de magia e eu me sentiria melhor sabendo que alguém está cuidando de você. Posso mandar a enfermeira para o chalé, ou o sr. Park pode ficar com você. É a sua escolha.

— Você quer tirar a tarde de folga? Trabalhar em sua pesquisa? — pergunto, mas Sang segura minha mão.

— Meu sobrinho me diz que sou o melhor aconchegador que ele já viu — diz Sang.

— O melhor?

Sang acena com a cabeça.

— O melhor de todos.

— Vamos ver. — Olho para a sra. Suntile. — Gostaria que Sang ficasse comigo.

Ela acena.

— Sr. Park, se a condição dela mudar, você deve ligar para a enfermeira e me avisar imediatamente.

— Entendido.

— E Clara... — diz a sra. Suntile; é a segunda vez na vida que ela usou meu primeiro nome. — Obrigada pelo que você fez.

Ela se vira antes que eu possa responder, e Sang se senta na parte de trás do carrinho ao meu lado.

Quando a sra. Temperly nos deixa no meu chalé, Sang abre todas as janelas e liga meu ventilador. Ele espera de costas para mim enquanto coloco uma camisola e um short, então me enfio na cama.

Eu o observo enquanto ele me serve um copo de água e traz para minha mesa de cabeceira — este simples gesto que faz meu coração doer. A nevasca me dá esperanças de que minha magia esteja sob controle, que não vai mais atingir as pessoas com quem me importo. Mas, no silêncio do meu chalé, vendo Sang fazer algo tão comum como me buscar água, minha confiança vacila.

Quero esses momentos com ele, esses momentos rotineiros, cotidianos, que não têm nada a ver com magia. E a parte egoísta de mim se pergunta se poderíamos ter isso mesmo se eu fosse drenada.

Ficar para o eclipse me daria a certeza absoluta de que minha magia nunca iria machucá-lo, nunca iria persegui-lo. E, observando Sang agora, a mera esperança não me parece suficiente.

Eu quero ter certeza.

Minhas pálpebras estão pesadas. Eu estou tão cansada.

Sang puxa o lençol até meu queixo e vai descendo pelo comprimento do meu corpo, prendendo o lençol embaixo de mim até que eu esteja bem aconchegada. Então desliza os dedos de volta até alcançar minha boca e me dá um beijo suave, lento e demorado. Então se afasta.

— Como eu me saí? — pergunta.

— Acredito que seu sobrinho esteja certo — digo. — O melhor aconchegador que eu já vi.

Ele me beija na testa, e eu fecho os olhos.

— Eu me lembro do que falei antes de desmaiar — sussurro. — Era verdade.

— Eu sei.

Estou tão feliz que ele sabe.

Durmo por quinze horas.

Rumores sobre a nevasca atravessam o campus como uma ventania, e os colegas de classe que tanto lutei para manter a distância não param de vir conversar comigo como se fôssemos amigos desde sempre. Não me importo; se eu ouvisse sobre magia assim, também gostaria de saber mais.

Mas me sinto estranha e desconfortável, sem saber exatamente como reagir. Dou sorrisos em momentos estranhos e me forço a rir, o som estranho para meus ouvidos. Sou convidada para o refeitório e atacada por grupos de bruxos e bruxas que querem saber como é a sensação, a cara, os sons da magia. Eles me pedem para levá-los ao campo de treinamento e invocar a magia deles, ansiosos para ver seu poder usado em uma estação que não é a sua.

No entanto, é aí que eu coloco o limite, e a sra. Suntile me permite usá-la como desculpa para dizer não todas as vezes.

Depois de duas semanas de perguntas e olhares ininterruptos, estou feliz por almoçar no meu chalezinho. Nonó está sentado debaixo da mesa, e a janela está aberta, deixando entrar uma brisa quente de primavera.

Eu me sento na cama com uma tigela de sopa e, quando estou prestes a começar a comer, alguém bate à porta. Quase não atendo, mas com a janela aberta e a música tocando, seria óbvio que estou ignorando a pessoa, quem quer que seja.

Coloco a sopa na mesa de cabeceira e abro a porta. Fico surpresa ao ver Paige do outro lado, a boca tensa, os cabelos em um rabo de cavalo bem esticado. Ela entra, mas não diz nada.

— Oi — digo, voltando para cama e pegando a tigela de sopa. — Eu ia começar a almoçar.

Paige olha ao redor do chalé, e eu desligo a música. O chão range conforme ela se move pelo ambiente apertado.

— Não consigo parar de pensar na nevasca — finalmente diz.

— Eu sei. Ainda nem acredito que conseguimos dissipá-la.

Ela balança a cabeça.

— Não é isso que quero dizer. Não consigo parar de pensar em como foi a *sensação*. — Ela parece zangada, mas posso dizer que está envergonhada, bem como na vez em que me pediu para beijá-la, quase dois anos atrás.

Mas a verdade é que sei o que ela quer dizer.

— Na primeira vez que aconteceu, parecia que eu estava me apaixonando, mas em vez de levar meses ou anos, a sensação foi comprimida em um único momento — explico, como se fosse normal, mas a verdade é que não parei de pensar naquela primeira vez com Sang, embora já tenha praticado essa magia dezenas de vezes a essa altura.

Desembaraçar minhas pernas das dele, ficar de pé, quebrar o contato visual, tudo parecia impossível, como se eu tivesse que morrer ali mesmo naquele campo porque nunca teria forças para sair.

— Com Sang? — A voz de Paige me traz de volta ao presente.

Eu concordo.

— Você... — Ela balança a cabeça e abandona a pergunta.

— Se eu senti a mesma coisa com você?

Ela ainda está de pé no meio do chalé, mas olha para mim, esperando minha resposta.

— Foi diferente. Essa magia parece ampliar qualquer intimidade que exista entre mim e a outra pessoa. Quando fiz a demonstração com a sra. Suntile, não parecia haver uma conexão especial entre nós. Apenas ampliou o relacionamento que já existia, então a sensação foi fria e impessoal. A mesma coisa aconteceu com o sr. Burrows. Mas com você e com Sang, minha magia reconhece a conexão que temos e, como resultado, parece intensa e visceral.

Faço uma pausa e tomo um gole de água. Paige não diz nada, então continuo:

— Acho que é parte sentimento e parte intuição. Consigo discernir quando minha magia não confia na pessoa de quem estamos puxando. Eu gostaria de ter feito isso com o sr. Burrows assim que ele chegou; assim saberia que ele era uma pessoa ruim desde o começo.

— Mas então teríamos perdido a oportunidade de te ver socá-lo, o que teria sido uma pena.

Ela diz isso com uma expressão muito séria, e eu não consigo deixar de rir.

— Você nunca vai me deixar esquecer disso — digo.

— Nunca.

Coloco a sopa na mesa de cabeceira novamente e me ajeito na cama.

— Foi como lembrar — finalmente digo.

— O quê?

— Quando paramos a nevasca juntas. Foi como lembrar. Lembrar quando éramos amigas íntimas, lembrar quando nossa amizade se transformou em noites viradas, só nós duas. Lembrar todas as coisas que eu amava em você; e lembrar todas as mágoas, brigas e dores. Parece que passei por todo o nosso relacionamento de novo ao longo de uma única nevasca.

Paige respira como se estivesse aliviada.

— Foi essa a sensação para mim também. Eu gostaria de poder tirar isso da cabeça.

Ela faz uma pausa e olha para baixo, e dá para ver que ela quer dizer mais alguma coisa.

— Se eu estiver errada, pode dizer, mas tenho uma forte sensação de que você acha que eu te culpo pela morte de Nikki.

Não é o que eu esperava, e minha garganta fica apertada.

— Você não me culpa?

Minhas palavras são tão baixas que não tenho certeza de que realmente as disse em voz alta.

Pela primeira vez desde que chegou, Paige me encara.

— Eu *nunca* te culpei pela morte de Nikki.

Assim que ela diz isso, algo dentro de mim se liberta. Meus olhos ardem e eu tento segurar as lágrimas que ameaçam transbordar.

Paige se senta na cama ao meu lado.

— Eu te culpo por muitas coisas, mas o que aconteceu com Nikki nunca foi uma delas. — Sua voz não é suave ou doce, porque ela não está tentando me fazer sentir melhor. Paige não é assim. Mas ela nunca diz nada que não seja verdade, e o peso de suas palavras me deixa emocionada. Parece que eu me tranquei em uma jaula quando Nikki morreu e, depois de anos presa lá dentro, Paige acaba de abrir a porta para mim.

— Por que não?

— Porque tudo que você fez foi amá-la.

Ela diz isso de forma tão simples e, quando as lágrimas escorrem pelo meu rosto, me apresso para enxugá-las.

— Foi culpa minha — digo, meu corpo tremendo com a memória.

— Foi um *acidente*. Você não sabia o que ia acontecer — Paige retruca, sua voz quase irritada, como se estivesse falando a mais óbvia das verdades. — Você tem que parar de se culpar.

— Não sei como.

— Bem, descubra, porque você merece um pouco de paz.

Olho para ela nesse momento.

— O sr. Hart me disse a mesma coisa uma vez.

— Ele era uma pessoa maravilhosa.

— O melhor.

Paige se levanta e caminha até a porta, se inclina para brincar com Nonó.

— Você parece atrair os melhores — diz, seus olhos vagando para uma das ilustrações de Sang na parede.

— Ele é muito especial.

— Eu estava falando de mim — ela diz, revirando os olhos. — Mas sim, ele é legal.

Mal consigo registrar seu meio sorriso antes que Paige passe pela porta, deixando que se feche atrás de si.

CAPÍTULO

# trinta e um

*"É permitido amar a si mesma."*
*— Uma estação para todas as coisas*

O Baile da Primavera foi perfeito, tudo o que eu poderia esperar de uma celebração de fim de estação. Está acabando, a enorme tenda branca se agitando na brisa. As toalhas de mesa são translúcidas, e centenas de luzes cintilantes pendem do teto. A música ao vivo flutua no ar e vai muito além da tenda.

Sang se superou novamente com os arranjos florais, mas, em vez de flores coloridas, os arranjos são todos feitos de pequenas árvores e arbustos. Nos arranjos centrais, ramos formam ninhos com velinhas, e musgo delineia as mesas de bebidas e sobremesas.

Em uma mesa na extremidade da barraca tem um grande vaso cheio de flores. Quando chegamos, eram apenas sementes mas, com o passar da noite, elas foram se alimentando da magia dos primaveris presentes. Agora as flores estão totalmente abertas.

É difícil não se deixar levar por tudo isso.

Essas são as melhores partes da Oriental.

O sol se pôs, rosas e roxos dando lugar ao preto meia-noite. A lua crescente está baixa no céu, e as estrelas fazem sua estreia na noite.

Eu capturo o olhar de Paige do outro lado da sala. Ela está linda. Seu cabelo está comprido e solto, e ela usa um vestido azul-marinho. Sorrio pois não posso evitar, porque quando dissipamos a nevasca juntas, não estávamos quebradas. Éramos nós novamente.

Ela acena com a cabeça em resposta.

— Por favor, juntem-se a nós na pista de dança para a última música da noite — a vocalista diz em seu microfone, e eu sinto um frio na barriga. Não quero que acabe.

Sang passa o braço em volta de minha cintura e sussurra:

— Vamos?

Sua respiração faz cócegas na minha pele, e eu tenho que me afastar antes que o restante do meu corpo perceba.

Ele está com um terno azul e uma camisa branca bem passada, e mesmo que eu tenha olhado para ele a noite toda, ainda não foi o suficiente. Seu cabelo está ligeiramente bagunçado de tanto dançar, e os dois primeiros botões de sua camisa estão abertos.

— Eu adoraria — digo, deixando-o me levar para a pista.

O piano começa, uma música lenta e triste que não reconheço. Passo os braços em volta do pescoço de Sang, e suas mãos encontram minha cintura. Quando estou aqui com ele, não penso no que vai acontecer depois que me formar, nas expectativas que serão colocadas em mim e na minha magia. Não penso no mal que causei nem me preocupo se isso vai acontecer novamente. Não penso no que será de nós no primeiro dia do outono.

Fico com ele neste exato momento, quando somos só nós dois. A música enche a tenda, a pista de dança lotada de bruxos e bruxas, o cheiro doce de daphne vindo dos arbustos do lado de fora. Colo o rosto no de Sang, e a mão dele sobe e brinca com meu cabelo.

Fecho os olhos e costuro este momento na minha memória, certificando-me de que permanecerá comigo para o resto da vida.

O último verso da última estrofe continua se repetindo na medida em que a música termina, as palavras "por favor, seja meu sempre, sempre, sempre" sendo carregadas pelo vento.

— "Você é minha sempre, sempre, sempre" — Sang sussurra junto com a música, seus lábios roçando em minha orelha. — Por favor, "seja minha para sempre, sempre, sempre".

Com uma das mãos dele na minha lombar e a outra no meu cabelo, imploro a mim mesma para acreditar. Acreditar que podemos ter um "para sempre", algo que vai sobreviver às minhas mudanças, que durará para muito depois do verão.

Eu sempre acreditei que ser uma atemporal, ser quem eu sou, fosse incompatível com um romance duradouro. E talvez seja verdade, mas tenho tanta certeza quanto a luz do sol de que sei o que significa adorar alguém por nenhuma outra razão além do fato de que ela existe, por nenhuma outra razão além do fato de que o universo criou uma pessoa tão perfeita de poeira estelar.

E esta noite, escolho acreditar que isso vai durar. Que vamos superar minha magia, o eclipse, o primeiro dia de outono, e vamos durar.

A música termina, mas Sang continua balançando comigo, me abraçando, então fico bem aqui, dançando com ele ao silêncio que tomou conta da tenda, à brisa que entra.

É só quando a sra. Suntile caminha até a frente da tenda e começa a falar que enfim nos desgrudamos. Ela agradece a todos nós e encerra formalmente a noite, e eu entrelaço meus dedos com os de Sang.

— Foi uma boa noite? — ele pergunta, dando um beijo na minha têmpora.

— A melhor.

— Que bom.

A maneira como ele fala, com a voz baixa e rouca, me faz puxar sua mão e levá-lo para fora.

— Onde você está me levando, srta. Densmore? — ele pergunta, me seguindo, as vozes na tenda desaparecendo ao fundo.

— Para longe daqui.

Seguro a bainha do meu vestido enquanto caminhamos pelo jardim leste, o tecido verde-esmeralda drapeado de leve sobre meu braço. Caminhos de paralelepípedos serpenteiam por entre arbustos e árvores de bordo, com uma pequena fonte no centro. O constante burburinho de água abafa todo o resto, fazendo parecer que estamos a quilômetros de distância do baile.

Só nós dois.

Algumas luzes fracas iluminam os caminhos, mas fora isso está escuro o suficiente para a lua, as estrelas e os vaga-lumes brilharem ao nosso redor. Vamos passeando até chegarmos ao final, onde altos pinheiros e carvalhos cercam o jardim.

Quando me viro para encarar Sang, há um sorriso brincando em seus lábios, e seus olhos são a coisa mais brilhante aqui.

— Você é minha atemporal, sempre, sempre — ele canta suavemente, sua voz mal me alcançando em meio à brisa. Sang abre um grande sorriso, me abraçando e rindo no meu cabelo.

— Por que você está rindo? — pergunto, abraçando-o com força.

— Porque estou feliz — diz ele.

— Eu também.

Mas a confissão me assusta, porque sei que esse sentimento pode ser tomado com muita facilidade.

Ele se inclina para trás e olha para mim, o sorriso em seu rosto se transformando em algo mais pesado. Por um momento, nos observamos, um desafiando o outro a fechar o espaço entre nós.

Não tenho certeza de qual de nós se move primeiro, mas de repente sua boca está na minha. Eu largo a bainha do meu vestido e puxo Sang para mim. Beijá-lo sob a luz das estrelas me faz sentir como se ele fosse a pessoa que eu tinha que encontrar desde sempre. Nunca me senti assim na primavera, nunca *quis* me sentir assim na primavera, e começo a pensar em Sang como minha exceção.

Minha exceção de primavera.

Minha exceção mágica.

Talvez ele seja minha exceção quando o verão virar outono. Se for a única exceção que eu tiver, será o suficiente. Mais do que o suficiente.

Sorrio contra sua boca porque não consigo evitar, porque sinto que estou me encontrando pela primeira vez. Ele não me define, mas a maneira como me vê me deu confiança e força para me definir eu mesma.

Acho que é por isso que olho para ele como se fosse mágico. Porque, para mim, ele é.

Meus lábios se abrem e o beijo se aprofunda, um respirando o outro como se fôssemos a brisa fresca da noite ou o perfume perfeito das daphnes. Ele passa os dedos pelo meu rosto, meu pescoço, meus braços, e quando perco o equilíbrio e tropeço para trás, uma grande conífera está lá para me apoiar. Sang vem atrás, sua boca de volta na minha, e penso por um momento como é perfeito que dois bruxos da primavera estejam se apaixonando um pelo outro nos jardins à noite.

Eu faço nosso beijo ficar mais lento antes de me afastar relutantemente.

— Está ficando tarde — digo.

— Posso acompanhá-la até seu chalé?

— Eu adoraria.

Ele tira o blazer azul e o coloca sobre meus ombros, então passa um braço em volta de mim. Quando saímos do jardim, as luzes da tenda estão apagadas, mas ouço várias vozes ali por perto.

— Clara! — alguém sussurra meu nome, e eu aperto os olhos para tentar enxergar na escuridão.

Eu paro de andar, e Paige aparece.

Ela me olha de cima a baixo, depois para Sang. Um sorriso malicioso se espalha em seu rosto.

— Vocês estão a fim de se divertirem um pouco?

— Como assim? — pergunto, minha voz cética.

— O anel de fogo — diz ela.

— De jeito nenhum. A sra. Suntile vai nos matar se descobrir.

— É por isso que ela não vai descobrir. O que você me diz, vernal?

Ela olha para Sang.

— Nunca joguei isso antes — ele diz.

— Há uma primeira vez para tudo.

Sem esperar por uma resposta, Paige agarra o braço dele, ele puxa o meu, e estamos sendo puxados para o campo de treinamento em nosso traje formal. Estou tropeçando no meu vestido e segurando a mão de Sang enquanto tento acompanhá-lo, meu coração batendo forte.

— Você conhece as regras? — Paige sussurra, meio alto demais, por cima do ombro.

— Vagamente — responde Sang, rindo enquanto caminhamos.

Paige finalmente para de nos puxar quando chegamos ao campo de treinamento. Pelo menos uma dúzia de nossos colegas estão aqui, todos veteranos, e me pergunto quantas coisas perdi por causa do meu pequeno chalé nas árvores.

— Clara! Sang! Vocês vieram! — Ari diz, pulando para cima e para baixo.

— Eu aposto na atemporal — diz outra pessoa, mas está muito longe para eu ver quem é.

— Estão todos aqui? — pergunta Paige.

— Sim — respondem várias pessoas.

— Certo, espalhem-se, formando um círculo — orienta ela, e todos nós fazemos o que manda. — Vocês têm que estar a alguns metros de distância do seu vizinho.

Estou segurando a mão de Sang e esperamos até o último minuto para nos soltar.

Paige fica no meio.

— Lembrem-se: se o raio morrer com você ou tocar em você, você está fora.

Então ela me lança um sorriso malicioso.

— Eu começo.

CAPÍTULO
# trinta e dois

*"Nunca deixe ninguém fazer com que você se sinta mal sobre as coisas de que é capaz. Alguns vão insistir que você se esconda nas sombras para deixá-los mais confortáveis. Mas vou te contar um segredo: há luz suficiente para todos nós."*

— *Uma estação para todas as coisas*

Eu gostaria de poder assistir ao jogo de cima, cercada pela escuridão e por milhares de estrelas cintilantes. Olharia para a Terra e observaria mais de dez bruxos em um círculo enorme, ainda em vestidos formais, ternos, maquiagem e penteados elaborados, passando entre si um relâmpago tão veloz que é impossível saber onde começa ou termina. Um anel de fogo em uma noite escura e pacífica.

Meu coração está acelerado enquanto sigo o relâmpago ao redor do círculo, minha magia vibrando à minha frente, pegando a carga e mantendo-a viva antes que se apague ou atinja minha pele. O relâmpago é a voltagem mais baixa que podemos controlar, mas ainda dói se tocar em sua mão antes que você possa enviá-lo para o próximo bruxo.

Paige está ao meu lado no círculo, e eu lanço o relâmpago para ela, observando enquanto ele ilumina seu rosto antes de ser passado para Sang. O relâmpago nunca estala ou pisca quando está sob o controle dele; Sang envia para a próxima pessoa como se fosse a coisa mais natural do mundo, tão fácil como respirar.

— Merda — Jay grita do lado oposto do campo. O relâmpago estala na sua frente antes de desaparecer. Ele foi atingido, e sua pele vai arder por cerca de um dia. Como diria Paige, é doloroso perder.

— Você está fora — diz Ari. Jay se afasta do círculo e se senta na grama para assistir ao restante do jogo. Todos nós nos aproximamos um pouco mais.

— Você começa, Ari — Paige avisa para o outro lado do campo. Quinze segundos depois, Ari está virando seu raio na horizontal e o mandando na direção de Thomas. Mas ele não está preparado, e o raio apaga antes que ele tenha a chance de empurrá-lo para a frente.

Jessica ri ao seu lado e anuncia que ele perdeu, e Thomas se junta a Jay na grama. Todos nós damos mais um passo para a frente.

Jessica cria seu relâmpago rapidamente, e logo ele está correndo ao redor do círculo a uma velocidade difícil de acompanhar. Minha magia está pronta quando chega em mim e passa facilmente, nunca ameaçando me machucar, nunca ameaçando apagar.

Dá voltas e mais voltas até que Melanie grita:

— Ai! — E a escuridão toma conta do campo mais uma vez. — Errei só por um segundo — explica, deixando o círculo. Está esfregando a própria mão, mas ainda cumprimenta os outros antes de se sentar.

Mais um passo para a frente.

Continuamos brincando, os relâmpagos chegando cada vez mais rápido à medida que pessoas são desqualificadas. Logo estamos em apenas seis jogadores: Paige, Sang, Ari, Jessica, Lee e eu.

— Disputa acirrada — diz Lee enquanto cria nosso próximo relâmpago. Ele o vira de lado e o envia voando ao redor do círculo, uma linha de luz brilhante e cintilante conectando todos nós. Adoro vê-lo iluminar os rostos dos bruxos por onde passa, todos em uma concentração jocosa, rindo, focando e desafiando uns aos outros.

Não parece trabalho. Não me lembra o tempo todo de que nossa atmosfera está sofrendo ou de que nossas bruxas estão morrendo. É simplesmente divertido, um grupo de bruxos e bruxas desfrutando de quem são.

— Droga — Jessica grita, pulando para trás e segurando a mão dolorida.

— Você foi bem, Jess — diz Lee, mas ela o empurra quando passa, revirando os olhos.

— Ah, pare de se vangloriar — reclama, e Lee levanta as mãos, rindo.

Jessica se senta com os outros que estão fora, e é minha vez de começar a próxima rodada. Minhas mãos começam o trabalho, puxando água da terra macia até que vire vapor e uma pesada nuvem de tempestade paire em cima de mim.

Ela me aguarda, a paciência da estação óbvia mesmo dentro da tempestade. A primavera é o suprassumo da paciência, esperando até que o frio, a geada e a morte do inverno acabem e tudo volte à vida.

Eu sorrio, porque acho que talvez tenha voltado à vida nesta primavera também.

A energia se acumula, uma corrente que pinica minha pele e atravessa o meu corpo em solavancos. O relâmpago pisca diante de mim, eu o viro de lado e o envio voando em direção a Paige.

Mas, quando ele faz sua primeira volta ao redor do círculo e volta para mim, fica óbvio que está forte demais. Muito mais forte que os outros. Tento pegá-lo, pará-lo com a mão ou deixá-lo desaparecer na minha frente, mas é como se ele tivesse magia própria, circulando ao nosso redor como se fosse ele que estivesse no controle.

Paige grunhe sob o peso do relâmpago, mas ele se recusa a apagar, girando e girando e girando.

— Para trás! — grito. — Está forte demais!

Todos obedecem, correndo para trás, mas o relâmpago os segue, relutando em morrer.

Assisto horrorizada quando percebo o que está acontecendo.

O relâmpago passa por cima de Paige e contorna Ari, voando direto para Sang. Segue nossa conexão, deixando uma trilha brilhante em seu rastro, esmagando minhas esperanças de ter aprendido a controlar minha magia.

Eu estava tão errada por ter esperanças.

— Não! — grito, mas não adianta.

O relâmpago entra no peito dele e desce pelo braço esquerdo, saindo pelas pontas dos dedos. Sang sofre uma convulsão e é jogado vários metros no ar antes de cair no chão, tremendo tremendo tremendo.

— Não! — grito de novo, correndo para ele.

Caio de joelhos e chamo seu nome, mas ele não responde. Uma queimadura superficial já está se formando em sua pele, um intrincado padrão fractal vermelho-escuro que parece as folhas de uma samambaia. Cobre toda a pele visível do peito e pescoço.

— Sang! — grito, mas ainda não há resposta.

Olho para seu peito, mas não está subindo e descendo.

Está imóvel.

Meus dedos tremem quando verifico seu pulso, e quase choro quando uma batida fraca e ritmada encontra a ponta dos meus dedos.

— Ele tem pulso, mas não está respirando — digo enquanto Paige se joga no chão ao meu lado.

Eu inclino a cabeça dele para trás e começo a respiração boca a boca, inspirando grandes lufadas de ar e enchendo os pulmões de Sang. Vejo seu peito subir enquanto eu coloco o ar dentro dele, subindo e subindo antes de se esvaziar novamente.

Outra grande respiração, outra elevação de seu peito.

Eu continuo fazendo isso até que finalmente, *finalmente*, ele engasga e procura por ar.

— Estou aqui, você está bem — digo, lágrimas escorrendo pelo meu rosto. — Você está bem.

Os movimentos dele são lentos, e os olhos se reviram antes de encontrarem os meus.

— Me diz onde dói — peço, procurando por sinais de trauma.

— Minha pele — diz ele, sua voz confusa.

— Ok. Algo mais?

— Meus músculos estão doloridos.

Eu assinto.

— Você sabe quem eu sou?

Um sorrisinho se forma em seus lábios.

— Minha sempre, sempre, sempre — responde ele, tão baixo que mal posso ouvir.

Eu sufoco as lágrimas e assinto com força.

— Isso, muito bom — digo. — Isso é bom. Você sabe o que aconteceu?

— Eu estava prestes a ganhar o anel de fogo quando fui atingido por um raio.

Dou uma risada e o ajudo a se sentar.

— Sim, tenho certeza de que você ganharia.

— Eu não ia deixar você levar o jogo tão fácil assim — Paige comenta ao meu lado, mas dá para ouvir o alívio em sua voz.

Sang olha para ela.

— Eu acredito — diz.

Paige se levanta e vai até nossos outros colegas, avisa que Sang está bem e que não devem contar a ninguém o que aconteceu a menos que queiram ser punidos pela sra. Suntile.

— Você consegue andar? — pergunto, a voz tremendo.

Sang leva as mãos ao meu rosto e me olha bem nos olhos.

— Estou bem, prometo. Apenas uma queimadura e alguns músculos doloridos. Vou ficar bem. — Ele enxuga as lágrimas do meu rosto e me dá um beijo suave.

— Foi minha culpa.

É uma conclusão aterrorizante que sussurro mais para mim mesma do que para ele.

— O quê? Não, foi um jogo idiota que saiu de controle. É só isso.

— Sang, eu vi o relâmpago ir atrás de você. Ele te procurou. — Minha respiração fica mais rápida e superficial quando percebo todo o peso do que aconteceu. — Eu não posso te manter em segurança — digo entre soluços.

— Ei, vamos falar sobre isso mais tarde, ok? Já está tarde e foi uma longa noite. — Sang se levanta lentamente e eu fico ao seu lado, pronta para segurá-lo caso caia. Mas ele está firme, sua visão e respiração voltando ao normal.

— Essa queimadura vai doer pra caramba — diz Paige. — Ainda tenho um pouco de creme que sobrou de quando fui atingida no início do ano. Ei, a gente pode começar um clube.

— Isso não é engraçado — digo a ela por entre os dentes cerrados.

— Nem um pouco? — Sua boca se curva, sei que ela está tentando aliviar o clima, tentando me impedir de pensar em meus pais e Nikki e em como não tenho controle sobre quem eu sou.

Mas é tarde demais. Já estou pensando em tudo isso.

— Ele tem razão — diz Paige, removendo toda provocação de sua voz. — Foi apenas um jogo que saiu do controle. Nada mais.

— Você viu como o relâmpago passou direto por você — digo. — Como foi atrás de Sang.

— Bem, você sabe o que dizem: um raio nunca cai duas vezes no mesmo lugar.

Ela faz uma pausa, deixando sua piada horrível pairar no ar entre nós. Então sua boca se curva novamente e eu não posso deixar de rir.

Sang ri também, me puxando para um abraço e dando um beijo no topo da minha cabeça. Mas o pavor me atravessa e pesa em minhas entranhas.

Eu pensei que tinha controlado minha magia, pensei que finalmente tinha dominado isso. Achei que não era mais uma ameaça para as pessoas com quem me importo.

Mas estava errada.

Se eu não me afastar de Sang, manuver minha magia longe dele, ele sempre estará em risco.

Essa clareza parte meu coração, mas é o único jeito.

Passo o braço em torno da cintura de Sang e o levo para casa. Cuido de suas queimaduras e o aconchego com uma técnica perfeita de aconchegadora. Dou um beijo suave nele na escuridão e o observo enquanto ele cai em um sono pesado.

E enquanto sua respiração vem e vai, o único som interrompendo meus pensamentos, planejo as palavras que direi pela manhã, quando colocarei um fim na melhor coisa que já vivi.

Meu coração dói, sabendo que é algo de que eu nunca vou me curar.

E, pela primeira vez, espero que, quando chegar, o outono faça que meus sentimentos desapareçam. Desapareçam como se nunca tivessem existido.

CAPÍTULO

# trinta e três

*"A dor do amor é quase diretamente inversa à sua alegria."*
— *Uma estação para todas as coisas*

Acordo com a luz da manhã atravessando as cortinas finas. Os pássaros cantam do lado de fora da janela e Sang respira suavemente na cama, num sono profundo. Tentei ficar acordada a noite toda, para ter certeza de que Sang estava bem, mas me enfiei ao seu lado na cama em algum momento depois das três. Eu nem me preocupei em tirar o vestido.

As costas dele estão pressionadas contra a minha barriga, meu braço em volta dele, agarrando-o como se ele fosse a coisa mais preciosa do mundo. A noite anterior inunda minha mente, imagens da minha dança com Sang enquanto ele sussurrava em meu ouvido, nossos beijos nos jardins, o anel de fogo, tanta felicidade. Então o relâmpago. Eu sofro com a memória, com a rapidez com que a noite se transformou.

Eu tinha tanta certeza de ter dominado minha magia, tanta certeza de que estava sob controle. Mesmo agora, não sei onde errei. Fui capaz de usar mais magia do que nunca para impedir uma nevasca, e Sang estava em segurança, mas um jogo estúpido com nenhuma importância se transformou em um pesadelo. Não entendo.

Talvez eu tenha lidado com minha magia de maneira totalmente errada; talvez eu nunca vá ter controle total sobre ela. Talvez sempre será um risco para as pessoas com quem mais me importo.

De repente, estou com raiva por ter dedicado tanto tempo ao treinamento, dado tanto de mim ao processo. E agora estou sem saída. Antes de saber que poderia fazer magia fora de estação, o eclipse sempre foi minha resposta: ser drenada, parar de machucar pessoas.

Mas agora é complicado demais.

Se eu não for drenada, minha magia salvará inúmeros bruxos do esgotamento, mas Sang e qualquer outra pessoa que tiver o azar de ser alguém com quem eu me importo estará em risco.

Se eu for drenada, bruxas e bruxos continuarão morrendo desnecessariamente, mas eu poderia ter relacionamentos. Não teria que ficar sozinha.

Isso me faz querer gritar de frustração.

Sei que preciso me levantar. Começar o dia. Falar com Sang. Mas a ideia de afastar meu braço de seu corpo, de criar um espaço entre nós que nunca mais será fechado, ameaça me desfazer. Faz tudo doer, meu coração, meu estômago, minha cabeça e minha garganta. Então eu fico. Por mais uma hora, mantenho o braço sobre ele, minha testa aninhada em suas costas, e memorizo o ritmo de sua respiração. Sincronizo minha respiração com a dele, conto os segundos entre as inspirações, para que, mesmo quando estiver sozinha no meu chalé, ainda possa respirar com ele.

Para dentro, para fora. Para dentro, para fora.

Sang se mexe ao meu lado, e saio silenciosamente da cama. É a primeira vez que entro em seu apartamento, é tão perfeitamente *ele* que é difícil de olhar. Não vi nenhum detalhe ontem à noite, quando estava escuro e eu estava focada apenas em Sang.

Mas agora o apartamento está banhado em luz dourada e o vejo em todos os lugares. Há dezenas de plantas penduradas no teto e cobrindo a maior parte das superfícies. Espécies que reconheço e espécies que nunca vi. Há uma velha escrivaninha de madeira coberta de pinturas e desenhos inacabados, aquarela manchando a madeira e água suja com pincéis dentro.

Há uma foto emoldurada dele com um garotinho, que suponho ser seu sobrinho. Outra foto emoldurada da formatura, seus pais ao lado dele, com sorrisos orgulhosos no rosto. Dói saber que nunca vou conhecê-los. Saber que eu tinha a expectativa de que um dia isso iria acontecer.

Entro na cozinha e coloco a chaleira no fogo, mas quando procuro o chá, me deparo com um armário inteiro de variedades de folhas soltas que não tenho ideia de como preparar. Jarras e jarras de Assams e Darjeelings e oolongs, chás dos quais nunca ouvi falar antes. Acho que nunca tomei chás que não viessem em saquinhos e, se fosse uma manhã normal, perguntaria a Sang quais são as diferenças e observaria enquanto ele preparava. Sinto como se já estivesse perdendo todas essas coisas que poderiam acontecer.

Há um pote de casca de salgueiro moída na primeira prateleira, então pego alguns pedaços e coloco na água para ferver no fogão. A casca de salgueiro é um analgésico natural, e Sang estará com uma dor de cabeça terrível quando acordar. Quando a água começa a borbulhar, desligo o fogo e deixo de lado para a infusão.

Aperto os braços ao redor do meu peito e entro na sala de estar, afundando na única poltrona. Há um cavalete no canto com uma pintura inacabada, um grande pinheiro em um ambiente urbano. É incrivelmente detalhada, tão realista e vívida que poderia ser uma fotografia. Um livro de poesia está de um lado da poltrona, um enorme romance de ficção científica do outro. Folheio o de poesia, prestando atenção especial aos poemas que Sang marcou. São todos sobre natureza. Meus dedos traçam o papel, e só paro de ler quando ouço o piso ranger.

Dou um pulo e corro para o quarto. Sang está sentado na cama, vestindo uma camiseta e calça de moletom, segurando a cabeça. Seus olhos brilham quando me vê.

— Oi — diz, a voz ainda grogue de sono.

A dor no meu peito piora.

— Oi — respondo. — Dor de cabeça?

Ele acena com a cabeça, e eu ando até a cozinha e retiro as cascas da água antes de servir o chá em uma caneca. Entrego para ele, que toma um longo gole.

— Encontrei seu estoque de casca de salgueiro — explico.

Ele me dá um sorriso agradecido.

— Eu teria arrumado a casa se soubesse que você viria. — Sua voz é tímida, e eu quase rio. Não tem absolutamente nada fora do lugar.

— Como você está se sentindo? — pergunto, sentando ao lado dele. Meu vestido faz um círculo no chão ao redor dos meus pés, e desejo que tivesse colocado alguma roupa de Sang. Mas a ideia de ter que devolver as peças a ele me deixa feliz por não ter feito isso.

— Minha pele parece estar pegando fogo e meus músculos estão muito doloridos. Fora isso, estou bem.

Respiro fundo e tento apagar a memória dele sendo atingido por meu próprio raio, mas sei que nunca vou esquecer. Vai ficar comigo e me assombrar do mesmo jeito que meus pais, Nikki e o sr. Hart.

— Eu sinto muito — digo. Não consigo olhar para ele.

Ele esfrega as minhas costas.

— Foi um acidente — responde, as palavras tão gentis.

— Era previsível — insisto.

— Você não tinha como saber. Foi só um jogo que saiu do controle. Só isso.

— Não é só isso, e você sabe.

Ficamos em silêncio por um longo momento.

— Por que não fazemos um chá para você primeiro, e depois podemos conversar sobre isso?

Ele se levanta e estende a mão para mim, mas eu não a pego. Sang olha para sua palma aberta e franze a testa, depois caminha até a pequena cozinha. Eu vou atrás.

— Comecei a esquentar a água, mas fiquei assustada com a quantidade de opções — digo.

Ele ri, mas é uma risada superficial e breve.

— Você gosta de chá preto pela manhã?

Eu concordo, e ele pega um pote do armário rotulado como ASSAM.

— Este é o meu favorito — ele diz, colocando as folhas em um bule de porcelana, uma rotina que é, claramente, natural para ele. É calmante, e acho que seria bom começar o dia com o tilintar dos bules e o colher das folhas.

Seria bom começar o dia com ele.

E não apenas hoje. Todos os dias.

Quando ele termina, me serve uma caneca, então gesticula para que eu me sente na sala de estar. Ele traz a cadeira da escrivaninha e se senta ao meu lado, bebendo seu chá de casca de salgueiro.

Meus olhos observam a pintura no cavalete. Eu poderia ter uma casa inteira coberta com a arte dele e ainda assim não seria o suficiente.

— É para minha mãe — explica ele, seguindo meus olhos. — O aniversário dela é daqui a pouco.

— É linda.

— É um pinheiro coreano; quando ela era criança, tinha um enorme desses no quintal, que ela amava, mas, desde que se mudou para os Estados Unidos, nunca viveu no clima certo para plantar um. Ela ainda guarda na cômoda um pote de pinhas preservadas que tirou da árvore antes de se mudar.

— Ela vai adorar — digo, forçando minha voz a permanecer firme. Eu quero todas essas histórias, todos esses momentos, todos esses detalhes que fazem dele *ele*. Não quero perdê-los.

— Pode falar comigo — ele finalmente diz, olhando para mim com tanta ternura que acho que vou começar a chorar assim que abrir a boca.

Engulo em seco.

— Pensei que tinha controle sobre minha magia, mas claramente não tenho. Se posso perder controle daquela forma em um jogo idiota, nem consigo imaginar o que poderia acontecer durante uma situação perigosa em que estou usando toda a magia que consigo. — Tomo um gole de chá e o calor é bom descendo pela minha garganta. — Minha magia foi atrás de você na noite passada, e eu não posso deixar isso acontecer novamente. Eu nunca me perdoaria se... se...

Mas não consigo dizer as palavras. Minha frase inacabada paira no ar entre nós.

— Vamos tomar cuidado redobrado daqui para frente — diz Sang, tocando meu braço.

— Cuidado como? Não tenho como tomar cuidado com você — digo, minha voz subindo. — Eu me importo demais.

— Não sei, mas vamos descobrir um jeito. Sei que vamos.

— Já descobrimos. A solução é me isolar em um chalé na floresta e garantir que eu nunca use minha magia perto de pessoas com quem me importo. Garantir que minha magia nem sequer saiba que existem pessoas com quem me importo. Essa é a solução.

Sang balança a cabeça.

— Isso não é uma solução. Encontraremos outro caminho.

— Não há outro caminho! — praticamente grito. — Enquanto eu me importar com você, eu não posso, nós não podemos...

Mas não sei como terminar a frase.

*Eu não posso chegar perto de você.*

*Não podemos ficar juntos.*

*Não podemos ser nada.*

Eu apoio meu chá na mesa e me levanto, andando ao redor da sala.

Ele também se levanta e pega minhas mãos.

— Clara, nós vamos conseguir fazer isso de alguma forma. Por favor.

Eu balanço a cabeça, de um lado para outro, sem parar. Por fim, olho nos olhos dele, sustento seu olhar.

— Você é tudo para mim. E é por isso que não podemos ficar juntos.

— Clara, por favor — pede Sang, o rosto desmoronando. — Por favor, não faça isso.

— Você foi mais para mim do que eu jamais poderia ter imaginado. Devo muito a você.

— Não — diz Sang. — Não faça isso. — Lágrimas escorrem de seus olhos e correm por suas bochechas, e eu me forço para não estender a mão e enxugá-las. — Eu te amo — diz, sua voz falhando. — Eu te amo — repete, desta vez em um sussurro.

Um soluço escapa dos meus lábios; eu me afasto dele e cubro a boca. Acho que já sabia disso faz muito tempo; acho que talvez o amor dele por mim seja o que me permitiu me amar.

Então um pensamento — um pensamento egoísta e sombrio — surge, o eclipse solar total tornando-se vívido em minha mente. Eu me viro e encontro seus olhos, vermelhos, inchados e úmidos.

— Você ainda me amaria se eu não fosse uma bruxa? — As palavras ficam presas na minha garganta, tão calmas e fracas que mal chegam a ser um sussurro. Não posso acreditar que falei isso em voz alta.

Os olhos de Sang se arregalam. Ele me observa, e fica claro que está em guerra consigo mesmo, tentando descobrir como responder. Mas seu silêncio é melhor.

Não quero saber se a resposta dele for não, e ele nunca me diria se a resposta fosse sim. Ele acha que eu sou muito importante.

— Eu... — começa, mas eu o interrompo.

Seguro seu rosto com as mãos e o beijo em meio às minhas lágrimas e às dele. Quando me afasto, ele parece derrotado.

— Prefiro morrer a te machucar — digo com tanta determinação que praticamente posso ver a barreira se formando entre nós, uma barreira impenetrável e impossivelmente vasta.

— Eu não posso participar da decisão? Não posso decidir se quero o risco? — ele pergunta com os dentes cerrados.

— Não — digo.

Eu o encaro por muitos segundos e depois saio pela porta.

Assim que faço isso, percebo que nunca, nem por um único momento, vou esquecer como seu rosto desmoronou e como ele olhou para seu chá de casca de salgueiro com olhos inchados e raivosos.

Eu me pergunto se chegará um momento em que vou conseguir pensar nisso sem me desesperar.

Mas Sang me transformou em vidro, tão forte, mas com uma mínima rachadura que se espalha a cada beijo.

A cada toque.

A cada olhar.

E, quando essa rachadura estiver sob pressão, vou quebrar todas as vezes.

*spotted wintergreen*

# verão

CAPÍTULO

# trinta e quatro

*"Você não nasceu para ficar isolada."*
— *Uma estação para todas as coisas*

O ar está doce e o céu, brilhante. O verão rola pelo campus em uma onda de sol, calor e longos dias desaparecendo em noites curtas. A grama fica mais alta, as flores, mais brilhantes e o sol, mais alto no céu cerúleo.

As últimas duas semanas se passaram em um borrão de treinamento com novas bruxas, sonhos com relâmpagos e o esforço para lembrar a cadência da respiração de Sang quando não consigo dormir. Fico de pé de manhã, vou às aulas e cumprimento solenemente os outros bruxos envolvidos no círculo de fogo, como se estivéssemos juntos em algum tipo de conspiração. Depois faço tudo de novo.

Deixo o sr. Burrows supervisionar meu treinamento, pois a animosidade que sinto por ele é mais fácil de lidar do que a dor que sinto com Sang. Treino com outras bruxas e me convenço de que é melhor assim. Pego o caminho mais longo para a aula para poder passar pela estufa e ter certeza de que Sang está lá, a salvo.

A salvo de mim e a salvo de minha magia.

A primeira vez que o vejo sinto como se estivesse sendo esmagada por uma onda de saudade, varrida para o mar, lutando para respirar. Cada parte de mim clama por ele — dedos, cabelos, veias, ossos e pulmões, minha pele, boca e meu coração. O verão me sobrecarrega, tornando a dor de perdê-lo maior do que já era e o sofrimento de desejá-lo mais forte do que antes.

Não sei se aguento três meses disso.

Caminho até o jardim leste, onde vai acontecer minha primeira sessão de treinamento em grupo desde a do último inverno, quando atingi Paige com um raio. Não me sinto preparada. O anel de fogo provou que não domino minha magia do jeito que eu pensava.

Baixei a guarda, e isso resultou em um ferimento que poderia facilmente ter sido mortal.

Um grupo de vernais já está à beira do jardim quando chego lá e, mesmo sendo um dia claro e ensolarado, vejo o jardim coberto de escuridão. Os fantasmas de Sang e eu nos beijando, tocando e abraçando me dão um arrepio na espinha.

Eu pisco e me concentro novamente. Deixo minha bolsa no chão e espero o sr. Burrows chegar. O sr. Donovan vai coordenar o exercício, mas é o sr. Burrows que vai observar e julgar.

— Como está se sentindo? Animada? — o sr. Donovan pergunta. Ele ficou exultante quando o sr. Burrows decidiu que usaríamos a magia vernal para o meu primeiro exercício em grupo. Ele estava contado os dias para esse treino.

— Estou nervosa — respondo honestamente. — Só quero fazer um bom trabalho.

— Tenho certeza de que você vai se sair bem — diz ele. — Tente não exigir muito de si mesma, Clara. Estamos trabalhando apenas com flores, a vida de ninguém está em jogo.

Sua intenção é ser reconfortante, mas o anel de fogo também era um jogo — um jogo bobo, sem riscos, que deu errado. Terrivelmente errado.

Não me sinto mais segura usando minha magia para cultivar narcisos do que para impedir uma nevasca.

Ainda assim, sorrio e deixo minhas preocupações de lado. Tenho que colaborar com outras bruxas se quiser alcançar toda a extensão do meu poder. Melhor começar logo.

O sr. Burrows chega ao jardim assim que o sino toca, mas Sang está com ele, com um pote de sementes na mão. Cada parte de mim fica tensa. Quero correr até ele, tocá-lo, ouvir sua voz e sentir sua magia calmante.

Porém, ainda mais do que isso, quero que ele vá embora, porque ele não pode chegar nem perto de mim. Não pode chegar nem perto da minha magia.

Vou até o sr. Burrows.

— O que ele está fazendo aqui? — pergunto. Minhas palavras soam quase desesperadas. Gostaria que Sang olhasse para qualquer outro lugar que não o meu rosto, mas ele não o faz; mantém os olhos em mim.

— Estamos usando a magia da primavera para seu exercício hoje. Faz sentido ele estar aqui — diz Burrows.

Mas dou um passo para trás.

— Ele não pode estar aqui — digo, a voz calma, mas urgente.

— Clara — Sang começa.

Eu o corto.

— Não — digo.

O sr. Burrows olha entre nós, e a compreensão acende em seus olhos.

— Imaginei que vocês poderiam ter ficado próximos — ele diz, mais para si mesmo do que para mim. Eu estremeço de qualquer maneira. — Não estou te julgando, Clara. Ele é fácil de se gostar.

— Por favor — digo. — Não posso fazer o exercício com ele aqui.

— Ele vai ficar comigo, observando de longe...

— Ele não pode ficar aqui! — grito, interrompendo-o e me surpreendendo com a estridência na minha voz. Os vernais todos param de falar e olham para mim, esperando para ver o que vai acontecer em seguida.

O sr. Burrows levanta as mãos e acena com a cabeça.

— Tudo bem, qualquer coisa para você se sentir confortável.

Suas palavras não são genuínas. Ele só está dizendo isso porque conseguiu o que queria, porque já usei sua magia invernal.

A mandíbula de Sang está tensa e seus olhos ainda estão fixos em mim. Eu o encaro, desesperada, suplicante. Ele engole em seco.

— A última coisa que eu quero é que você tenha medo de quem é — diz, sua voz calma e triste. Ele entrega o pote de sementes para o sr. Burrows e vai embora, e fico aliviada e destruída ao mesmo tempo.

*Você ainda me amaria se eu não fosse uma bruxa?*

Foi uma coisa impossível de se perguntar. Sang nunca aceitaria se eu abrisse mão de meu poder por sua causa, e essa é uma das razões pelas quais me apaixonei tanto por ele, uma das razões pelas quais tenho certeza de que meu coração não me pertence mais.

Mas eu ainda queria escutar um sim escapar de seus lábios.

Impossível.

Afasto minha pergunta e afasto seu silêncio.

O sr. Burrows limpa a garganta.

— Vamos? — pergunta, olhando para o sr. Donovan, que assente e começa a explicar o exercício.

É bem fácil: vamos umedecer o solo com chuva, plantar as sementes e depois acelerar seu crescimento, usando apenas a magia da primavera. Assim que terminarmos, devemos ter uma bela fileira de narcisos ao redor do jardim.

Eu estou ao lado de Ari, e o restante dos vernais se alinham do outro lado dela. O objetivo é encontrar a magia de Ari e, uma vez que eu tenha uma pegada sólida, tentar puxar dos outros também, até que eu consiga um fluxo forte e poderoso de magia da primavera.

Até hoje só tirei magia de um bruxo de cada vez, então meu coração dispara, embora ainda não tenhamos começado. Respiro fundo; a vida de ninguém está em jogo, como disse Donovan.

Exceto que esse sempre parece ser o caso quando minha magia está envolvida.

— Certo, Clara, pode prosseguir — diz o sr. Donovan.

Olho para o sr. Burrows, que está em pé de longe com uma prancheta, fazendo anotações. Por alguma razão, isso me enfurece — ele me trata como se eu fosse um animal de laboratório sendo usado para pesquisa. Só importa o quanto ele consegue me forçar a trabalhar, o quanto consegue forçar minha magia. Ele fica animado quando realizo algo novo e então seguimos para o próximo labirinto, o próximo exercício, o próximo teste.

Estou tão cansada.

Respiro fundo e digo a Ari para invocar sua magia. Seu cabelo curto e encaracolado balança com seus movimentos, e sinto quando ela se prepara e traz sua magia à superfície.

Então começo.

Encontro sua magia imediatamente, calma e firme, e ela ri quando eu a puxo para mim, como se estivesse totalmente encantada.

Começo com a formação de uma nuvem cúmulo básica que podemos carregar com chuva e usar para umedecer o solo, mas, mesmo antes de tentar adicionar a magia de outro bruxo, fico tensa.

Ari e eu estudamos juntas na Oriental há mais de dez anos. Nunca fomos muito próximas, mas sempre fomos amigas. Será que minha magia a reconhece?

E o sr. Donovan? Ele é meu professor desde que eu estava no fundamental.

E também tem a Melanie, que tirou cópia de todas as suas anotações e levou para o meu chalé na semana em que tive gripe no ano passado. Ela até trouxe sopa para mim. Não nos conhecemos bem, mas será que sua generosidade e cuidado criaram uma conexão entre nós que minha magia pode sentir?

É avassalador. As preocupações, os "e se" e as perguntas para as quais talvez eu nunca tenha as respostas. Tenho tanto medo de machucar outra pessoa.

Tento segurar a nuvem, mas todo o meu medo a faz desaparecer, como se estivesse envolta em ar quente.

Ari me lança um olhar interrogativo.

— Comece de novo — diz Burrows com irritação.

Balanço meus braços, tentando dissipar a energia nervosa que corre por mim. Então faço o que me mandam.

Fecho os olhos e deixo a magia impulsiva e ardente do verão ser substituída pela quietude pacífica da primavera, uma respiração presa sem pressa de descobrir para onde vou enviá-la.

Ela espera por mim e, quando começo a acumular umidade no ar, a magia flui de mim em fluxos cautelosos, como se soubesse que estou com medo.

Finalmente, outra nuvem se forma.

— Todos chamem sua magia para a superfície — diz Donovan. — Está lá assim que você estiver pronta, Clara.

Concordo com a cabeça e, aos poucos, sinto os outros vernais, a magia deles surgindo para me cumprimentar como cães cumprimentam seus donos, animados, felizes e ansiosos.

Começo a puxar, mas todo esse jardim me lembra Sang, os momentos que passamos juntos antes de jogarmos o anel de fogo e tudo mudar.

Sang sendo perseguido pelo relâmpago.

Sang voando pelo ar.

Sang caindo no chão.

Não confio mais em nada, não confio que uma única pessoa aqui esteja realmente segura.

Não consigo.

Baixo as mãos e abro os olhos.

— Sinto muito — digo ao sr. Donovan. Depois me viro para o sr. Burrows. — Acabou. Não vou fazer isso.

— Você vai, sim — retruca ele. — Este exercício é uma parte imprescindível do seu treinamento. Você está pronta.

— Não depende de você.

Pego minha bolsa e a coloco no ombro.

— Nós ainda não acabamos o exercício — diz ele, cada palavra tensa e difícil, pronta para explodir. Todos estão nos observando; nem o sr. Donovan desvia o olhar.

Não digo nada enquanto passo por ele e saio do jardim.

— Eu vou te reprovar — exclama Burrows, sua última tentativa de me trazer de volta.

— Então me reprove — respondo sem diminuir a velocidade dos meus passos.

Por um momento, é libertador agir como se eu não me importasse, agir como se as consequências não importassem para mim. E talvez não importem, não quando se trata do sr. Burrows.

Mas eu tenho uma magia muito poderosa, muito volátil dentro de mim, e preciso descobrir como viver com ela.

E, se não conseguir, devo decidir se consigo viver sem ela.

CAPÍTULO

# trinta e cinco

*"No verão, me apaixono por todas as almas que encontro, mesmo que apenas por um instante."*

— *Uma estação para todas as coisas*

O sr. Burrows me chama para seu escritório logo na manhã seguinte. A sra. Suntile também está presente, e ele diz que devo compensar a sessão que abandonei. Ele me diz que desperdicei o tempo de todos e que devo desculpas ao sr. Donovan.

Quando a sra. Suntile o interrompe para me perguntar por que saí, digo a verdade: não me senti pronta. Eu não me senti no controle.

E, para minha surpresa e gratidão, ela diz que fiz a coisa certa, que nunca deveria ser forçada a usar minha magia se ela parecer errática de alguma forma. Diz que sofri muita pressão este ano e que talvez esteja na hora de descansar um pouco.

Não sei por que a sra. Suntile saiu em minha defesa com tanta determinação, mas isso importa mais do que ela imagina. Ela diz que posso refazer a sessão de grupo após o eclipse e que não preciso me preocupar com isso até lá.

E, embora eu não saiba como parar de me preocupar com isso, fico grata pelos dias de folga do treinamento e pelos dias longe do sr. Burrows.

Volto para o meu chalé me sentindo um pouco mais leve do que quando acordei de manhã, e isso já é alguma coisa. É pouco, mas é alguma coisa.

Quando entro, tiro a calça jeans e visto uma legging e uma regata. Amarro meus tênis de corrida e tomo um longo gole de água. Raramente me exercito no outono e no inverno, preferindo ficar acordada até a madrugada e ler longos romances no lugar de acordar de manhã cedo quando está frio. Mas a primavera e o verão me inspiram ao ar livre, então saio do chalé e corro. Corro da imagem do rosto de Sang quando saí de seu apartamento; corro da memória de sua boca na minha; corro de como o mundo desacelerava e minha mente se acalmava quando eu estava com ele.

Corro de tudo.

É uma manhã quente, e começo a suar imediatamente. Passo pelas casas, pelo relógio solar, pela biblioteca e pelo refeitório, percorro os jardins até atravessar o campo de treinamento e ver as trilhas ao longe.

Os pássaros estão cantando e uma leve brisa se move entre as árvores, agitando os galhos. Meu cabelo está em um rabo de cavalo, cachos frisados batendo nas minhas costas enquanto corro. Gostaria que minhas pernas pudessem se mover mais rápido, que pudessem correr mais que minha mente.

Minha respiração é regular e profunda, ficando mais ofegante quando finalmente chego à trilha que se tornou minha esperança.

Corro pela trilha, minhas pernas queimando e meus pulmões arfando enquanto subo a encosta da montanha. Salto por cima de rochas e raízes expostas, subindo cada vez mais.

Quando finalmente chego ao prado, paro e recupero o fôlego. Fica mais denso a cada dia, com novas flores silvestres surgindo, e sei que devem ser de Sang por causa da rapidez com que aparecem, a rapidez com que o prado se transforma.

Caminho até a bétula, tomando cuidado para não esmagar nenhuma flor, e sento na terra em volta do tronco. Eu me inclino contra a árvore e fecho os olhos, ouvindo as folhas farfalharem no vento, a minha respiração se misturar aos sons da natureza.

E então, porque não posso evitar, porque sinto tanta falta de Sang que dói fisicamente, fico de joelhos e enfio as mãos na terra, alimentando o solo com todas as minhas emoções. Uma única gaultéria variegada se ergue do chão, o caule verde-claro dando suporte a pequenas flores brancas. Elas se abrem em uníssono e suspiram como se estivessem perfeitamente satisfeitas.

Gaultérias variegadas são as flores que crescem pela saudade.

É a única flor na terra que cerca a bétula, então sei que ele a verá.

Dou uma olhada no relógio e me levanto lentamente. Estico as pernas e alongo os ombros, me preparando para a corrida de volta até o chalé. Olho para a gaultéria mais uma vez, depois passo pelo prado até estar de volta sob a copa das árvores.

Começo minha descida, mas o som de um galho quebrando ao longe me detém. Sei que deveria continuar, deveria descer a trilha e não correr o risco de ser vista, mas não consigo. Eu me viro lentamente e me escondo atrás de uma grande conífera, observando o prado.

Sang aparece à distância, com a bolsa no ombro. Ele dá a volta pelo outro lado do prado até a bétula, a nossa bétula, e coloca a bolsa na terra. Espalma a mão no tronco da árvore e suspira, tão forte que ouço daqui.

Ele se vira e para, inclinando a cabeça para o chão. Fica assim por vários segundos, olhando para a gaultéria variegada, depois se agacha ao lado dela e toca as pétalas. Ele se levanta e olha ao redor, então me abaixo atrás da conífera, fora de vista.

Meu coração dispara, minhas pernas doendo para ir até ele.

Mas fico onde estou.

Respiro fundo e arrisco outra espiada no prado. Sang não está mais olhando ao redor e, em vez disso, senta-se na frente da flor de pernas cruzadas, observando-a. Balança a cabeça. Em seguida, cuidadosamente coloca as mãos no solo ao lado dela, e uma cardinal perfura a superfície, um longo caule verde subindo em direção ao sol, pétalas vermelhas vibrantes se espalhando em todas as direções. Está tão perto da minha gaultéria variegada que suas folhas roçam as pétalas brancas.

As cardinais crescem da frustração.

Apoio as costas na conífera e fecho os olhos.

Estou aliviada, tão aliviada por termos essa maneira secreta de nos comunicar. Totalmente separados um do outro, perfeitamente seguros.

Sang está frustrado, e quase rio de como estou feliz por saber disso.

Talvez seja tortuoso se comunicar dessa maneira. Talvez todo o prado logo vá se encher de flores cardinais que não fazem nada para aliviar a dor dentro de nós. E, no entanto, na manhã seguinte, corro pela mesma rota, passando pelo campus e subindo a trilha até esse prado perfeito além do bosque. Eu me ajoelho ao lado da cardinal e toco a terra, uma equinácea roxa perfeita erguendo-se para me cumprimentar. O centro de um laranja profundo é cercado por delicadas pétalas roxas que apontam para o chão, a flor perfeita para pedidos de desculpas.

Olho para as três flores lado a lado. Além de gritar para expulsar Sang da sessão de treinamento em grupo, esta é nossa única conversa desde aquele dia no apartamento dele.

*Sinto sua falta.*
*Estou frustrado.*
*Me desculpe.*

Ao longo das três semanas seguintes, continuamos nossa conversa, flores silvestres tomando conta da terra ao redor de nossa bétula. Miosótis para dizer que estou aliviada, cardos-roxos para dizer que ele está com raiva, gailárdias para dizer que estou envergonhada, cenouras-silvestres para ele dizer que está magoado, flores de chicória para dizer que estou triste, mais chicórias porque ele também está triste, e tantas gaultérias variegadas, saudade por toda parte.

Nós continuamos conversando, plantando nossas vulnerabilidades, mágoas e desejos para que o outro veja. Somos honestos um com o outro. Nós nos abrimos, confiando um no outro para nos vermos como somos.

E é o que acontece.

Nós nos vemos. Acho que sempre vimos.

Uma flor pontua o final da conversa, uma íris para dizer que me ama.

Cada emoção bela, cada reação válida, cada flor deslumbrante à sua maneira.

Não apaga a mágoa, a dor, o medo ou a saudade. Mas torna tudo mais gerenciável, sabendo que estamos nisso juntos.

Acho que, no fundo, ele entende que isso tinha que acontecer. Ele sabe que eu nunca poderia mantê-lo em segurança, e ele tomaria a mesma decisão se nossos papéis fossem invertidos. E embora eu esteja tão brava com o Sol por amaldiçoar minha magia como fez, não posso me arrepender por ter recebido o presente que é Sang.

O eclipse é daqui a dois dias e, enquanto eu ainda me permito considerar como seria ser drenada de magia e enfrentar uma nova vida, não sei se consigo levar isso a cabo. Eu costumava ter tanta certeza, mas o ano passado complicou tudo, e parte de mim lamenta a certeza que já tive. Ficar para o eclipse, ser drenada, nunca deixar outra pessoa morrer da minha magia.

Ficar com Sang, sabendo que ele estaria em segurança. Se ele ainda me quisesse, no caso.

Eu perderia muito, mas também ganharia muito.

Mas agora penso em todas as bruxas que morreram de esgotamento, arriscando suas vidas ao usar sua magia ao máximo fora das suas estações, algo que é totalmente natural para mim. Algo que parece certo, como se todas as minhas peças se encaixassem quando estou puxando o poder de uma estação que está adormecida.

E penso nos sombreados que finalmente estão conversando conosco, finalmente aceitando o papel que têm em tudo isso e procurando maneiras de mudar seus hábitos.

Eu poderia ajudar a preencher a lacuna, estabilizar a atmosfera agora enquanto nos esforçamos para curá-la no futuro.

É uma escolha espinhosa e complicada que tem uma resposta certa óbvia. Mas sou um ser humano espinhoso e complicado também, sou egoísta, estou cansada e quero mais para mim do que uma vida de saudade e isolamento.

Olho para a íris e meus olhos se enchem de lágrimas. Sei que Sang ainda me amaria se eu não fosse uma bruxa — sei disso da mesma forma que sei que o ar quente sobe e que o brócolis é uma flor.

Ao lado da íris, toco a terra e despejo mais um sentimento no solo. Uma monarda silvestre se ergue diante de mim, uma perfeita flor lilás que cresce da adoração absoluta.

*Eu te adoro.*

Observo as pétalas fofas balançarem na brisa, completando a conversa até voltarmos depois do eclipse.

Então desço a trilha correndo, deixando parte de mim para Sang encontrar.

CAPÍTULO

# trinta e seis

*"Não é sua responsabilidade proteger as pessoas que te machucaram."*
— *Uma estação para todas as coisas*

Estou correndo de um lado para outro do chalé, arrumando minha mala para a evacuação de hoje. O caminho do eclipse passa diretamente pela Oriental, então vamos a um lugar a algumas horas daqui, de onde poderemos assistir ao eclipse parcial e manter nossas conexões com o sol.

Todo bruxo tem que sair do caminho, deixando bastante distância para o que quer que a atmosfera tenha reservado para a ocasião. É arriscado. Mas o eclipse total dura apenas alguns minutos, depois disso será seguro retornar. Não há outra opção.

Estou prestes a fechar minha bolsa de viagem quando o elixir dos sonhos que Sang me deu chama minha atenção. Nunca usei porque não quero que acabe, mas tiro a tampinha e cheiro o líquido âmbar todas as noites antes de dormir. Faz parte da minha rotina agora: envolvo o frasco em camadas de lenços de papel e o guardo nas dobras do meu moletom, não querendo passar uma noite sem ele.

Nonó está me seguindo como uma sombra ao sol, pressentindo minha partida iminente. Encho suas tigelas de comida e água e faço muito carinho nele. Ele esteve ao meu lado nos meus piores momentos, e me pergunto se eu ficaria bem se fosse apenas Nonó, a magia e eu.

Eu não seria tão feliz quanto poderia ser nem tão contente nem tão alegre. Mas talvez eu ficasse bem. E talvez isso seria o suficiente.

Fecho minha bolsa e a coloco no ombro, depois abro a porta. Um pacotinho foi deixado no tapete do lado de fora, e me curvo para pegá-lo. Está embrulhado em papel pardo e barbante, um envelope colado com meu nome na frente.

— Quem me mandou isso? — pergunto para Nonó enquanto ando até minha cama, abrindo o envelope. Examino a parte inferior da carta e encontro o nome de Lila Hart. A esposa do sr. Hart. Eu respiro lentamente.

*Querida Clara,*

*Nos conhecemos apenas de passagem, mas sinto que te conheço. Richard falava de você com frequência, sempre com muito carinho. Ele adorava te ensinar e considerava os anos que vocês passaram juntos como alguns dos melhores de sua carreira. Ouvi um pouco sobre o que você fez no ano passado e sei que Richard ficaria muito orgulhoso de você. Eu gostaria, mais do que tudo, que ele estivesse aqui para ver.*

*Recentemente, comecei a arrumar o escritório dele e me deparei com isso. Ele mantinha um diário de todas as suas sessões, mas é mais do que isso. Acontece que ele passou muitas noites em claro, vindo para a cama horas depois de eu ter adormecido, pesquisando sobre as bruxas atemporais. Ele fez algumas descobertas que acho que serão de seu interesse.*

*Por favor, leia.*

*E, se precisar de alguma coisa, espero que considere entrar em contato. Richard se importava muito com você e, depois de anos ouvindo o que ele dizia a seu respeito, acho que comecei a me importar também.*

*Com amor,*
*Lila Hart*

Leio a carta duas vezes. Eu gostaria que o sr. Hart estivesse aqui e engulo a culpa que sinto por não estar. Olho para as memórias de Alice, o livro que estava embrulhado no mesmo papel pardo. Ele continua voltando para mim, e esse pensamento me faz sorrir.

Começo a desembrulhar o pacote, mas um sino alto toca ao longe. É hora de ir. As bruxas já começaram a subir nos ônibus.

Coloco o presente na mesa e dou um último beijo na cabeça de Nonó. Prendo o cabelo em um rabo de cavalo e pego minha garrafa de água, depois a bolsa, e saio. Estou a meio caminho da porta quando volto. Algo me diz para não deixar o diário do sr. Hart para trás; no mínimo, será bom ter uma distração enquanto estou presa em um hotel sem nada para fazer além de pensar.

Pego o pacote da minha cama e gentilmente o coloco dentro da bolsa.

Outro sino toca, e eu corro para o estacionamento. Não quero ficar para trás.

Assim que penso melhor, porém, sei que o sr. Burrows nunca deixaria isso acontecer. Ele me arrastaria para fora do caminho do eclipse com as próprias mãos se fosse preciso.

Quando chego ao estacionamento, filas de ônibus estão alinhadas ao longo do meio-fio. Entro no ônibus dos estivais, aliviada por não precisar estar no mesmo que Sang. Eu não o vejo desde que começamos a cultivar flores um para o outro. Espero que ele esteja ocupado com sua pesquisa, passando horas na casa de imersão, compensando todo o tempo que perdeu quando teve que começar a treinar comigo.

Espero que o sr. Burrows esteja compensando a dissimulação que usou para trazê-lo aqui para começo de conversa.

Os ônibus se afastam da escola um por um, e eu me inclino na janela e observo a Oriental ficando para trás. Mesmo conforme nos afastamos mais do campus, sei que ainda não tenho certeza. Eu poderia decidir no último minuto voltar para o caminho da totalidade, saudar o eclipse com o qual contei por tanto tempo.

Fecho os olhos e tento dormir, mas o ônibus está cheio de conversas e risadas. Pego os fones de ouvido na bolsa e entrevejo o diário do sr. Hart.

A viagem dura mais de duas horas, então coloco uma música e pego o diário. Tiro o papel pardo e deixo meus dedos passearem pela capa macia. Está velho e gasto, então eu abro o livro e folheio as páginas gentilmente. Ele começou a manter registros após a primeira sessão que tivemos juntos e continuou até a última, aquela em que a sra. Suntile apareceu e eu desmaiei sob a pressão de sua magia.

Eu começo do início. Algumas anotações são curtas, registrando apenas o que fizemos e o que ele sentia que precisava ser melhorado. Mas também há anotações mais longas, páginas cheias de pesquisa, questões e teorias.

Desde nossa primeira sessão, o sr. Hart se dedicou a pesquisar atemporais. Ele se dedicou a mim.

Quanto mais leio, mais sinto que ele estava criando um plano, as páginas praticamente se movendo com seus pensamentos e ideias fervilhantes. Mas não tenho certeza do que ele queria fazer. As anotações são difíceis de acompanhar, cortadas por pensamentos tangentes e outros que parecem não ter relação com todo o resto. E, quanto mais animado ele estava quando escrevia as anotações, mais caóticas elas ficavam.

Ele detalha o quanto dói me ouvir dizer que odeio o sol e odeio minha magia. Como é devastador me ouvir dizer que meu amor mata pessoas. Ele nunca acreditou nisso, nunca se preocupou com a possibilidade de eu lhe fazer mal. Ele escreve que a magia é a parte mais profunda de uma pessoa, que entende por que ela iria buscar aqueles com quem mais me importo. Ele não acha que a magia tenha a intenção machucá-los; do jeito que escreve, é como se ele achasse que ela simplesmente deseja tocar as pessoas que adoro.

Mas ele também reconhece que ela, *de fato*, mata pessoas.

Fico impressionada com o quão profundamente o sr. Hart acreditava que havia uma solução, fosse comigo aprendendo a ter controle total sobre minha magia, ou algo completamente diferente. Ele não acreditava que eu teria que viver assim para sempre.

Mas Alice viveu assim, e é o que também vai acontecer comigo, se eu não ficar embaixo do eclipse total.

O sr. Hart está claramente criando um encadeamento de pensamentos no diário, mas o ônibus passa por uma lombada e o pequeno hotel aparece.

Fecho o livro e o coloco de volta na minha bolsa, sabendo que vou ler o resto depois do jantar hoje à noite.

Pego minha bolsa e entro no saguão com todos os outros. Sang está no canto, conversando com o sr. Burrows, e desvio o olhar assim que o vejo. A maneira como minhas entranhas se agitam, sabendo que nós dois estaremos neste hotel durante noite e que não podemos ficar juntos, faz o meu rosto esquentar de imediato, então eu me viro para que ele não veja.

Mas é mais do que isso. Mais do que desejo. Eu também quero contar a ele sobre o diário do sr. Hart, ouvir sobre sua pesquisa e misturar nossa magia novamente. É que eu quero ouvi-lo respirar, ouvir o som de sua voz e ficar em confortável silêncio com ele. São todas essas coisas.

É tudo sobre ele.

Balanço a cabeça e volto minha atenção para o sr. Donovan, que está distribuindo os pares de quartos. Há um número ímpar de estivais e invernais, e acabo em um quarto com Paige.

— Você só pode estar brincando — ela diz, e tenho que concordar.

O sr. Donovan parece envergonhado, o que só piora a situação.

— Tudo bem assim? Não tenho certeza de como vocês duas terminaram juntas. Posso ver se alguém quer trocar — diz ele.

— Está bem — respondo. É apenas uma noite.

— Nenhum relâmpago, então, combinado? — Seu tom é fácil e leve, mas ainda me faz sentir um frio na barriga.

— Combinado — nós duas concordamos. Pego a chave e carrego minha bolsa de viagens um lance de escadas acima até o segundo andar. Paige chega alguns minutos depois e joga a bolsa dela na cama livre.

Ficamos em silêncio por alguns minutos.

— Como está Sang? — ela pergunta, sua voz preenchendo o silêncio.

As palavras são duras vindo de sua boca, mas ela estava lá quando ele se machucou. Quer saber se ele está bem.

— Não tenho certeza — admito. Faço uma pausa e explico: — Não estamos mais juntos.

Ela me dá um olhar incrédulo.

— Vocês não estão mais juntos — ela repete em um tom maldoso.

— O quê?

— Vou adivinhar: você terminou com ele depois do anel de fogo.

Ela está balançando a cabeça, e isso automaticamente me deixa na defensiva.

— Eu tive que fazer isso — digo. — Você viu o jeito que minha magia foi atrás dele. Era a única maneira de mantê-lo seguro.

— E como ele reagiu a isso?

— Não muito bem — respondo. — Ele achou que deveria poder decidir ele mesmo.

— O que é verdade — diz ela, a voz afiada. É quando percebo que está falando não apenas por Sang, mas por si mesma.

Quando não respondo, ela continua:

— É difícil confiar em alguém dessa maneira, e ter seu controle tirado de você assim… é uma coisa muito ruim de se fazer. Deveria ser uma parceria.

Eu a encaro, incrédula.

— É difícil ter uma parceria quando uma pessoa está morta — argumento.

— Você já pensou em tentar resolver o problema em conjunto? Talvez você não possa usar sua magia quando está com ele. Talvez vocês nunca possam ficar na mesma tempestade. Há maneiras de contornar isso.

Sua voz se eleva enquanto ela fala, brigando comigo, compensando seu silêncio de quando terminei com ela.

— Você sabe tão bem quanto eu que a magia é imprevisível e pode surgir quando menos se espera.

— Não estou dizendo que não. Só não acredito que ir embora te torne corajosa ou altruísta nem algum tipo de mártir do jeito que você pensa.

— Seu olhar trava no meu. — Acho que isso te torna egoísta, derrotista e fraca.

Estou atordoada com suas palavras, tão pesadas e cheias de significado que ocupam o espaço entre nós. Sua mandíbula fica tensa e ela mantém os olhos nos meus, me desafiando a dizer algo.

Desvio o olhar e engulo em seco, lutando contra a ardência que queima em meus olhos.

— Viu? — grita ela praticamente, jogando as mãos no ar. — Você nem briga pelas coisas com as quais se importa.

Eu escuto o que Paige está realmente dizendo, tão frio e claro quanto uma manhã de inverno.

*Você nem briga por mim.*

*Você nem briga por Sang.*

Ela sai do quarto, batendo a porta.

CAPÍTULO
# trinta e sete

*"Nem todo amor é feito para durar, mas isso não significa que não seja memorável."*
— Uma estação para todas as coisas

Paige não volta ao nosso quarto depois do jantar. Tomo um banho demorado, visto um moletom e me encolho na cama com o diário do sr. Hart.

Suas palavras ficaram comigo, girando em minha mente como um ciclone, ameaçando destruir tudo em que tocam. *Você nem briga pelas coisas com as quais se importa.*

Achei que era isso que estava fazendo ao treinar com Sang, me afundando em magia e contando à sra. Suntile sobre nossa descoberta. Achei que era isso que estava fazendo quando o tornado atingiu nossa escola, quando o sr. Burrows me deixou no meio do nada e quando uma nevasca cobriu nosso campus.

Até beijar Sang, dançar com ele sob as estrelas, rir junto com ele até chorar — isso também era brigar. Brigar por mim mesma, escolhendo acreditar que mereço mais do que uma vida de isolamento e medo.

Escolhendo ter esperança.

Depositei minha confiança em mim mesma e na minha magia, torci tanto para que finalmente tivesse aprendido a controlá-la e acabei arrasada. Isso é o que acontece quando você se permite ter esperança. A esperança te esmaga como uma avalanche, fria, pesada e sufocante.

Afastar-se das pessoas com quem me importo é brigar por elas. É brigar para mantê-las seguras.

Abro o diário do sr. Hart. Minha discussão com Paige fica em segundo plano à medida que vou avançando, acompanhando como posso enquanto o sr. Hart explora diferentes teorias e explicações sobre por que minha magia machuca as pessoas.

Ele não sabe o motivo, apenas acredita que minha magia flui em uma corrente de sentimento, quase como se as pessoas com quem me importo permitissem que ela exista em primeiro lugar. Como se meus pais, Nikki, Paige, Sang e o sr. Hart tivessem todos a tornado mais forte. Melhor. Ele acha que a magia reconhece a conexão que tenho com elas como sendo do mesmo tipo que tem comigo e é por isso que gravita na direção delas.

Penso em como a magia de Sang é conduzida por uma corrente de calma. Talvez a minha seja conduzida por uma corrente de sentimento.

Meus olhos ardem e minha garganta dói. Já me disseram inúmeras vezes que sinto demais, que sou muito sensível, que vivo dentro da minha própria cabeça. Ter meus sentimentos interpretados dessa maneira, como se fossem a fonte de todo o meu poder, toda a minha magia, é uma das coisas mais lindas que já encontrei.

Mesmo que esteja errado, sou grata por ter lido isso.

Continuo lendo, sem me importar que o mundo esteja ficando mais escuro e que o tempo esteja passando. Leio página após página, rememorando sessões de treinamento e absorvendo os pensamentos do sr. Hart sobre como controlar minha magia.

Estou emocionada com todo o seu esforço, com o quanto que ele queria me ajudar e me ver em paz. Com sua crença absoluta de que eu não deveria ficar isolada, com quantas vezes ele me defendeu contra a sra. Suntile sem que eu soubesse.

Com o quanto ele se importava comigo.

Decido aqui e agora que não vou deixar a bruxa atemporal que vier depois de mim se sentir tão sozinha, não vou esperar que ela encontre um sr. Hart. Talvez eu escreva para ela — um livro ou uma coletânea de cartas que possam ser passadas adiante, algo *feito para ela*, não algo que ela tenha que se esforçar tanto para encontrar. Qualquer coisa para impedi-la de sentir a solidão e o alienamento que senti nos últimos dezessete anos.

Mesmo que eu tenha que ficar sozinha até o fim da vida, posso me apegar ao fato de que minhas palavras um dia encontrarão a próxima atemporal, um laço invisível no qual posso me confortar.

Estou chegando no fim do diário, e as páginas tão cheias que quase não há espaço em branco, palavras amontoadas nas margens e nas bordas. Meus olhos se arregalam quando entendo aonde sr. Hart estava querendo chegar: que, se minha magia pudesse ser "resetada" de alguma forma, seria capaz de procurar as pessoas com quem me importo sem machucá-las.

E ele acha que o eclipse é a maneira de se fazer isso.

Meu coração dispara ao ler suas palavras. Ele acredita que sou forte o suficiente para sobreviver à exposição direta, que a magia de uma atemporal é poderosa demais para ser perdida. Ele acredita que, quando o eclipse total acabar e minha conexão com o sol for restaurada, minha magia será redefinida e encontrará seu equilíbrio.

Encaro suas palavras, incapaz de compreender o risco incrível do que ele está sugerindo. Se estiver errado — se eu voltar para o eclipse e for drenada —, perderei uma magia que não teríamos esperança de recuperar. Não até que outra atemporal nasça.

O risco é imenso e, no entanto, não o descarto totalmente. A ideia gira em minha mente como um furacão acima do oceano.

Fecho o diário e o coloco na mesa de cabeceira. Estive tão perdida em meio à escrita do sr. Hart que não notei a luz do sol entrando no quarto ou os pássaros cantando do lado de fora. Perdi o horário do café. A cama de Paige ainda está arrumada. Já são quase nove da manhã e, em duas horas, o eclipse terminará. A teoria do sr. Hart nunca será testada.

Eu quero tentar. Quero ir ao eclipse. Quero que pareça o suficiente saber que, mesmo se eu for drenada, poderia ter alguém. Poderia ser feliz. Mas o risco é grande demais. O sr. Hart dedicou tanto de si para isso e, no final, não importa, porque não consigo me forçar a sair da cama e fazer o que ele sugeriu.

*Você nem briga pelas coisas com as quais se importa.*

Dou um pulo quando a porta do meu quarto se abre e Paige entra correndo.

— Você viu isso? — ela pergunta, ligando a televisão em um canal de notícias local.

Sento e esfrego os olhos, tentando me concentrar na tela. Mostra uma enorme nuvem escura pairando sobre a margem de um rio.

— Tempestade? — pergunto.

— Já choveu quinhentos milímetros na última hora — afirma ela.

A imagem muda para a margem do rio, onde centenas de pessoas se amontoam sob lonas ou ficam no meio de tudo, rindo.

— É o segundo dia do festival de música Eclipse the Heat — explica Paige. — Os bruxos já se retiraram da área, e o rio está subindo em um ritmo perigoso. Isso está prestes a virar uma enorme inundação repentina.

— O festival já começou a evacuar o público?

— Não — responde Paige. — São milhares de pessoas; a logística é complicada. Mas, quando o rio transbordar, vai ser questão de um metro de água, não milímetros. Com uma multidão desse tamanho, se alguém tropeçar ou for derrubado, provavelmente se afogará. Vai ser muito forte. Não tem como todos saírem em segurança.

Estou de pé agora, encarando a tela.

— Nós temos que fazer alguma coisa — digo.

— Tipo o quê? O caminho do eclipse total atravessa a margem do rio, o festival inteiro está na área afetada. Podemos ficar na outra margem com segurança, a uns duzentos metros ao norte, mas estaremos longe demais para qualquer intervenção eficaz. A tempestade está do outro lado.

Eu observo a tela. A banda continua tocando, e centenas de pessoas dançam na chuva ao ritmo da música, encharcadas. Está mais de trinta graus lá fora; ninguém se importa com a chuva.

— Olhe a corrente — digo, apontando para o rio. — Vai levar todos que estiverem na margem quando inundar.

— Exatamente — concorda Paige.

— Essas pessoas precisam sair daí.

— A sra. Suntile está ao telefone com as autoridades, mas levaria horas para tirar tanta gente. E não temos horas.

— Então vamos apenas ficar sentadas aqui, coladas na TV, vendo todo mundo morrer?

— O que mais podemos fazer?

— Podemos chegar o mais perto possível e depois entrar correndo assim que o eclipse terminar? A totalidade dura apenas alguns minutos.

— O rio vai encher antes disso. E, se tentássemos entrar antes da totalidade, não temos como garantir que conseguiríamos sair a tempo. Seríamos todos drenados.

Eu ando pelo quarto, com adrenalina e medo tomando meu corpo. Meu coração dispara quando meus olhos pousam no diário do sr. Hart.

— O sr. Hart achava que eu seria capaz de sobreviver a um eclipse — digo, tão baixo que nem tenho certeza de que Paige me ouve.

Ela faz uma pausa.

— O quê?

Repito minhas palavras, mais alto desta vez.

— Nenhum bruxo jamais sobreviveu a um eclipse. Todos acabaram como sombreados.

— Eu sei — digo, entregando o diário a Paige e mostrando o ponto em que deve começar a ler. — Eu tentaria sair a tempo, mas se não conseguisse...

As palavras vacilam, pairando no espaço entre nós.

Os olhos dela voam pelo que o sr. Hart escreveu, e ela balança a cabeça enquanto prossegue.

— Com certeza faz algum sentido — diz Paige, ainda lendo. — Mas é um risco enorme.

— É grande demais?

Ela larga o livro e me encara. Posso vê-la lutando consigo mesma, indo e voltando sobre o que dizer.

*Talvez eu fique para o eclipse.*

*Talvez eu tente te impedir.*

— Não sei. Mas, se você não conseguir sair a tempo e o sr. Hart estiver certo, você continuará sendo uma atemporal cuja magia não é mais um perigo para as pessoas que você ama.

— Parece um grande risco quando eu não consigo fazer meu amor durar mais do que uma estação — finalmente digo.

O amor é coisa do verão — sempre foi assim. E, mesmo que eu tenha começado a me apaixonar por Sang na primavera, foi o verão que me levou ao limite. Que me levou para o amor.

Assim que pronuncio as palavras, sei que é isso que está me segurando.

Amo Sang agora, mas não tenho motivos para acreditar que o amor sobreviverá ao equinócio de outono.

Sang é diferente — a primavera me mostrou isso. Mas nunca consegui fazer um relacionamento durar além do verão e, se o anel de fogo me ensinou alguma coisa, é que a esperança é um sentimento vazio.

— Em primeiro lugar, existem tantos tipos de amor quanto estrelas no céu. Você só acha que não consegue amar alguém *romanticamente* por mais de uma estação. Tudo bem, isso ainda te deixa com todos os outros tipos de amor. — Paige pega uma garrafa de água da cômoda e toma um longo gole. — Segundo, isso não faz sentido nenhum.

— Como não faz sentido?

Eu terminei com Paige antes do equinócio, mas ainda assim senti que algo tinha mudado. Não ansiava mais por ela da mesma maneira.

— Tenho observado você com Sang desde o outono. Estamos no verão agora.

— E?

— E você está apaixonada por ele pelo menos desde o inverno. Provavelmente desde antes.

De jeito nenhum amo Sang desde o inverno. Antes dele, romance fora do verão não era algo de que eu fosse capaz — romance no inverno seria totalmente absurdo. E, mesmo que a primavera fosse especial, era o verão que intensificava meus sentimentos, encharcando-os de amor.

Não?

— Você só está dizendo isso porque começamos a namorar na primavera, o que, admito, é algo novo para mim...

— Estou dizendo isso porque, quando começou a treinar com Sang, você parou de se odiar. Ele foi capaz de fazer você se ver através dos olhos dele e realmente gostar do que via. — Paige faz uma pausa e me encara. — Olha, você acredita na teoria do sr. Hart?

Eu baixo a cabeça.

— Eu quero acreditar — digo. — Eu me importo com todas aquelas pessoas que podem morrer. Eu me importo com nossa atmosfera que está caótica e com as bruxas que estão morrendo de esgotamento. Eu me importo com a confiança do sr. Hart em mim. Talvez eu deva brigar por todas essas coisas — falo as palavras lentamente, sem acreditar que estou mesmo falando isso.

— Não foi isso que eu quis dizer — Paige retruca, mas quando olho para ela, sei que está considerando minhas palavras. Ela faz uma pausa e, por vários segundos, ficamos em silêncio, olhando uma para a outra. — Se você vai fazer isso, tem que ir agora — ela finalmente diz.

— Vou tentar sair a tempo.

Minhas mãos tremem enquanto tiro algum dinheiro da bolsa, meu coração batendo contra as costelas. O elixir dos sonhos surge das dobras do meu moletom, e eu cuidadosamente pego o frasco.

Se já houve algum momento para se fazer um desejo, este é um deles.

Removo a tampa e o aroma terroso e floral flui para me cumprimentar. Respiro fundo, deixando-o acalmar meu coração acelerado, mãos trêmulas e mente inquieta. Fecho os olhos e aplico nos dois lados do pescoço e nos dois pulsos.

— Por favor, faça isso funcionar — digo várias vezes.

— Você já acabou de passar o seu perfume? — Paige pergunta, certificando-se de que eu saiba como acha que estou sendo ridícula.

— É um elixir dos sonhos. — Eu coloco a tampa de volta e cuidadosamente guardo o frasco na bolsa.

— Tanto faz — diz ela, me entregando o telefone. Um cronômetro está definido para uma hora. — No momento em que apitar, você tem que sair correndo de lá se quiser evitar o eclipse total. Vou esperar para dizer à sra. Suntile onde você foi, para que ela não tenha tempo suficiente para ir atrás de você.

— Ok — replico, enfiando meu telefone no bolso.

Vou até a porta, parando quando minha mão toca a maçaneta de metal frio.

— Eu vou mesmo fazer isso — digo, balançando a cabeça.

— Você vai mesmo fazer isso — Paige diz atrás de mim.

Eu me viro para olhar para ela.

— Me desculpe por não brigar por você — continuo. — Eu deveria ter feito isso.

Paige engole em seco, mas mantém os olhos nos meus.

— *Vai.*

Abro a porta, desço a escada de emergência e saio correndo pelos fundos do hotel.

Pego um táxi e olho pela janela traseira.

Ninguém me segue.

CAPÍTULO

# trinta e oito

*"Esta é a sua vida e você tem que escolher como quer vivê-la."*
— *Uma estação para todas as coisas*

Nunca vi tanta chuva. Estou completamente ensopada, minhas roupas pesadas e grudadas na pele. Meu cabelo está solto, encharcado, e me lembro com raiva do prendedor que deixei na bancada do banheiro do hotel. Estou a cerca de quatrocentos metros rio acima do festival Eclipse the Heat e mal ouço a música por conta da chuva torrencial. O palco é coberto, mas não consigo acreditar que as bandas ainda estão tocando.

É tanta chuva que mal consigo ver alguns metros à frente, quanto mais todo o caminho até o festival. O rio corre ao meu lado, revolto, subindo a cada minuto que passa. Não tenho muito tempo.

Aperto os olhos em direção ao céu enquanto a água atinge meu rosto. A cúmulo-nimbo é tão escura, tão sinistra, que não consigo ver o sol. O eclipse parcial já começou, e me sinto mal por todas as pessoas que vieram para o festival e não podem vê-lo.

Mas essa é a menor de suas preocupações.

Relâmpagos iluminam o céu e trovões retumbam logo depois. Espero ouvir gritos do festival mas, em vez disso, as pessoas estão aplaudindo. Elas acham que é uma chuva de verão doida, uma história incrível que poderão contar por muitos anos. Não sabem o perigo que estão correndo.

Tenho que começar logo.

Fecho os olhos e a magia dispara, intensa e ansiosa de uma forma que só a magia estival pode ser. Ela salta para me cumprimentar, ansiando por ser solta no mundo, tocar a tempestade, acalmar o rio. Rola dentro de mim até que não tenho escolha a não ser libertá-la.

Ela corre em direção às nuvens, mergulhando imediatamente. Se eu conseguir reduzir a força das correntes ascendentes até que parem, a tempestade se dissipará. A magia envolve a corrente ascendente e empurra para baixo, mas a força da corrente é diferente de tudo que já encontrei antes.

Não só não responde à minha magia como sequer vacila.

A corrente ascendente continua, e minha magia está impotente, subindo com ela.

Respiro fundo e tento acalmar meu coração acelerado, estabilizar minhas mãos trêmulas. Não vim aqui por nada. Eu consigo.

Puxo o ar, uma respiração longa e profunda que faz meu peito e minha barriga subirem. Quando expiro, uma enorme onda de magia de verão pula na tempestade, um ataque intenso e ousado sem restrições. Nenhuma outra estação consegue absorver tanta magia do sol quanto os estivais, mas mesmo a força colossal da estação não é suficiente para amortecer as correntes ascendentes nesta tempestade.

Meus braços tremem, estou trincando os dentes, já exausta. Mas o aguaceiro continua como se eu nem estivesse aqui, como se não tivesse arriscado tudo para impedi-lo. Chuva continua a cair, o rio continua a subir e o tempo continua a se esgotar.

Pego meu telefone e verifico o cronômetro. Onze minutos. Eu deveria sair em onze minutos e ainda nem diminuí o volume de chuva. Não fiz nada.

Talvez eu devesse sair agora. Voltar por onde vim, sair do caminho do eclipse e saber que tentei. Pelo menos tentei.

Mas algo me mantém plantada aqui, me diz para continuar tentando.

Então é o que eu faço.

Respiro fundo novamente e volto a trabalhar. A magia do verão já está na superfície, esperando impacientemente, pronta para voltar à ação. Mas, quando eu a libero, ela não vai em direção à corrente ascendente como eu esperava. Não luta contra o ar ascendente.

Em vez disso, ela atravessa o rio e parece... fria. Como gelo.

Viro para o rio e estreito os olhos, tentando ver através da chuva. Sinto a minha magia de novo, e ela está inegavelmente emaranhada com a magia do inverno.

O caminho do eclipse total corta o rio na diagonal — a margem à minha frente está fora do caminho, completamente segura para bruxos. Não consigo ver com toda essa chuva, mas sei que eles estão do outro lado. E, ainda que estejam longe demais para controlar a tempestade, não estão longe demais para mim. Eu consigo alcançá-los.

Minha magia consegue alcançá-los.

Fico intoxicada com a compreensão e dou uma risada em meio à chuva. Não sei se é Paige ou outra pessoa, mas há uma bruxa na minha frente do outro lado do rio, oferecendo sua magia.

A magia do verão se encanta com outras pessoas e atravessa o rio como se estivesse cumprimentando um velho amigo. Ela se enrola na magia do inverno, e eu a puxo de volta, depois a atiro para a tempestade.

A corrente ascendente vacila. Não muito, mas vacila. Ela sabe que estou aqui.

Puxo mais magia e continuo lutando com a corrente ascendente, trazendo-a para baixo o máximo que consigo. Uma súbita rajada de frio passa por mim, e o fluxo do inverno fica cada vez mais forte.

Não tenho ideia de por que está ficando tão forte, mas envio mais magia para o outro lado do rio e puxo.

E, ao fazê-lo, encontro com a magia transicional do outono.

Depois, a magia agressiva do inverno.

A magia paciente da primavera.

E a magia intensa do verão.

Não consigo ver nada, mas sinto todas as quatro estações surgindo ao meu redor como se eu fosse o sol.

Não entendo o que está acontecendo, mas sei no meu âmago que isso é certo. Algo dentro de mim está se encaixando, se unindo em vez de se separar, e todo o meu corpo responde como se este fosse o momento pelo qual esperou durante toda a minha vida.

É tudo tão barulhento, a chuva, o rio, a música, as pessoas, isso desgasta minha atenção, tornando difícil me concentrar. Difícil de pensar.

Sou atingida pela chuva e uma súbita onda de frio nos meus pés me faz olhar para baixo. A enchente está começando.

*Não. Eu consigo parar isso. Nós conseguimos parar com isso.*

Não preciso pensar. Só preciso agir.

Levanto as mãos e todas as quatro estações se elevam comigo. Jogo minha magia na tempestade e as quatro estações seguem, se jogando na tempestade e a prendendo. A magia invernal seca o ar, diminuindo a umidade. A estival se concentra na corrente ascendente, empurrando para baixo o máximo que pode. A primavera protege a margem do rio, impedindo que a água transborde. E o outono esfria o ar para que não consiga subir.

Meu corpo inteiro treme com poder, com exaustão, com o conhecimento de que algo maior do que eu jamais poderia ter imaginado está acontecendo bem aqui, diante de mim.

Gritos começam à distância, conforme o rio transbordante luta contra a magia que o detém. Com tudo o que me resta, lanço magia nas nuvens. Não apenas a estival, mas todas.

As nuvens lutam contra mim, se agitando. São fortes, mas não mais do que nós.

A chuva impiedosa finalmente diminui para um chuvisco, depois cessa.

O rio transborda, mas a correnteza forte, com seu incrível poder, fica no leito.

A gritaria para. As pessoas ficarão molhadas, mas não serão varridas. Não vão se afogar.

A cúmulo-nimbo se dissipa de baixo para cima, revelando um céu totalmente límpido e o eclipse parcial. Olho, maravilhada, a lua nova posando na frente do sol, bloqueando quase toda a estrela. Fico encantada ao ver como é necessário pouco sol para iluminar a Terra. O céu está de um azul brilhante e vibrante, como se estivesse alheio ao espetáculo que acontece em seu palco.

Há uma pausa na música e acho que ouço aplausos do outro lado do rio.

Eu me viro em direção ao som e lá na margem está... todo mundo. Aplaudindo, comemorando e se abraçando. Um enorme grupo de bruxos, provavelmente todos das turmas dos últimos anos da Oriental. E, bem na frente, vejo Sang, Paige, a sra. Suntile e o sr. Burrows.

Quero correr até eles, mergulhar na forte correnteza e abrir caminho até o outro lado.

Eles vieram por mim. Todos eles.

Meu telefone começa a vibrar no bolso, eu o pego e vejo apitar o cronômetro que Paige programou para mim.

É hora de correr.

Sei que deveria correr.

Mas fico onde estou.

A sra. Suntile está agitando os braços freneticamente, apontando para o rio, ao norte. Olho para a direção em que ela aponta, mas não vejo nada.

Burrows está segurando Sang, que está lutando para se libertar, empurrando as pessoas e dando cotoveladas. Paige corre para ele, mas não consigo distinguir o que ela está dizendo.

Estou confusa e cansada. Tão cansada depois de dissipar a tempestade.

A sra. Suntile se vira para o grupo, depois se volta para mim.

Em um esforço coordenado, uma única palavra composta por dezenas de vozes me alcança do outro lado da água:

— Corra!

*Você nem briga pelas coisas com as quais se importa.*

Eu poderia correr. Eu poderia sair a tempo.

Mas, enquanto as palavras de Paige ricocheteiam na minha mente, sei com absoluta certeza que esta é a minha luta.

Confio no sr. Hart, confio na minha magia e confio em mim mesma.

Vou ficar. Vou ficar porque mereço amar sem medo e, se esta é minha chance de resetar minha magia, ajudá-la a encontrar o equilíbrio de que sempre precisou, tenho que aproveitar.

Coloco meu telefone no bolso e lentamente inclino a cabeça para trás.

A sombra da lua cheia varre a superfície da Terra, vindo em minha direção a mais de mil quilômetros por hora.

Olho para cima enquanto a lua toma seu lugar na frente do sol, bloqueando-o da Terra.

E bloqueando-o de mim.

CAPÍTULO

# trinta e nove

*"Você tem que acreditar que é digno da vida que deseja. Se você não acredita nisso, quem mais acreditará?"*
— *Uma estação para todas as coisas*

O ar fica frio, congelante. Arrepios se formam por todo o meu corpo. A luz branca e brilhante circunda a lua, a coroa solar fluindo para o espaço e para um mar de escuridão total.

Minha conexão com o sol é perdida por um segundo, e dois, três, quatro. Eu perco o fôlego.

É mais doloroso do que eu poderia imaginar, como se todo o sangue em minhas artérias, veias e capilares tivesse se transformado em gelo, como se cacos fossem perfurar as paredes finas a qualquer momento. A magia é drenada de mim em uma cascata repentina, deixando meu corpo com a força de mil avalanches.

Tudo dói, machuca, lateja.

Uma dor lancinante invade meu corpo, como se a escuridão fosse uma faca, me cortando até não sobrar mais nada.

Não consigo ouvir o festival. Tudo está quieto, submisso ao espetáculo que está acontecendo acima de nós.

Os pássaros estão em silêncio. Não há esquilos correndo pela grama, nem abelhas zumbindo, nem coelhos comendo. Um horizonte rosado circunda o céu escuro como nanquim.

O mundo ao meu redor adormece, e meu coração vai junto com ele.

Tudo o que me mantém *eu* está sendo despedaçado, músculo por músculo, osso por osso, e eu grito ao lado desse rio caudaloso para um sol que não pode mais me ver.

E, de repente, percebo que isso era inevitável, que eu sempre iria acabar aqui. Se nunca tivesse descoberto minha verdadeira magia, teria ficado no caminho do eclipse para ser drenada, o mesmo lugar em que estou agora para impedir a tempestade. O mesmo eclipse que o sr. Hart pensou que resetaria minha magia corrigiria o que quer que a faça perseguir as pessoas que amo.

Talvez ele estivesse certo. Talvez tudo o que minha magia sempre quis foi tocá-las, sentir esse amor e deleitar-se com ele, mesmo que por apenas um momento.

Todos os meus caminhos levavam até aqui, ao eclipse que eu esperava há tanto tempo. Cada um deles.

Eu não estou com medo. Foi escolha minha vir para cá, colocar meus pés no chão e me recusar a correr. Amar sem medo. Depositar minha fé naqueles que depositam sua fé em mim e acreditam que posso sobreviver a isso.

E eu acredito. Acredito que posso sobreviver a isso.

Penso em meus pais, em Nikki e no futuro que quero para mim mesma, e sei que bem aqui, sob a sombra da lua, é onde devo estar. Alice nunca falou de uma magia como a que experimentei hoje, nunca encontrou uma maneira de proteger as pessoas com quem ela se importava. Então estou aqui por ela. Pelos meus pais e Nikki. Pelo sr. Hart. Por mim.

Arrisquei tudo para vir aqui e, de pé no escuro, trêmula, encharcada e com frio, entendo que minha escolha é o que me torna poderosa. É minha escolha estar aqui, incluindo os riscos e tudo mais. De mais ninguém. Eu confio que o sol cuidará de mim.

Minha cabeça dói por causa de sua ausência, como se um milhão de pedras de granizo tivessem caído sobre mim de uma só vez. Quero desmoronar, enterrar a cabeça nas mãos e esperar o eclipse passar, mas algo no fundo da minha mente me puxa, me implora para considerar.

Envolta em silêncio e afogada na escuridão, penso na magia que veio à tona este ano e que mudou todo o meu mundo, uma magia que só pude descobrir por causa da confiança, do respeito e do amor. Penso no que aconteceu meros momentos atrás, como eu me senti em todas as quatro estações ao mesmo tempo. Embora não entenda, sei que isso só aconteceu por causa do poder que vem de estar junto com outras pessoas.

Estou com tanto frio. Meu queixo bate, e eu estremeço.

Minhas pernas não conseguem mais segurar meu peso, e eu desabo no chão. Todos os meus órgãos se transformaram em gelo, um frio tão profundo e feroz que não consigo me lembrar de como é a sensação da luz do sol, não consigo me lembrar de como é qualquer coisa além de estar congelando.

O sr. Hart me disse uma vez que o amor traz riscos para todos nós, e eu quero correr esse risco. Quero tanto que sinto como se pudesse estender a mão e tocá-lo.

Amassada sob a coroa da estrela mais brilhante, *minha* estrela, percebo que não estou bem com nada disso. O sol faz parte de mim tanto quanto meu coração, e é impossível sobreviver sem seu coração.

Por tanto tempo, isso era tudo que eu queria: me livrar do sol, da magia e do medo. Mas agora eu aceito tudo, quero tudo, escolho tudo.

Minha respiração é irregular e superficial, como se o gelo estivesse lentamente congelando meus pulmões, como se eu nunca mais fosse respirar.

Mas algo dentro de mim me diz para ficar presente, para experimentar essa escuridão infinita mesmo que machuque, mesmo que pareça que estou me desfazendo.

Então, clareza. Clareza perfeita.

Eu amo mudar com as estações. Vivi toda a minha vida acreditando que a mudança é ruim, que eu deveria ser apenas uma coisa. Mas por que eu iria querer caber em uma caixinha? Quero prosperar, experimentar coisas novas, amar de maneiras diferentes e usar a magia das quatro estações.

Quero viver.

A mudança me torna poderosa e, finalmente, *finalmente*, estou pronta para reivindicar esse poder.

Aqui no chão, sob um céu negro, minha conexão com o sol interrompida, todas as minhas peças se encaixam. Toda a minha insegurança e dúvida desaparecem na escuridão.

Eu quero ser uma atemporal, e essa é a *minha* escolha. Não do sr. Burrows ou da sra. Suntile ou de qualquer outra pessoa. É total e completamente minha e só minha.

Mosquitos se aglomeram no ar ao meu redor. Grilos cantam e corujas piam ao longe, acreditando que a noite caiu. Morcegos emergem das árvores e voam, confusos, no alto.

Faz dois minutos e dezessete segundos que estou sem o sol, e meu corpo inteiro está tremendo, doendo, submerso em dor, como se eu estivesse tomando banho em uma banheira de navalhas, agulhas e cacos afiados.

Mas ainda mantenho os olhos no céu, forçando a cabeça para trás. Parece muito pesada, pesada demais. Mas ainda assim olho, implorando para a estrela voltar, implorando para que me encha com sua luz.

A Lua desfruta de seus momentos finais entre a Terra e o Sol, e meu coração dói. Eu tremo com o frio, a escuridão e a perda de mim mesma, sentindo a ausência da estrela em cada parte de mim.

Então a Lua começa a se mover, fachos de luz solar brilhando através de suas montanhas e vales, estendendo-se como se quisessem me tocar.

Está quase acabando.

Eu me forço a ficar de pé, mantendo os olhos fixos no *grand finale*.

Um fino anel de luz aparece, seguido por uma explosão de brilho no topo. Parece um anel de diamante no céu escuro, como se o Sol estivesse me fazendo uma pergunta.

*Sim.* Minha resposta é sim.

Isso é quem eu sou, quem eu sou destinada a ser.

E sei agora que, se tivesse escolha, escolheria minha vida como uma atemporal acima de tudo.

Uma paz inexplicável me atravessa, como se todas as minhas engrenagens incompatíveis finalmente se encaixassem.

Alívio.

Em uma gloriosa explosão de luz, o Sol recupera seu lugar acima de mim, e sou tomada por seus raios cálidos. O céu clareia e o tom mais perfeito de azul satura a atmosfera. Todo o gelo dentro de mim derrete.

No entanto, o Sol ainda não me conclamou de volta, nossa conexão ainda está interrompida. Fico em pé, com os braços estendidos, as palmas das mãos voltadas para cima, implorando ao Sol para me dar outra chance, para me escolher novamente.

Não tiro os olhos da estrela. Normalmente, não me queimaria como a um sombreado, mas, sem minha magia, dói. E ainda assim olho. Eu olho e olho e olho, uma promessa tácita de que me esforçarei mais, que confiarei no Sol e confiarei em mim. Mas, acima de tudo, é uma declaração de amor. Uma adoração pura e vibrante pelo Sol que me consome por completo. Pelo Sol que é livre do ressentimento que guardei por tanto tempo. Um amor tão forte que me aquece de dentro para fora, mesmo que minha magia tenha desaparecido.

Um amor que inegavelmente vale o risco. Ficarei aqui para sempre se for preciso.

CAPÍTULO

# quarenta

*"Os sombreados insistem que ver um eclipse pode mudar sua vida. Parece que eles estão certos."*
— *Uma estação para todas as coisas*

Não sei há quanto tempo estou em pé aqui. Tempo suficiente para meu pescoço doer e meus olhos queimarem, tempo suficiente para os pássaros começarem a cantar, os esquilos começarem a correr e as abelhas começarem a zumbir.

Tempo suficiente para reafirmar várias vezes que esta é a vida que eu quero.

De repente, um choque passa por mim, poderoso e familiar. É uma onda de gratidão, agressão, esperança e paixão — transição, gelo, crescimento e calor. Outono, inverno, primavera e verão.

Meus olhos param de queimar e meu corpo se enche com a magia do sol. Nossa conexão voltou.

Dou uma risada, caio de joelhos ao lado do rio e agradeço ao sol por ter voltado para mim. Coloco as palmas das mãos na grama, sinto as folhas, cada uma, a terra úmida e as pedrinhas do leito do rio.

É tão reconhecível, a magia que tive toda a minha vida. E, no entanto, há algo de diferente agora, na maneira como vive dentro de mim, perfeitamente aninhada em meu âmago, como se o espaço fosse feito exatamente para isso. É confortável e calmo, igual a Nonó quando está bem enroladinho, totalmente satisfeito.

E é aí que sei que o sr. Hart estava certo. O eclipse ofereceu uma espécie de "reset" e minha magia voltou para mim, totalmente sob meu controle.

É poderosa e feroz, forte o suficiente para ajudar a curar a atmosfera, e é *minha*. Ela me ouve e eu a escuto.

Olho para o outro lado do rio, desesperada para ver Sang, mas ele não está lá. A maioria dos bruxos já se foi, mas Paige ainda está na margem, me observando.

Eu gostaria que estivéssemos perto o suficiente para conversar, para escutar as vozes uma da outra, mas o rio é muito largo e barulhento. Ela aponta rio acima e eu me viro para olhar.

Sang está correndo em minha direção, tão longe que mal consigo distinguir suas feições, mas sei que é ele. Eu olho de volta para Paige e ela sinaliza para eu ir.

Então vou.

Corro em direção a ele, corro em direção à pessoa que me viu em todas as estações e me amou do mesmo jeito. Corro em direção à pessoa que me ajudou a ver a mim mesma. Corro em direção ao que eu quero.

Estou chegando perto, tão perto, e forço minhas pernas a irem o mais rápido que podem.

Ele finalmente está aqui e não paro quando chego perto. Corro para ele, seus braços envolvendo minha cintura enquanto eu me agarro ao seu pescoço, e ele me levanta e me aperta com força.

Passo as pernas em torno da sua cintura, sem me importar que minhas roupas estejam encharcadas, que meu cabelo esteja uma bagunça total, que a minha pele esteja coberta de lama. Agarramos um ao outro, lágrimas escorrendo pelo meu rosto, e eu não me importo se ele as vê.

— Eu te amo, sendo bruxa ou não — ele sussurra em meu cabelo, e eu choro ainda mais, porque sei que ele ama mesmo, porque nunca me deu uma razão para duvidar, em nenhuma estação.

Nós nos viramos devagar, abraçados sob o sol parcialmente eclipsado, e quando eu me agarro a ele com toda a minha força, deixo que saiba que ele é tudo que eu queria ver; lentamente me solto do abraço, e ele me coloca no chão.

Então nos olhamos pela primeira vez.

Ele me encara como se nunca tivesse me visto antes, incerteza e admiração estampadas em seu rosto.

— Clara? — ele pergunta, seus polegares suavemente traçando a pele ao redor dos meus olhos. — Você está me vendo bem?

— Eu te vejo perfeitamente — digo. — Por quê?

— Seus olhos. Estão diferentes.

Ele pega o telefone e tira uma foto, segurando-a para eu ver.

Olho para a tela. Meus olhos não são mais do azul profundo do oceano. Eles estão de um ouro marmoreado brilhante e quase iluminado, como se uma estrela tivesse se instalado em minhas íris.

Eu arquejo, incapaz de parar de olhar para a foto.

Sang levanta meu queixo e me estuda, aquele mesmo olhar intenso que me deixou apaixonada desde que nos conhecemos.

— Você está se sentindo bem? Não está ferida?

— Me sinto incrível — sussurro.

Fecho os olhos e convoco um pouco de magia, apenas o suficiente para formar uma brisa e mandá-la dançar ao redor dele. Ele ri, balançando a cabeça em descrença.

— Você não foi drenada — diz ele, ainda analisando meus olhos, as mãos segurando meu rosto.

— Eu não fui drenada.

— Como isso é possível? — Sua voz é calma e reverente, despertando cada traço de saudade que tentei enterrar desde o início do verão.

— Se você me beijar agora — digo, mantendo meus olhos nos dele —, prometo que vou explicar mais tarde.

Seus olhos se movem para a minha boca.

— Fechado.

Seus lábios encontram os meus e eu o beijo sem hesitação, medo ou preocupação. Ele passa as mãos pelo meu cabelo, sua respiração pesada, assim como a minha. Abro a boca e enrosco minha língua na dele, beijo-o profundamente, beijo-o com ganância, desejo e saudade.

Ele me puxa para si, ainda mais perto, passando os braços em volta das minhas costelas, inflamando cada centímetro de minha pele como se ele fosse fogo e eu, lenha.

Compartilhamos respirações, beijos e toques ao lado do rio no qual nossas magias se encontraram há menos de trinta minutos. A música do festival chega até nós, o mundo continua como se nada extraordinário tivesse acabado de acontecer.

Vejo alguém correndo em nossa direção com o canto do olho e dou mais um beijo em Sang antes de me afastar, relutante.

— Se o sr. Burrows não estivesse bem ali, eu te levaria para um lugar mais particular agora mesmo.

Sang bufa.

— Aquele homem foi a causa de muitos tormentos este ano.

— Nem me fala — respondo.

O sr. Burrows nos alcança e a sra. Suntile está logo atrás dele. Fico chocada quando olho para a margem do rio e vejo o resto da minha turma ao longe.

— Todos eles estão vindo me ver? — pergunto, minha voz instável.

— Sim — responde a sra. Suntile. — O que você fez... — Mas ela se interrompe. — Meu Sol, o que aconteceu com seus olhos?

Eu já tinha esquecido deles e encaro o chão.

— Não sei. Deve ter acontecido durante o eclipse.

— Você está machucada? — ela pergunta.

— Mais importante, você foi drenada? — o sr. Burrows intervém.

— Não — digo. — Não estou machucada. E não fui drenada.

Eles soltam suspiros de alívio em uníssono, e o sr. Burrows balança a cabeça enquanto olha para mim.

— Você nunca deveria ter corrido esse risco. Foi irresponsável, imprudente e mostra uma total falta de consideração pelo que está acontecendo em nosso mundo agora. — Suas palavras são cruéis e severas, mas eu não me importo mais.

Então a sra. Suntile começa a falar e eles conversam entre si até que ela lhe lança um olhar de advertência e ele se submete.

— O sr. Burrows está certo. Esse não era um risco que você deveria ter corrido. Se você tivesse sido drenada, as consequências... — Ela para, deixando sua frase inacabada pairar pesadamente no ar. — Mas também foi excepcional. Você percebe o que fez?

Olho para ela e balanço a cabeça.

— Durante a tempestade, você não estava apenas puxando magia de fora de estação. Você estava amplificando a magia, a magia de todos. Você tornou todos nós mais fortes. Fomos capazes de usar nossa própria magia para ajudar. — Sua voz treme e seus olhos se enchem de lágrimas.

O sr. Burrows suspira.

— Foi fenomenal — concorda ele. — A verdade é que eu nunca seria capaz de correr o risco que você correu, Clara. E o que resultou disso está além de qualquer expectativa nossa.

— Eu gostaria que você tivesse visto. — Sang entrelaça seus dedos aos meus. — As bruxas estavam chorando e se abraçando, em completo êxtase por serem capazes de usar sua magia dessa maneira. Foi um momento sem precedentes para todos nós.

— Clara, você tem um dom tão incrível. — A sra. Suntile olha para mim com admiração e orgulho, e isso me deixa desconfortável, de certa forma. Posso perceber a pressão e a expectativa nas entrelinhas, mas isso não me faz querer correr. Me faz querer superá-las, voar para além delas enquanto descubro as expectativas que tenho para mim mesma.

— Eu senti — digo, lembrando a magia distinta de cada estação surgindo para me cumprimentar. — Todas as quatro estações. — Ergo os olhos para o sol. — Não sei o que dizer. — Amplificar a magia de todos de uma vez, de todas as estações, é algo que eu nem sequer poderia sonhar em fazer alguns meses atrás. Teria dito que era impossível.

O restante dos meus colegas de classe nos alcança, formando um círculo ao meu redor, dezenas de vozes falando sem parar. Dou risada, respondo perguntas e escuto enquanto as pessoas descrevem como é usar sua magia fora da estação. Alguns deles choram quando explicam, e meu coração se enche com suas palavras, suas expressões faciais, sua animação, alegria e admiração.

Não sei se alguma vez na vida já me senti melhor com qualquer coisa do que ao saber que minha magia permite que os bruxos ao meu redor usem a deles.

A sra. Suntile assume o comando como se eu fosse uma celebridade, dizendo a todos que tive um longo dia e que provavelmente quero descansar.

Fico agradecida quando voltamos para o hotel e a única coisa que tenho que fazer é tirar uma soneca.

Paige fica no saguão com alguns dos outros invernais e Sang me acompanha até quarto, sem nunca soltar minha mão. Quando a porta se fecha atrás de nós, ele me puxa para um abraço e exala, um suspiro forte e pesado que agita meu cabelo. Ele se afasta e procura meu rosto, mas eu me lembro dos meus olhos descoloridos, e a insegurança dirige meu olhar para o chão.

Ele inclina meu queixo para cima para que eu não tenha escolha senão olhar para ele.

— Clara — ele chama, me observando, e tenho certeza que suas próximas palavras serão tão sérias e genuínas quanto o tom de sua voz. Então ele diz:
— Seus olhos te fazem parecer muito fodona.

Nós nos observamos por vários segundos antes de cairmos na gargalhada; uma risada selvagem e desenfreada que é uma delícia depois dos eventos do dia.

Eu me deito na cama e ele vem ficar ao meu lado. Ambos estamos deitados de costas, quietos, e ele passa os dedos para cima e para baixo do meu braço.

— Eu quero escrever um livro — finalmente digo.

— Que tipo de livro?

— Mais como uma carta. Uma carta bem longa para a bruxa atemporal que me suceder, para que ela não precise descobrir tudo isso sozinha. Para que não precise ver seus entes queridos morrerem ou ficar confusa sobre como usar sua magia. Para que ela se sinta compreendida.

O livro de memórias da Alice tem sido um enorme conforto para mim, mas vivi sem ele por dezessete anos, e não entra em detalhes sobre o tipo de magia que ela tinha. Tive que descobrir por mim mesma, e ter um lugar para obter essas informações teria sido muito útil. Mas, mais do que isso, pensei que estava sozinha por tanto tempo. Não quero isso para a próxima atemporal.

— Amei a ideia — comenta Sang, seus dedos ainda se movendo para cima e para baixo, para cima e para baixo.

Nós dois ficamos quietos por alguns minutos, mentes vagando para lugares diferentes, ou talvez para o mesmo. Estamos tão próximos, mas não parece perto o suficiente. Talvez nunca vá parecer.

O vento sopra pela janela aberta, trazendo as melhores partes do verão, e eu respiro fundo, segurando a estação em meus pulmões. Isso me enche de saudade, um aperto implacável na boca do meu estômago que não posso mais resistir.

Eu fico de lado e olho para ele, seus olhos se movendo para meus lábios, se delongando.

Fecho os olhos, me inclino e lhe dou um beijo.

Ele coloca as mãos em cada lado do meu rosto e abre a boca, e eu me perco nele, me perco na sensação de seus dedos na minha pele, no jeito que seus cabelos fazem cócegas no meu rosto, no jeito que seus lábios são macios e tem gosto de chá preto e mel.

Eu me perco na certeza que tenho sobre o que quero, o que quis por tanto tempo, e quando ele se afasta um pouco, olho nos olhos dele e peço por mais.

Ele me rola de costas, uma das mãos na minha nuca, a outra seguindo as linhas da minha mandíbula, do pescoço, da clavícula.

Vou até ele, e seus lábios estão de volta nos meus antes que seu sorriso desapareça.

CAPÍTULO

# quarenta e um

*"Nossa Terra está cansada — deixe-a descansar."*
*— Uma estação para todas as coisas*

Tudo está queimando, tantas chamas que parece que ateamos fogo ao céu. O sol parece nebuloso e distorcido como todo o ar quente que está subindo, uma massa cintilante que me lembra a barreira solar que Sr. Burrows criou no inverno.

Mais uma vez, bruxas de todo o mundo vieram para a Oriental para participar de nosso treinamento contra queimadas. O campo de treinamento está cheio de corpos suados e sujos de tanto calor e cinzas. A sra. Suntile fica observando de longe, junto com os outros professores, assim como os funcionários da Associação de Magia Solar e sombreados do Centro Nacional de Pesquisa Atmosférica.

É a primeira vez que sombreados vêm a uma de nossas sessões de treinamento, e isso é resultado das conversas que estamos começando a ter. Eles estão nos escutando, fazendo perguntas e se esforçando para reverter alguns dos danos que causaram.

Não estamos nisso sozinhos e não deveríamos agir como se fosse o caso; a atmosfera está danificada e isso é um problema de todos nós, tanto bruxos quanto sombreados. O desafio é grande e temos muito trabalho pela frente. Mas estamos nisso juntos e, se há algo que aprendi no ano passado, é que é na união que reside a magia.

Um enorme fogaréu se ergue do centro do campo, fumaça subindo bem acima de nós, tocando o céu. É nosso último dia de treinamento e os estivais, vernais e outonais já tiveram sua vez.

Agora, é a vez dos invernais.

Fecho os olhos e envio minha magia pelo grupo, reconhecendo imediatamente o ardor do inverno. É frio e afiado, enviando um calafrio por todo o meu corpo. É tão bom em meio ao calor do verão.

Meu poder costura em meio a eles, dançando ao redor dos invernais, convidando a magia deles para brincar comigo. Lentamente levanto as mãos, e alguns deles arfam quando a magia se fortalece dentro deles, crescendo para sua intensidade total no meio do verão.

Nunca me cansarei disso, de ampliar uma estação adormecida, de acordá-la e trazê-la de volta à vida.

*Acorde, inverno. Vamos nos divertir.*

Os invernais não podem se utilizar do sol ou lidar com o calor — essa magia é reservada para os estivais. Mas eles certamente podem fazer chover.

— Certo, invernais, mãos à obra — diz Donovan pelo alto-falante.

Mantenho minha magia em volta deles, um ímã invisível que atrai seu poder para a superfície, ficando cada vez mais forte a cada segundo que passa. Eu permaneço firme atrás do grupo. Estável. Calma.

Estou quase tão boa nisso quanto Sang.

A magia do inverno mergulha no solo em busca de umidade, lançando-se para todos os lados, agressiva e rápida. Os invernais trabalham juntos, puxando a água da terra e combinando-a até que uma grande nuvem escura paira no ar acima deles.

O sr. Donovan os instrui enquanto eles trabalham para apagar o fogo, e eu sorrio quando uma única gota de chuva atinge minha testa. Lá vamos nós.

O céu se abre e nos encharca em segundos. Aplausos surgem da multidão, dos invernais participando e dos bruxos assistindo, dos representantes da AMS e dos sombreados do CNPA.

Não importa quantas vezes a gente faça isso, a sensação de chuva na pele quente sempre será uma vitória. Estamos ficando mais fortes, e cada sessão é um lembrete dessa força. Ainda temos chance de virar o jogo.

Eu inclino a cabeça para trás e deixo a chuva escorrer pelo meu rosto, lavar as cinzas, acalmar a queimação nos olhos depois de toda a fumaça. Eu queria que o sr. Hart estivesse aqui. Gostaria que ele soubesse que todo o tempo, incentivo e amor que ele dedicou a mim não foram um desperdício.

Acho que ele já sabia. Fui eu que tive que aprender.

As últimas chamas se extinguem, a fuligem no chão e as plumas ascendentes de fumaça são tudo o que resta do incêndio gigante.

O sr. Donovan oficialmente termina o treinamento e o campo se esvazia à medida que os bruxos se dispersam, indo para o refeitório ou para o relógio de sol relaxar. A sra. Suntile me chama e me apresenta aos representantes, eu aperto a mão deles e respondo suas perguntas, explico minha magia da melhor maneira possível.

Quando eles saem para continuar sua reunião em uma das salas de conferência, fico grata por ser dispensada. Me viro e vejo Sang esperando por mim, então corro até ele.

— Ah, meu Sol, me alimente — choramingo. Pego a mão dele e nos dirigimos para o refeitório, sem nem mesmo nos preocuparmos em tomar banho primeiro.

— Você estava ótima — diz ele, me enchendo de orgulho.

É um dia nebuloso no campus, nuvens baixas pairando sobre a Oriental, brincando de esconde-esconde com o sol. Está quente e as flores do campus colorem tudo, uma celebração do verão e todas as suas cores.

Praticamente corro em direção ao refeitório quando ele aparece, o café da manhã que tomei mais cedo há muito esquecido. Paige sai e hesita quando nos vê. Não falamos muito desde o dia da inundação, desde a nossa briga. Mas a maneira como ela me olha do outro lado do campo de treinamento e durante as aulas me faz pensar que estamos ficando melhores.

— Eu sei que você acabou de terminar, mas gostaria de se juntar a nós? — pergunto.

— Não — responde ela, diretamente, e eu quase dou risada.

Ela se vira para ir embora, então faz uma pausa.

— O que você fez foi extraordinário, correr um risco como aquele. Não deixe ninguém lhe dizer o contrário.

— Acho que eu nunca poderia ter feito aquilo sem você — digo, lembrando sua voz no quarto de hotel.

*Vai.*

— Provavelmente não — Paige concorda. — Você sempre foi uma pessoa que pensa demais.

Seus olhos se movem entre Sang e eu e sua expressão muda, mas não tenho certeza do que isso significa. Ela parece quase vulnerável. Então passa, e ela vai embora.

— Ela é talvez a invernal mais *invernal* que já conheci — diz Sang depois que ela se foi.

— Eu sei. Gosto disso nela.

— Eu também.

Entramos no refeitório e, depois de encher minha bandeja com o máximo de comida que consigo, Jessica nos chama para a mesa dos estivais.

— Podem sentar aqui — diz, apontando para dois lugares vazios.

Nós conversamos sobre magia e treinamento contra incêndios por alguns minutos, então a conversa muda para planos sobre o que fazer depois da formatura, próximas viagens, piadas internas e o Baile de Verão. Nós rimos e falamos um por cima do outro e rimos um pouco mais.

Esta deveria ter sido minha experiência aqui desde sempre, e dói pensar em todas as refeições que comi sozinha no chalé, em todos os subterfúgios que usei para evitar as pessoas, todo o tempo que passei sozinha. Sr. Hart e Nonó eram meus melhores amigos — meus únicos amigos —, e eu gostaria de poder voltar no tempo e abraçar meu eu mais jovem, dizer a ela que nem sempre seria assim.

Estou tão feliz por estar aqui neste refeitório barulhento, com pratos tilintando e tantas vozes. A mão de Sang toca a minha enquanto comemos, seu dedo mindinho prendendo o meu. É uma coisa tão casual, um pequeno toque no meio desta confusão, e ainda assim é tudo.

Quando terminamos de comer e saímos do refeitório, Sang me acompanha até meu chalé antes de ir para o apartamento dele.

— É uma pena que você não teve a chance de se mudar novamente para uma das casas — diz ele enquanto eu abro a porta e entro.

— Eu teria gostado de fazer isso — digo. — Por outro lado, esta casinha isolada sob das árvores tem seus benefícios. — Lanço um olhar travesso a Sang, mantendo o contato visual enquanto ando de costas para minha cama.

— Isso sem dúvida — ele concorda, pegando minha mão quando me aproximo dele.

Eu o puxo para perto e nós dois caímos na cama. Ele pousa em cima de mim e se apoia no cotovelo, os dedos brincando com meu cabelo. Sua mão está suja de tinta, e eu sorrio para mim mesma.

— Eu te disse que usei seu elixir dos sonhos?

Seu rosto inteiro se ilumina. Ele parece tão feliz, e é essa reação que quero provocar de novo e de novo, para todo o sempre.

— Eu usei logo antes de sair para a inundação. Passei nos pulsos e no pescoço, e falei meu desejo em voz alta — digo, memorizando seu rosto neste momento.

— O que você desejou?

— Que funcionasse.

— E funcionou — comenta ele, um enorme sorriso se espalhando pelo rosto, todo covinhas, olhos brilhantes e alegria.

— Funcionou. — Faço uma pausa então, com o coração martelando no peito. Estou guardando as palavras, ainda não posso dizê-las, mas quero que ele saiba. — Mas acho que teve um efeito colateral.

— Como assim? — ele pergunta, os dedos ainda emaranhados no meu cabelo.

— Você se lembra de quando eu disse que eu era bem determinada?

— Lembro — responde ele, me observando.

Eu engulo em seco.

— Eu estava errada — digo simplesmente.

Se o sorriso de Sang estava iluminando meu quarto antes, agora é como o próprio sol. Ele poderia iluminar o mundo inteiro.

E eu me deleito na sua luz.

CAPÍTULO

# quarenta e dois

*"Há duas coisas que você deve saber de antemão. Um: sua magia é perigosa. Dois: você pode aprender a controlá-la."*

*— Uma estação para todas as coisas*

Hoje é o último dia do verão, e o sol se agarra a ele como se tivesse algo a provar. Estou oficialmente formada na Escola Oriental de Magia Solar e me sinto melhor do que jamais pensei. À medida que o equinócio de outono se aproxima, não estou nervosa ou com medo.

Estou contente. Preparada.

Estou no campo de treinamento, esperando por Sang. O sol cede seu lugar no céu e o crepúsculo se instala sobre o vasto campo com um tom de azul que faz tudo parecer tranquilo. Tanta coisa aconteceu neste campo, mas não é mais apenas dor para mim. Ele também contém meus sucessos, progresso e esperança.

Em poucas horas, o campo estará cheio de bruxos celebrando o equinócio, dando boas-vindas ao outono. O doce aroma da sidra temperada vai encher o ar e as pessoas vão rir e conversar na escuridão da noite.

Mas tenho meus próprios planos.

Sang surge no campo, uma cesta de piquenique pendurada em um braço e cobertores no outro, e meu coração vacila ao vê-lo. Talvez um dia eu me acostume com isso, com o jeito que sua boca se abre em um sorriso no instante em que ele me vê, mas não será hoje.

— Oi — ele diz, colocando a cesta no chão e me abraçando. Eu me derreto nele, em seu peito largo, cheiro de terra e braços fortes e, por um momento, esqueço que vou embora amanhã.

Vou me mudar para Londres para trabalhar com a Associação de Magia Solar no desenvolvimento de um protocolo de como e quando usar minha magia. Sombreados de algumas das organizações mais prestigiadas do mundo também estarão lá, trabalhando conosco.

Em vez de bruxos morrerem de esgotamento, a magia deles será amplificada. Eles poderão ajudar. Estarão seguros. E, mesmo que nosso mundo esteja sofrendo, lutando para respirar, espero que nossa magia, combinada com o esforço dos sombreados, faça uma diferença.

Faça *a* diferença.

Sang se afasta e me dá um selinho, depois pega a cesta.

— Você está muito preparado — digo.

— Eu só gosto que minha garota fique confortável. — As palavras enchem meu peito com uma pressão que não consigo explicar, como se meu coração estivesse se expandindo para conter tudo o que sinto por ele. — Vamos?

Caminho até a trilha com Sang atrás de mim e começamos nossa escalada. Está silencioso sob a copa das árvores, neste espaço entre o dia e a noite, quando tudo parece quieto. Subimos em um silêncio confortável, nossas respirações se misturando ao vento.

É a primeira vez que vou ao prado com Sang. Não sozinha, para deixar uma mensagem para ele, desejando poder falar com ele, vê-lo, tocá-lo. Estamos indo juntos.

Minha respiração fica mais pesada à medida que a trilha fica mais íngreme, e saber que ele está um passo atrás de mim me enche de amor como o ar enche meus pulmões.

Sua presença, sua existência, significa demais para mim. Ele não tem que fazer ou dizer nada — ele só tem que *ser*. Isso é tudo o que eu quero.

Perseguimos a luz conforme subimos, um crepúsculo infinito que nos acompanha até o topo.

Quando chegamos ao prado, ao *nosso* prado, fico sem palavras. Sang me alcança e ficamos em silêncio antes de entrar. A lua cheia sobe acima de nós, iluminando nossas flores, fazendo-as parecerem brilhantes, iridescentes, refletindo as estrelas.

Não acredito que esta é a última vez que verei nosso prado. Talvez outros bruxos no campus o descubram, e o prado se torne o lugar secreto deles. Talvez se sentem sob a nossa bétula e encontrem consolo, paz, calma. Talvez venham aqui para rir, chorar, pensar ou pintar. Talvez tenham conversas por meio de flores como Sang e eu.

Sang pega minha mão e caminhamos até nossa bétula. Ele joga um cobertor na terra e nos sentamos, olhando todas as flores que nos cercam.

— Realmente não é uma forma eficiente de comunicação — diz, e eu apoio a cabeça nele e rio.

— Não é mesmo.

Ele beija minha testa e estende o outro cobertor sobre nossos colos, depois pega uma garrafa térmica de chá quente e coloca um grande pedaço de bolo de chocolate entre nós.

— Você com certeza conhece o caminho para o meu coração — digo, tomando um gole de chá.

— Essa é a ideia — ele responde.

Nossos olhares se encontram e eu não consigo desviar. Quero memorizar a profundidade dos olhos dele, a maneira como o centro dourado, solar, se transforma em um marrom rico, a maneira como se enrugam nas bordas quando ele ri.

Sang pega uma velinha e a coloca no pedaço de bolo. Ele acende e, com um pano de fundo de galhos farfalhando e grilos estridulando, me canta "Parabéns para você". Então ele me entrega um pacote embrulhado em papel branco, preso com ervas secas e barbante.

— O que é isso? — pergunto.

— Abra e veja.

Rasgo o papel de embrulho e dentro há um diário de capa dura. As palavras *Uma estação para todas as coisas* estão gravadas na capa em letras douradas. Quando folheio as páginas, há quatro quebras de seção, uma para cada estação, cada uma com uma flor diferente pintada pelo próprio Sang.

— Para o seu livro — explica ele.

Estou sem palavras. Corro os dedos pela capa verde-floresta, tentando encontrar as palavras certas para dizer. Acho que nunca vi nada mais bonito.

— Sang, isso é incrível — falo, conseguindo atravessar o caroço que se formou na minha garganta. — Obrigada.

Eu me inclino e o beijo, e ele sorri contra meus lábios.

— Estou feliz que você gostou.

— Eu amei.

Ele me beija novamente, então olha para o prado.

— Você sabe o que eu estive pensando? — pergunta, sua voz calma e enredada em pensamentos.

— O quê?

— Relâmpago.

Ele estende a mão à frente e puxa a umidade do chão até formar uma pequenina cúmulo-nimbo, pairando acima da palma aberta, se agitando no espaço entre nós.

— Não importa onde você esteja quando o vir — diz ele, a tempestade acima de sua mão se iluminando com um lampejo. — O trovão sempre seguirá.

E com isso, a nuvenzinha troveja. Ele pega minha mão e transfere sua mini-tempestade para mim.

Eu dou risada dela, tão pequena e contida, e quando eu comando outro relâmpago, a carga eletromagnética se move pelo meu corpo com facilidade. Totalmente natural.

Sang se levanta e caminha até a extremidade do prado. Ele gesticula com o braço e puxa da minha tempestade até ter uma nuvem de trovoada na frente dele também.

Duas partes da mesma tempestade, separadas por um campo de flores silvestres.

A magia do verão flui por mim, e faço outro relâmpago. Segundos depois, a nuvem de tempestade de Sang estala em resposta. Ele dá mais um passo para perto de mim.

Minha tempestade se acende novamente, a nuvem de Sang troveja em resposta, e ele dá mais um passo.

Relâmpago.

Trovão.

Mais um passo.

A cada ciclo, Sang se aproxima cada vez mais até voltar ao cobertor. Ele se senta ao meu lado e eu comando um último relâmpago. As tempestades estão tão próximas agora que seu trovão ressoa imediatamente depois.

— Você é meu relâmpago — ele finalmente diz, sua voz baixa, ainda brincando com as tempestades à nossa frente. — E o trovão sempre segue o relâmpago.

Eu olho para ele, com a boca seca e o coração batendo nas costelas como se estivesse tentando sair para ouvi-lo melhor.

— Sempre? — pergunto.

Ele pega minha mão livre e entrelaça os dedos nos meus.

— Sempre — ele confirma, a palavra caindo sobre mim, me acalmando como um de seus bálsamos.

Com raios em nossas mãos e estrelas acima de nossas cabeças, puxo Sang para mim e o beijo, de forma gananciosa, profunda, longa e ansiosa, absorvendo cada gota dele antes que eu vá embora.

As tempestades se dissipam à nossa frente e eu deito de costas, puxando Sang para baixo comigo.

Ele passa os braços ao meu redor e eu faço o mesmo, nos agarrando como se nunca fôssemos soltar, como se eu não fosse me mudar para um lugar a mais de cinco mil quilômetros de distância amanhã. Seus lábios estão na minha boca, no meu pescoço, no colo do meu peito, e eu seguro seu rosto entre minhas mãos, corro meus dedos por seu cabelo e por suas costas.

O equinócio de outono é daqui a sete minutos.

Eu o beijo durante cada um dos sete minutos, tocando-o, memorizando como sinto seu corpo contra o meu, como minhas preocupações cedem a ele e meu cérebro relaxa em sua presença.

Como sinto como se eu fosse suficiente, como se eu sempre tivesse sido.

Trinta segundos.

Eu viro de lado e olho para Sang.

— Você pode ficar me olhando nos olhos quando a estação mudar?

— Claro.

Entrelaço meus dedos aos dele e seguro firme, mas não estou com medo.
*Três.*
Não vou soltar.
*Dois.*
Não vou.
*Um.*

*iris*

# outono

CAPÍTULO

# quarenta e três

*"Nem sempre será fácil. Na verdade, haverá dias tão terríveis que você se perguntará por que está fazendo isso em primeiro lugar. Mas eu te prometo uma coisa: valerá a pena."*
— *Uma estação para todas as coisas*

Solto a mão de Sang. Solto, pois não preciso me ancorar nele para saber que o amo. Solto, pois tenho certeza de que vou querer tocá-lo novamente.

Solto, pois soltar não significa o que significava antes.

Mantenho meus olhos nos seus enquanto digo a ele o que nunca fui capaz de dizer a ninguém no primeiro dia de outono.

— Eu te amo — digo, confiante e segura.

Ele prende uma mecha de cabelo atrás da minha orelha, seus dedos se demorando na minha pele.

Ele sorri, pois já sabia.

# Agradecimentos

Este livro é o meu sonho mais louco se tornando realidade. Muito obrigada por lê-lo.

Sonho em ser escritora desde os dez anos, e é só pelo apoio e incentivo de tantas pessoas que essa é agora a minha realidade. Duvido que algum dia serei capaz de transmitir a profundidade da minha gratidão, mas certamente vou tentar.

Primeiro, para Elana Roth Parker, minha incrível agente que me tirou da pilha de originais e viu o potencial nesta história. Obrigada por lutar pelos meus sonhos e ser uma defensora tão feroz do meu trabalho.

Para a Laura Dail Literary Agency, especialmente para Samantha Fabien — obrigada por seu entusiasmo e apoio.

À minha incrível editora, Annie Berger. Você compreendeu o coração desta história e me ajudou a transformá-la em algo de que estou imensamente orgulhosa. Obrigada por suas sacadas brilhantes e por ser uma pessoa tão maravilhosa com que se trabalhar — seu amor por esta história a tornou muito mais forte.

Para toda a equipe Sourcebooks Fire, incluindo Cassie Gutman, por transformar meu manuscrito em um livro que brilha, e Alison Cherry, Caitlin Lawler e todos os outros que trabalham nos bastidores para trazer *A natureza das bruxas* ao mundo. A Beth Oleniczak, obrigada por seu entusiasmo e trabalho incansável para colocar este livro nas mãos dos leitores. Para Nicole Hower, por fazer a capa dos meus sonhos, Monica Lazar pela foto incrível e Michelle Mayhall pelo lindo miolo — eu culpo todos vocês pelas horas que perdi olhando para este livro. E, finalmente, obrigada à minha editora, Dominique Raccah. Eu não poderia imaginar um lar mais perfeito para esta história.

Rachel Lynn Solomon, sou eternamente grata por você ter sido minha primeira amiga escritora. Obrigada por ser minha ouvinte, respondendo às minhas perguntas mais ridículas sobre o mercado editorial e me deixando apresentá-la ao pão ázimo. Eu te amo.

Adrienne e Kristin, Annie Porter do clássico dos anos 1990 *Velocidade máxima* diz que relacionamentos que começam sob circunstâncias intensas nunca duram. Mas o nosso durou e eu sou muito grata por isso.

Adrienne, obrigada por me convidar para aquele retiro e nunca mais largar minha mão. Mal posso esperar pelo nosso próximo jantar de cinco horas. Kristin, sua lealdade feroz e a maneira como você apoia quem ama me surpreende. Jamais esquecerei a maneira como você comemorou e chorou quando este livro foi vendido. Isabel, obrigada por ser tão incrivelmente generosa com seu tempo e talento. Você é minha bruxa favorita do final de verão/ início do outono. Adalyn, você me inspira a sonhar alto e acreditar que essas coisas são possíveis. Obrigada por nunca me deixar esquecer do meu valor. Shelby, obrigada por não sair do bate-papo em grupo quando descobriu a chorona que eu sou. Sua presença constante é tudo, e mal posso esperar para te abraçar pessoalmente. Eu amo todos vocês.

Obrigada aos primeiros leitores deste livro, muitos dos quais o leram várias vezes. Seu feedback e incentivo significam muito: Christine Lynn Herman (cuja brilhante sugestão de escrever epígrafes permaneceu com este romance em todas as iterações), Jenny Howe, Miranda Santee, Tyler Griffin, Rachel Lynn Solomon, Heather Ezell, Tara Tsai, Courtney Kae e, finalmente, Rosiee Thor, cuja crença inabalável neste livro me ajudou a superar os meus piores momentos de dúvida.

Tenho a sorte de ter encontrado a comunidade Pitch Wars no início da minha jornada. Obrigada a Brenda Drake e à incrível turma de 2016. E à minha mentora e querida amiga, Heather Ezell: você me deu meu primeiro sim e me ensinou muito. Obrigada pelo seu infinito apoio, sabedoria e amor.

A Cristin Terrill, Beth Revis e à comunidade Wordsmith Workshops, especialmente ao grupo Port Aransas 2018, obrigada por todo o brainstorming, feedback e comidas deliciosas.

Aos meus companheiros do 21wonders, sou grata por estrear com um grupo de escritores tão talentosos e solidários. Mal posso esperar para ler todos os seus livros.

A todos que leram meus manuscritos anteriores, especialmente Peter Mountford — obrigada por todo o encorajamento. Anthony e Sharlene — vocês acreditaram em mim antes que eu mesma acreditasse. Obrigada.

Para Julia Ember, Diya Mishra, Stephanie Brubaker, Nova McBee, #TeamElana e meus amigos #mentorsonthemountain/sound. Estou muito agradecida por estar nessa jornada com vocês.

Aos meus amigos do mundo que não são escritores, que torceram por mim e me apoiaram durante esta jornada, do fundo do meu coração, obrigada. Amor infinito a todos vocês.

Minha cachorrinha Doppler se sentou ao meu lado enquanto eu escrevia cada um dos livros e nunca se cansou de seu lugar, mesmo depois de cinco manuscritos e oito anos. Aconchegos infinitos para minha melhor garota.

Chip, você completou nossa família e nos deu o grupo mais perfeito de melhores amigos que já existiu. Você e Mir são nosso povo. Obrigada.

À minha família, minha avó e principalmente aos meus pais. Mamãe e papai, obrigada por me criarem para amar livros. Nossos encontros na Red Robin e na Barnes & Noble são algumas das minhas lembranças favoritas e tenho muita sorte de ter tido seu apoio e incentivo durante todos esses anos. Espero que este livro os deixe orgulhosos. Eu amo vocês.

Mir. O que posso dizer para transmitir a profundidade do meu amor e gratidão por você? Você foi minha primeira alma gêmea, primeira líder de torcida, primeira fã e maior apoio. Este livro não existiria sem o seu amor incondicional por mim. Não consigo acreditar na sorte que temos. Eu amo você.

Para Tyler, meu amor. Muito deste livro foi inspirado pela maneira como você me ama. Obrigada por acalmar minha mente ansiosa, me ver em todas as estações e me dar tanta certeza de ser amada. Desde o primeiro dia em que nos conhecemos, você acreditou que eu chegaria aqui. Você me deu o espaço, o tempo e a confiança para escrever este livro, e serei eternamente grata. Eu te amo com tudo.

E, finalmente, a Jesus, por me cercar de amor e criar um mundo com tanta magia.

Impressão e Acabamento:
BARTIRA GRÁFICA